Bettina-Christin Lemke

# Zeit für ein neues Leben

Leben in der Nature-Zone

Bettina-Christin Lemke, »Zeit für ein neues Leben.
Leben in der Nature-Zone«
© 2016 Bettina-Christin Lemke
Herstellung und Verlag: BoD – Books on Demand, Norderstedt.
Umschlagfoto: Bashkatov

ISBN 9783741265846

# 1.

Bevor Victoria zum gemeinsamen Essen ging, wollte sie noch schnell einen Blick auf die frisch eingesetzten Kamillenpflanzen werfen. Nach dem vorherigen starken Regen hatten sie sich jetzt hoffentlich wieder erholt. Der Mai hatte sich bisher unbeständig gezeigt. Aber nun schien die Sonne. Tief die frische Landluft einatmend war sie einfach nur glücklich darüber, keine anderen Sorgen, als das Gedeihen eines Teebeets zu haben.

Es war, als wäre sie aus einem bösen Traum erwacht. Nur ungern dachte sie an ihr früheres Leben als angesehene leicht gestresste Bürgerin mit einem gutbezahlten Job, als Ehefrau und Mutter in edlen Stoffen gekleidet und immer unglücklicher werdend.

Jetzt trug sie eine einfache Baumwollbluse zu einer Jeans, die ihre schlanke durchtrainierte Gestalt eher verhüllte als betonte. Die schulterlangen braunen Haare hatte sie zu einem Knoten gebunden und ihr Gesicht hatte schon lange kein Make-up mehr gesehen. Es war hier nicht wichtig, ein schickes Kleid zu tragen, perfekt geschwungene Augenbrauen oder schwindelerregend hohe Schuhe zur Schau zu stellen. Hier zählten andere Dinge: Freundlichkeit, Hilfsbereitschaft, Verlässlichkeit.

Nun war die Nature-Zone ihr Zuhause. Statt in dem schicken Appartement, ästhetisch und technisch perfekt gestaltet, lebte sie nun in einem Miniholzhaus: Unten 22 qm Wohnfläche, einschließlich eines kleinen Bades, darüber, noch etwas weniger, wegen der Dachschrägen, ein

Schlafzimmer. In das Häuschen gelangte man über eine kleine Veranda, rechts, links und dahinter war ein kleiner Garten, der sich zaunlos in Wiesenflächen verlor, bis nicht viel weiter andere kleine Häuser standen. Eine ihrer Aufgaben war es, Teepflanzen zu hüten: Kamille, Pfefferminz, Salbei, Fenchel, damit aus ihnen ein schmackhafter Tee werde. Wie alle anderen Aufgaben auch, nahm sie diese ernst, selbst wenn es niemanden gab, der ihre Leistungen beurteilte.

Die Kamille wirkte genauso glücklich wie sie, reckte sich der Abendsonne entgegen. So machte sich Victoria auf den Weg zu einem der fünf Gemeinschaftshäuser ihrer Gemeinschaft, um die Abendmahlzeit zu sich zu nehmen. Sie war früh dran und konnte sicher noch dabei helfen, die Tische einzudecken.

„Hallo Vic, schön Dich zu sehen", wurde sie von Anne begrüßt, die für das Zubereiten der Mahlzeiten eingeteilt war.

„Hallo Anne, schöner Abend nicht wahr? Kann ich Dir helfen?"

„Ja, ich dachte, wir essen draußen. Es ist der erste wirklich warme Abend dieses Jahres. Lass uns die Tische herausstellen."

Nach und nach trudelten die anderen 22 Mitglieder der 3.Tajo-Gemeinschaft ein: Alte, Kinder, Männer, Frauen. Jeder mit einem Lächeln auf den Lippen, freundlich die anderen grüßend und fröhlich die letzten Handgriffe für das Abendessen tätigend.

Es gab Gemüsesuppe mit frischem Brot. Dazu standen Karaffen mit Wasser und Wein auf den Tischen.

Victoria lebte nun gut drei Monate in der Nature-Zone und hatte bisher jeden Augenblick genossen. Natürlich war es eine Umstellung vom Leben in der Safe-Zone zu diesem schlichten Dasein mit einfachen Tätigkeiten und einfachen Vergnügungen. Aber die Menschen hier waren viel authentischer. Sie waren wirklich hilfsbereit, wirklich interessiert, richtig fröhlich.

Das und die endlose Natur um sie herum wirkten wie ein Balsam, welches die tiefen seelischen Verletzungen, die ihr in den letzten Wochen in der Safe-Zone zugefügt worden waren, rasch verheilen ließen. Hier war ihre Seele zu Hause. Hätte sie es doch nur schon eher gewusst.

Der einzige Schmerz, den sie verspürte, war die Abwesenheit von Brad, ihrem Collierüden, den sie zurücklassen musste. Sie hatte ihm ein Gespür für Menschen beigebracht: ihre Wünsche, ihre Absichten, ihren Charakter. Damit war er zu wertvoll für die Safe-Zone geworden, so dass sie ihn unter fadenscheinigen Gründen dort behalten hatten.

Snorre ließ sich neben sie auf einen braunen Holzstuhl sinken. Er arbeitete dieses Jahr im Warentransport. Die landwirtschaftlichen Produkte, die sie übrig hatten, verkauften sie an die anderen Zonen, um dann für die Gemeinschaft die wenigen Güter zu kaufen, die sie brauchten und nicht selber herstellen konnten: bestimmte Rohstoffe, etwa zur Glasherstellung oder Metallverarbeitung, Medikamente, handwerkliche Produkte wie Kleidung und Werkzeuge, außerdem ein paar technische Geräte wie kleine Windkraftanlagen, Sonnenkollektoren sowie ein paar Haushaltsgeräte und einige Computer. Snorre half zusätzlich häufig im

Gewächshaus, weil es gerade im Frühling dort viel zu tun gab. Wie jeder in der Runde wirkte aber auch er zufrieden.

Sein blondes Haar fiel ihm lässig über die breiten Schultern, nachdem er seinen kräftigen Körper auf den etwas zu kleinen Stuhl sortiert hatte. Er war einer der Gründe, weswegen es Victoria so gut wie nie zuvor ging.

„Hallo Vic", sagte er zu ihr und hauchte ihr einen Kuss auf die Wange. „Wie war Dein Tag?" Da sie im letzten Jahr bei der großen Verlosung noch nicht dabei war, hatten die Koordinatoren sie der Union-Bella-Vista-Schule der fünf dörflichen Gemeinschaften: Ebro, Duero, Tajo, Guardina und Cinca als Lernbegleiterin zugeordnet. Es war schön mit Kindern zusammenzuarbeiten. Die Unterrichtsmaterialien bekamen die Kinder per Computer. Ihre Aufgabe war es also, neben den anderen fünf Lernbegleitern, die Kinder zu motivieren und ihnen bei den Aufgaben behilflich zu sein. Es bereitete ihr viel Vergnügen, die Kinder zu unterstützen, und es gelang ihr, zu allen ein freundschaftliches Vertrauensverhältnis aufzubauen.

„Hi, Snorre", erwiderte Victoria, „es hat Spaß gemacht. Wie immer. Ich werde die Kleinen vermissen."

Die große Jahresverlosung stand unmittelbar bevor. Jeder der 535 Bewohner der Union Bella Vista würde dann per Losverfahren eine neue Tätigkeit zugewiesen bekommen. Die meisten Menschen begannen bereits schriftliche Übergabeprotokolle anzufertigen und ihren Bereich in beste Ordnung zu versetzen, damit die Nachfolger einen guten Start hatten. Außer den Aufgaben für die Gemeinschaft wurden der Union von den Administratoren der gesamten Nature-Zone bestimmte landwirtschaftliche Aufgaben zugewiesen. Sie hatten natürlich ein Mitspracherecht und meistens wurden ihre Wünsche auch berücksichtigt.

Jeder Bewohner der Nature-Zone hatte eine feste Aufgabe und half außerdem, wenn viel Arbeit anfiel, etwa bei der Ernte, in anderen Bereichen aus.

„Wie siehts bei Dir aus?", fragte sie Snorre, „wirst Du das LKW-Fahren vermissen? Den Blick in die anderen Zonen?"
„Das Einzige, was ich vermissen werde, ist das Gefühl, wieder hierher zurückzukommen. Und vielleicht die dummen Gesichter der Anderen, wenn ich mit meinem Elektro-LKW leise wie eine Katze angeschlichen komme. Ich freue mich auf einen anderen Job. Wer weiß, vielleicht wirst Du ja LKW-Fahrerin?"
„Das wäre eine Katastrophe", lachte Victoria, „ich werde die nächsten 100 Jahre bestimmt kleinen Fuß in andere Zonen setzen. Es wäre zu schön, wenn ich weiter in der Schule arbeiten könnte. Oder vielleicht in der Heilstation."
„Ich würde mich für Dich freuen, wenn sich Deine Wünsche erfüllen. Aber die Chance ist nicht besonders groß."
„Ja, ich weiß", sagte Victoria mit etwas Wehmut in der Stimme. „Aber es wird sich schon etwas Interessantes ergeben. Was würdest Du eigentlich gerne machen, wenn Du es Dir aussuchen könntest?"
„Ich bin mit Allem zufrieden. Ich mag den Wechsel. Aber das Schönste wäre es für mich natürlich, mit Dir zusammenzuarbeiten."
„Du Schmeichler", lachte Victoria, „wer mit Dir arbeitet, hat nicht viel zu tun, bei Deinem Einsatz."
„Touché".

Victoria hätte gern noch weiter mit Snorre geplaudert, aber dies würde sie verschieben. Mit Snorre zu reden, war wie ein Tanz unter einem Sommerregen. So leicht und ohne jegliche Absichten, dass es ihr jedes Mal das Herz erwärmte. Jetzt war es aber gut, auch mit den anderen der Gruppe zu sprechen.

Schräg gegenüber entdeckte Victoria Lenja. Schön wie eine Amazonenkönigin saß sie bei Alex und Rick, das lockige braune Haar mit einem Haarband zusammengebunden, lächelnd zuhörend, verständnisvoll nickend, dicht neben ihr an sie lehnend, saß ihr Sohn Finn. Als Lenja Victorias Blick bemerkte, sah sie kurz zu ihr herüber, lächelte und konzentrierte sich dann wieder auf Alex und Rick.

Lenja war ihre beste Freundin geworden. Gleichzeitig war sie die frühere Frau von Snorre. Sie hatten gemeinsam drei Kinder und zunächst war es merkwürdig für sie, mit Snorre eine Beziehung einzugehern und gleichzeitig mit Lenja befreundet zu sein. Doch Lenja hatte sie ausdrücklich darin bestärkt. Die beiden ehemaligen Ehepartner verstanden sich immer noch gut und andere sagten, es sei zwischen ihnen niemals ein lautes Wort gefallen. Victoria hoffte, später noch mit Lenja sprechen zu können. Jetzt wandte sie sich an Jan, der zwei Plätze weiter saß und gerade mit einer Brotkrume die letzten Reste Suppe auf dem Teller zusammenschob.

„Hi Jan, wie läufts in der Wäscherei?"
„Hallo Vic. Ich versteh einfach nicht, warum die Leute halbsaubere Sachen abgeben. Werd ich nie verstehen. Aber jetzt ist es ja bald vorbei."
„Du freust Dich also auf einen neuen Job?"
„Auf jeden Fall. Wird Zeit, mal etwas anderes zu tun. Wie läuft es bei Dir? Ist das erste Mal, dass Du an der Verlosung teilnimmst oder?"
„Ja. Das erste Mal. Ich bin gerne mit Kindern zusammen, obwohl ich das vorher gar nicht so genau wusste. Aber etwas anderes ist auch in Ordnung."

Snorre plauderte derweil mit Anne und lobte die Gemüsesuppe. Die Kinder waren inzwischen aufgestanden und tobten um die Tische herum. Manche der Alten waren eingenickt. Bei deren Anblick huschte jedes Mal ein Lächeln über Victorias Gesicht. „So möchte sie auch alt werden", dachte sie. Integriert mit jungen Menschen und Kindern, mit einer Arbeit die zu bewältigen ist und der Gemeinschaft nützt. Jeder blieb solange im Lospool wie er wollte. Anschließend wurden immer Arbeiten gefunden, die die Alten gerne ausführten: Kleidung ausbessern, Kräuterbeete pflegen, Teemischungen herstellen, Ordnung schaffen, Maschinen warten, Kinder ins Bett bringen, in der Küche helfen … . Alle machten irgendetwas. Auch den Kindern wurde ein überschaubares Maß an Arbeiten zugeteilt. Die meisten waren stolz darauf, Verantwortung zugewiesen zu bekommen.

Manchmal sann Victoria darüber nach, was aus ihren Kindern geworden wäre, wenn sie hier aufgewachsen wären. Hätte Henry diesen beißenden Ehrgeiz entwickelt, einhergehend mit dem ständigen Bedürfnis nach Anerkennung, was sich gleich, was geschieht, niemals befriedigen ließ?

Wäre Mary tatsächlich nach „Gottes Garten" gezogen, in die Zone der Gläubigen und Bescheidenen? Hätte sie dann auch fast vollständig mit ihrer Familie gebrochen? Nach ihrem Wechsel in die Nature-Zone hoffe Victoria inständig, das Verhältnis zu Mary möge sich wieder verbessern. Und wie es schien, nach ihrem ersten Besuch bei ihr, wirkte es auch so. Aber Mary war vorsichtig und hatte ihr nur allzu deutlich gemacht, nichts überstürzen zu wollen.

Der Bruch mit Henry war nahezu vollständig. So nah wie sie sich standen, als sie noch in der Safe-Zone lebte, so fern waren sie sich jetzt. Er passte so gut in die Safe-Zone, dass es ihr fast unheimlich vorkam. Sie konnte auch nicht behaupten, dass sie ihn mochte, noch dass sie ihn vermisste.

Dennoch hatte sie merkwürdigerweise stets ein schlechtes Gewissen, wenn sie an ihn dachte. Vielleicht wäre alles ganz anders geworden, wenn ihre Kinder hier aufgewachsen wären.

Victoria rief sich innerlich zu Ordnung. Es nutze nichts, irgendwelche gedanklichen Schleifen in der Vergangenheit zu drehen. Es war vorbei, ihre Kinder waren erwachsen und sie hatte endlich ihr Zuhause gefunden.

Es wurde Zeit, die Tische abzuräumen, zu schauen, ob es noch etwas in der Küche zu helfen gab, um sich dann für die wöchentliche Abendbesprechung der dritten Tajo-Gruppe einzufinden. Es war kühler geworden. So würden sie die Tische und Stühle wieder in das Blockhaus hineinbringen und dort über ihre Wünsche, die Vorschläge von den Koordinatoren, der anderen Unionen und den Anregungen des Parlaments zu diskutieren.

Anja und Thorben, die beiden Sprecher der 3. Tajo-Gruppe, schauten freundlich in die Runde bis die Gespräche verstummten. „Das Parlament diskutiert derzeit darüber, wie wir unsere Bemühungen nach Autonomie noch weiter intensivieren können", ergriff Anja das Wort. „Wir führen ihrer Meinung nach noch zu viele Güter ein, weil wir sie nicht selber produzieren. Es gibt ein paar Vorschläge, doch jede Union und jede Gruppe kann natürlich auch Wünsche äußern. Zur Diskussion steht die Herstellung von Kleidung und Werkzeug."
„Kleidung?", fragte Anne, „Wie soll das gehen. Baumwolle wächst hier nicht und Schafe wollen wir nicht."
„Ja", antwortete Thorben, „das stimmt. Es wird vorgeschlagen Fasern aus Bambus oder Hanf herzustellen."
Ein Glucksen und Kichern fuhr durch den Raum.
„Klasse Hanf", sagte Kadir, „ich bin dabei."

„Ha, Ha, ich auch", warf Ron ein, „dann können wir uns nebenbei etwas abzweigen."

Anja verdrehte nur die Augen. Vor Jahren gab es mal ein Modellprojekt zum begrenztem erlaubten Konsum von Cannabis. Doch die Gemeinschaft hat sich dazu entschlossen, es wieder aufzugeben. Die paar Leute, die es konsumierten, zeigten Konzentrationsschwächen bei ihren Jobs und Drogen waren ganz allgemein nicht gern gesehen, weil die Leute meinten, das echte Leben sollte so gut sein, dass niemand mehr eine Droge brauche, um sich davon abzulenken. So ging man dann auch mit den restlichen Konsumenten um: Es gab kein richtiges Verbot, doch man versuchte, mit Ihnen ihr Leben so lebenswert zu gestalten, dass sich die Lust auf Rausch verlor.

„Vielleicht könnten wir doch Schafe halten", schlug Lena vor. „Ich weiß, dass wir hier aus Prinzip keine Nutztierhaltung wollen, aber Schafhaltung ist etwas anderes", ergänzte sie ihren Vorschlag, damit niemand auf die Idee käme, sie hätte wegen ihres Alters etwas durcheinandergebracht.

Victoria fand die Idee einleuchtend, doch hielt sie sich, wie immer bei solchen Diskussionen, zurück. Sie dachte, noch nicht lange genug hier zu sein, um ihre Stimme zu erheben und hatte auch Angst in den Kampfdiskussionsstil, welcher in der Safe-Zone üblich war, zu verfallen.

Maria meinte, dass dies ein Dammbruch wäre. Würde man hier mit der Nutztierhaltung anfangen, wäre man doch schnell bei Milch und Käse und schon würde man Tiere wieder schlachten.

Viele der anderen nickten

„Wollen wir ein Meinungsbild machen oder möchte noch jemand etwas sagen?", fragte Anja.

„Ich denke, solange es die Möglichkeit gibt, aus pflanzlichen Fasern Kleidungsstücke herzustellen, sollten wir auf tierische Grundstoffe verzichten", meinte Snorre. Und dann: „Klar, machen wir ein Meinungsbild." Anja schaute in die Runde, ob es einen Einwand dagegen gab. Dann wurde jeder nach seiner Meinung gefragt. Auch die Kinder. Neben Lena und Victoria waren noch Thorben, Arthur, Alex und Nora für die Haltung von Schafen. Ihre Meinungen hatten durchaus Einfluss auf die Union. Da die meisten dagegen waren, wäre eine Schafzucht zumindest in ihrer Untergruppe damit aber nicht möglich.

Thorben gab die Anzahl der Pro- und Kontra-Meinungen gewissenhaft in den Laptop ein, ohne Namen zu nennen.

Es war einer der drei Computer, die es in der 3. Tajo-Gruppe gab. Sie hätten mehr bekommen können, doch sie hatten es einstimmig abgelehnt. Einen Internet-Zugang gab es ebenfalls nicht, doch verfügte die gesamte Gemeinschaft über ein Intranet. Über einen Laptop verfügten die Sprecher und die anderen beiden Computer standen im Gemeinschaftshaus. Manche nutzten sie, um ihre Arbeit effektiver erledigen zu können, andere für kreative Tätigkeiten oder als Ideenspeicher oder um ihre Arbeit für ihre Nachfolger zu dokumentieren. Die meiste Zeit blieben sie ungenutzt.

Schließlich sprachen sich alle für weitere Schritte zur Autonomie aus. Zumindest ihre täglichen Gebrauchsgegenstände wollten sie selber herstellen. Die Produktion von bestimmten Medikamenten sowie hochtechnologischen Produkten lehnten sie ab. Doch der handwerkliche Bereich wäre durchaus ausbaubar.

„Es wird zur Zeit darüber diskutiert, ob die Unionen sich ein Stück weit spezialisieren. Was meint ihr dazu?", fragte

Thorben und Anja machte sich nun bereit, wichtige Diskussionsergebnisse zu notieren.
Schnell wurde klar, dass dies alle ablehnten. Die Unionen sollten, so weit es ging, eine kleine autonome Einheit bleiben. Sie wollten keine fabrikähnlichen Produktionsstätten, auch kein großes Krankenhaus oder eine zentrale Schule. Selbst wenn es bei weiteren handwerklichen Betrieben vielleicht schwierig würde, in jeder Union eine Tischlerei, eine Näherei und eine Schlosserei zu betreiben. Keiner von ihnen wollte das relative Selbstversorgerprinzip aufgeben. Alle wollten sie in kleinen, überschaubaren Einheiten leben und arbeiten.

„Okay", ergriff nach der allgemein ablehnenden Haltung Thorben wiederum das Wort, „möchte noch jemand etwas sagen?"
Niemand meldete sich. Es war spät geworden und die meisten wollten alleine oder mit Nachbarn den Abend ruhig ausklingen lassen. Victoria freute sich, noch eine Weile mit zu Lenja zu gehen, vielleicht mit ihr noch ein Glas Wein zu trinken und dann müde und glücklich ins Bett zu fallen.

Snorre wollte den Abend mit Jules, dem Sohn von Rick verbringen. Der Teenager hatte das Schachspiel entdeckt und spielte nun mit jedem, der für ihn eine Herausforderung war. Snorre hatte er bislang noch nicht besiegt.

Arthur, Lenjas älterer Sohn, hatte sich schon vor einer Weile von der Versammlung zurückgezogen, um Finn ins Bett zu bringen. Als Lenja mit Victoria zum Haus kam, lag es still da. Oben in den Schlafzimmern von Emma, der ältesten Tochter und Arthur brannte noch Licht. Vermutlich lagen sie auf ihren Betten und lasen.

„Komm, wir holen uns ein paar Decken und setzen uns auf die Veranda. Ich habe vorhin schon eine Sternschnuppe gesehen. Da fliegen bestimmt noch ein paar Wünsche umher", schlug Lenja vor.

In Decken eingeschlungen und jede mit einem Glas frischen Minztee in der Hand, betrachteten die beiden Frauen die Sterne.

„Was würdest Du Dir denn wünschen, wenn wir jetzt eine Sternschnuppe sähen?", fragte Victoria.

„Oh", antworte Lenja, „ich hab' da jemanden gesehen. Gestern auf dem Feld. Heute war er nicht da. Irgendwie wirkte er dort auch deplaziert, eher wie ein Beobachter als ein Arbeiter. Er war so langsam, so genau. Er hat die kleinen Frühkartoffeln in den Händen gehalten, als wären es neugeborene Küken. Nein, eigentlich war er nicht langsam, eher anmutig, achtsam." Lenjas Lächeln war so hinreißend, dass, wäre Victoria eine Sternschnuppe, sie sich sofort vom Himmel gestürzt hätte, nur um Lenja eine Freude zu machen.

„Lenja, Du hast Dich verliebt?"

„Ach was", protestierte Lenja halbherzig, „ich würde ihn nur gerne kennenlernen. Aber ich weiß nicht einmal, in welcher Gemeinschaft er lebt."

„Na, das wird doch wohl herauszufinden sein. Spätestens wirst Du ihn ja wohl übermorgen bei der großen Verlosung sehen."

„Stimmt", sagte Lenja und verfiel wieder in das süße Lächeln.

„Und Dir wird es bestimmt nicht schwerfallen ihn für Dich einzunehmen. Jeder Mann träumt davon, deine wilde Mähne zu zersausen und dich zum Lächeln zu bringen."

„Wenn das mal so wäre", seufzte Lenja. „Eigentlich will ich auch erst einmal eine Weile alleine bleiben."

„Ich glaube die Weile dauert jetzt schon zwei Jahre. Pass auf, dass es nicht eine lange Weile wird", gab Vicotria zu bedenken. Und fügte hinzu: „ Aber verstehen kann ich es schon. Ich hatte ja auch nicht vor, mich in eine Liebelei zu stürzen. Schon gar nicht mit dem Exmann meiner besten Freundin. Es ist wichtig, Beziehungspausen zu machen, um wieder ganz bei sich zu sein. Sich wieder einzupendeln sozusagen."
„Ja, es ist wichtig. Aber Snorre und Du, ihr tut euch so wohl. Dann ist es auch gut."

Lenja hatte nie mit Victoria über die Gründe für die Trennung von Snorre gesprochen und auch Snorre verlor kein Wort darüber. Victoria war natürlich neugierig, aber sie respektierte das Schweigen und sie hatte auch nicht den Eindruck, als wäre noch etwas anderes als reine Freundschaft zwischen ihnen: kein Hass, kein, Neid, kein Bedauern, aber auch kein Verlangen, keine Leidenschaft, kein wirkliches Interesse.

Als Victoria ihr kleines Häuschen erreichte, sah sie Snorre vor ihrer Tür sitzen. Unnötigerweise. Die Türen hier waren stets unverschlossen. „Snorre, was machst Du denn hier?" Man konnte deutlich die freudige Überraschung in ihrer Stimme hören.
„Ich hab' gewonnen. Aber vielleicht das letzte Mal. Es war ganz schön knapp", grinste Snorre.
„Und deswegen bist Du hier? Du hättest doch zu Lenja kommen können."
„Es war schön, hier zu sitzen und auf Dich zu warten. Ich habe eine Menge Sternschnuppen gesehen. Und ich glaube einige meiner Wünsche werden in der nächsten Stunde schon erfüllt."
Snorres Lächeln drang tief in ihre Seele und es schien ihr, als würde jede einzelne Zelle ihres Körpers zurücklächeln.

„Wenn ich dabei behilflich sein kann, dann mal los", lachte sie.

„Oh, ja. Das kannst Du."

Snorre stand auf und gab ihr einen langen zärtlichen Kuss. Könnte dieser Moment doch ewig dauern. Er war vollkommen.

Im Schlafzimmer angekommen hielt sie Snorre davon ab, gleich über sie herzufallen. Sie bat ihn, sich aufs Bett zu legen und zündete ein paar Kerzen an. Sie wollte Snorre langsam genießen, sie wollte ihn mit allen Sinnen wahrnehmen, jeden Quadratzentimeter seines wunderbaren Körpers sehen, riechen schmecken und ihm Klänge entlocken, die sie noch nie gehört hatte.

Zärtlich zog sie ihm den leichten Baumwollpullover und die Jeans aus und strich über seinen kräftigen Brustkorb, hauchte immer wieder einen Kuss auf seine weichen Lippen, die zarte Haut seines Augenlids, ließ ihre Zunge den verschlungenen Weg seines Ohres entlangfahren, nagte an seinen Brustwarzen, die sich ihr ergeben entgegenreckten, bespeite die blonden Haare unterhalb des Bauchnabels. Sie ließ ihn seine Hände hinter dem Kopf verschränken, flüsterte: „Bleib so" und begann sich langsam auszuziehen.

Immer neue Kombinationen von Berührungen ersann sie, ihre und seine Körperglieder zueinander zu bringen, bis das Verlangen, so viel seiner Körperfläche wie möglich mit ihrem Körper zu spüren, übermächtig wurde. Auf ihn liegend, seinen honigsüßen holzigen Geruch bis in den letzten Ausläufer ihrer Lunge inhalierend, nahm sie ihn in sich auf und da hörte sie einen Klang, den sie zuvor noch nie von ihm gehört hatte.

Es war wieder eine dieser Nächte, in denen sie nicht genug voneinander kriegen konnten. Zwischendurch redeten sie leise miteinander, sprachen von Dingen, die nicht einmal für Selbstgespräche geeignet waren, dann wieder kicherten sie wie Teenager, fügten Laute zusammen, bis sie wie Kosenamen klangen, berührten sich mit Händen Beinen, Brustkörben oder Zehen immer in Verbindung zueinander, als würde der Andere verschwinden, wenn der Kontakt aufhörte, bis einer wieder anfing mit diesen bestimmten Liebkosungen, denen man nicht widerstehen konnte. Noch mal, noch mal, noch mal. Victoria sog seine Liebe auf, wie ein Flecken vertrocknetes Moos das Wasser im Sommerregen. Es war als wäre es jahrelang trockengelegt, als könne sie gar nicht genug davon aufsaugen, um wieder lebendig zu sein.

Der Himmel war so nah. Das war der Himmel.

## 2.

Aufgeregt wie ein Kind in Erwartung des ersten Schultages ging Victoria mit den anderen Bewohnern von Tajo 3 am Sonntagnachmittag zum großen Versammlungshaus der Union Bella Vista. Obgleich es unsinnig war, konnte Victoria nicht anders, als sich selber in den verschiedenen Tätigkeiten vorzustellen und sich auszumalen, wie sie den Anforderungen am besten gerecht werden könne. Sie sah sich mit dem Postfahrrad von Haus zu Haus fahren, die Briefe verteilend und hier und da ein Schwätzchen haltend oder wie sie im Gewächshaus Zucchini erntete oder in der Töpferei Schalen und Teller herstellte.

Das Haus lag mehr oder weniger zentral. Es war wieder ein schöner Tag Der Fußweg dauerte nicht so lange und fühlte sich an, wie ein Familienausflug.

„Bist Du aufgeregt?", wurde sie von Thorben angesprochen. Seine raue Stimme musste in den vergangenen 60 Jahren schon eine Menge Worte hervorgebracht haben. Zumindest hörte sie sich so an.

„Ja, na klar. Das erste Mal ist immer aufregend."

Snorre, der neben ihr ging, meinte: „Für mich ist auch das 15. Mal noch aufregend" und grinste dabei Victorias an.

„Was ist eigentlich, wenn man ... wenn man das nicht kann, was man zieht?", brach es aus Victoria hervor, die Frage hatte sie zuvor stets sorgsam unterdrückt, denn offenbar stellte sie sich hier niemand außer ihr.

Die beiden großen Jungs brachen in Gelächter aus, so dass Victoria schon bereute, sie gestellt zu haben. Aber jetzt musste sie die Antwort wissen.

„Was ist so komisch daran", schnauzte sie die beiden an.

„Entschuldigung", japste Thorben und auch Snorre hörte auf zu lachen, weil er merkte, dass es Victoria ernst war und ihr Lachen sie verletzt hatte.

„Jeder kann alles. Und wenn jemand etwas nicht kann, wird ihm geholfen, bis er es kann", fuhr Thorben jetzt wieder aufgeräumt fort.

„Ich meine ... und wenn jemand etwas nicht will?"

„Etwas nicht will?", fragte Snorre ungläubig nach, als hätte sie gemeint, es könne doch sein, dass ein Kind nicht wachsen will.

„Ja", sagte Victoria.

„Nun", ergriff Thorben wieder das Wort, „das kommt hier nicht vor. Die große Verlosung ist ein Grundpfeiler unseres gesellschaftlichen Lebens. Sie entspringt dem tiefen Bedürfnis nach Gerechtigkeit und Gleichwertigkeit unter den Mitgliedern. Das ist unsere Identität."

„Schau Vic.", führte Snorre Thorbens Ausführungen aus, „würde jemand seine Aufgabe ablehnen oder tauschen wollen, ginge ein ständiges Geschachere um die besten Aufgaben los. Vielleicht würden die Menschen beginnen, sich gegenseitig zu bestechen oder unter Druck zu setzen. So ist es besser. Jeder nimmt seine Aufgabe mit Demut und Stolz an."

Victoria schluckte. Sie hatte es geahnt, aber nicht wahrhaben wollen. Was wäre, wenn sie eine Aufgabe bekäme, die sie in Kontakt zu anderen Zonen zwänge? Womöglich der Safe-Zone. Sie wollte dieses Paradies nicht verlassen. Nicht eine Minute. Ebenso wenig wollte sie einen Posten mit einer gewissen Verantwortung. Davon hatte sie genug. Früher oder später brachte es nur Ärger mit sich. Sie wollte keinen Ärger mehr.

„Aber es wird schon gut gehen", versuchte sie sich selber zu beruhigen. Die Chancen auf einen derartigen Job waren verschwindend gering.

„Ja, verstehe ich", murmelte sie, weil Thorben und Snorre schon begannen, sie besorgt anzuschauen.

Nach der Verlosung war immer eine große Feier angesetzt. Alle 535 Bewohner von Bella Vista aßen zusammen, hatten die Möglichkeit, einen ersten Kontakt zu ihren Vorgängern zu knüpften, und tanzten bis tief in die Nacht.

„Es wird ein schöner Abend werden", sagte Snorre. „Du wirst schon sehen. Vermutlich landest Du auf dem Feld, wie die meisten von uns."

Mit der Feldarbeit waren tatsächlich über 50 Personen beschäftigt. Sie hatten sieben kleinere Felder, die wechselnd mit Kartoffeln, Getreide, Zuckerrüben, Mais und Raps und allerlei Gemüse: Mangold, Kohlrabi, Salate, Lauch, Rosenkohl und vielen weiteren Sorten bewirtschaftet wurden. Da sie weder Pestizide noch tierischen Dünger einsetzten, musste viel von Hand bearbeitet werden. Es gab zwar ein paar mit Solarstrom betriebene landwirtschaftliche Maschinen, doch Unkraut konnten die nicht entfernen.

In dem runden Flachbau mit Gras, Kräutern und Wildblumen auf dem Dach standen Gruppentische mit je zehn Stühlen, an den Seiten lange Bänke und ein paar Kartons ganz vorne, auf die sich die Kinder setzen konnten. Überall standen Blumensträuße, Teller mit Kuchen und Keksen, dazu Karaffen mit Wasser und Tee auf den Tischen. Das Licht der Spätnachmittagssonne, das durch die vielen großen Fenster in den Raum einfiel, tauchte ihn in warmes Licht.

Lenja war plötzlich neben ihr. Sie musste ihren sorgenvollen Gesichtsausdruck bemerkt haben. „Alles in Ordnung?", fragte sie.

„Ja, ich bin ein wenig aufgeregt und ... und ich will keinen Job, bei dem ich in eine andere Zone muss", gab Victoria zu.

„Kann ich verstehen", erwiderte Lenja, „es wird schon gut gehen. Die Chancen, dass es nicht passiert stehen ganz gut."
„Ich weiß. Hast Du ihn eigentlich schon entdeckt? Den geheimnisvollen Frühkartoffelbetrachter?"
„Bis jetzt noch nicht. Aber ich werde ihn schon noch finden. Komm, wir setzen uns zusammen an einen Tisch."

Victoria sah sich um. Der Raum war schon gut gefüllt, viele, die sich wohl länger nicht gesehen hatten, begrüßten sich freudig, andere plauderten mit ihren Nachbarn. Einige der Gruppen und Untergruppen saßen gemeinsam an den Tischen. Doch manche setzten sich auch irgendwo dorthin, wo ein Platz frei war oder ließen sich bei früheren Freunden, Arbeitskollegen oder bei Familienmitgliedern nieder, die in einer anderen Gruppe lebten. Die Stimmung war gleichzeitig gelöst und gespannt.

Zu dem Tisch, an dem sie mit Lenja saß, gesellten sich ein paar Leute aus der Duero-Gemeinschaft. Einige kannte Lenja von der Feldarbeit und begrüßte sie freudig.

Dann wurde es still. Die sechs Koordinatoren der Union betraten die schlichte Bühne. Eine große blaue Glasschüssel stand auf einen Holztisch, daneben war ein Mikrofon aufgebaut.

„Liebe Freundinnen und Freunde", begann eine junge Frau den offiziellen Teil der Veranstaltung, Ich bin Sarah. Ja, es ist mal wieder so weit. Die große Verlosung steht kurz bevor. Viele von Euch werden ihren Job mit einem lachenden und einem weinenden Auge verlassen. Und ich nehme mich selber dabei nicht aus." Ein Lachen ging durch den Raum, weil jeder wusste, wie viel Arbeit von den Koordinatoren zu bewältigen war. „Was mich betrifft", fuhr die Frau fort, „ich würde gerne mal wieder aufs Feld." Wieder ertönte ein Lachen. Die Feldarbeit war nicht gerade der attraktivste Job. „Nein, Spaß beiseite. Natürlich hat es mir Freude gemacht, diese Union, unsere schöne Union Bella Vista, am Laufen zu halten, unser Überleben zu sichern und für Zufriedenheit bei Euch zu sorgen."

Nun ergriff eine ältere Frau das Wort: „Hallo, ich heiße Bettina. Wir sind stolz auf unsere Gesellschaft und unsere Gemeinschaft. Wir alle haben uns dafür entschieden, hier in Frieden und Freiheit zu leben. Wir achten auf unseren Nächsten und auf uns selbst. Wir stellen den Menschen in den Mittelpunkt. Unsere Zufriedenheit erwächst aus den Menschen, die uns umgeben, einer Arbeit, die sinnvoll und machbar ist und der Natur, die uns so viel gibt und die wir schützen und bewahren wollen. Die Kinder, unsere Kinder, werden auf grünen Wiesen und an sauberen Bächen spielen. Sie werden sicher und geliebt aufwachsen. Jeder Mensch ist wichtig. Jeder ist gleich viel wert, egal ob Mann oder Frau, alt oder jung. Um das zum Ausdruck zu bringen, gibt es die große Verlosung, bei der jeder seine Arbeit zufällig erhält. Mit Stolz und Demut nehmen wir das Los an. Mit Freude führen wir unsere Arbeit aus. Mit Liebe begegnen wir anderen Menschen. Wir sind der Beweis dafür, dass eine bessere Welt möglich ist."
Ein tosender Applaus erfüllte den Raum. Bettina hatte das in Worte gefasst, was allen wichtig war.

„Mein Name ist Frank", sprach nun ein älterer Mann weiter: „Unsere Union Bella Vista hat zur Zeit 535 Bewohner. 105 Kinder wachsen bei uns auf und 33 ältere Damen und Herren, die an der Verlosung nicht mehr teilnehmen, uns aber weiter mit Rat und Tat und mit ihrem großen Schatz an Wissen weiter unterstützen. Somit sind 397 Lose für Euch vorbereitet. Ich freue mich, Euch mitzuteilen, dass die Nature-Zone weiter wächst und ein weiteres Gebiet ab dem nächsten Jahr nutzen darf. Die 54. Union wird gegründet. Wer Interesse hat, dorthin zu ziehen und die aufregende

Zeit des Aufbaus mitzugestalten, meldet sich bitte bei … ja, den neuen Koordinatoren." Wieder brandete ein Applaus durch den Raum.

Ein weiterer älterer Mann neben ihm ergriff nun das Wort: „Hallo ich bin Joachim. Wir wollen uns an dieser Stelle bei Euch bedanken. Ihr alle habt uns mit Euren Ideen, Eurer Kritik, Eurer Ehrlichkeit sehr geholfen, damit wir unsere Arbeit gut erledigen konnten.
Wieder hallte Applaus auf die Bühne. Die sechs Koordinatoren verbeugten sich. Bis auf zwei Frauen verließen sie die Bühne und setzten sich zwischen die anderen Menschen.

Eine der Beiden fuhr fort: „Und ich bin Marlis. Wir kommen zur Verlosung. Wir beginnen heute mit der Ebro-Gemeinschaft. Die erste Gruppe kommt bitte zu uns auf die Bühne."
11 Personen erhoben sich und gingen nach vorne.
„Ich grüße Euch", sagte die Koordinatorin. „Bitte zieht ein Los und sagt uns, wie Ihr heißt und was Euer neuer Job ist."
Ein Mann mittleren Alters trat vor und nahm sich einen zusammengefalteten Zettel aus der Schüssel, warf einen Blick darauf, trat an das Mikrofon und sagte laut und deutlich: „Ich bin Jamal. Ich arbeite zukünftig auf dem Feld." Kräftiger Applaus hallte zur Bühne. Jamal deutete eine Verbeugung an und trat zur Seite.

Eine junge Frau machte weiter: „Ich bin Svenja. Ich arbeite in der Glaserei. Wieder ein Applaus. Einer nach dem anderen erhielt seinen neuen Job: Auf den Feldern, in den Gewächshäusern, bei der Reparaturtruppe, bei der Betreuung, bei der Energiegewinnung, in der Kelterei, im Laden. Erstaunt beobachtete Victoria, wie die Frischbeglückten außer einem Lächeln das Los regungslos aufnahmen. Weder verriet ihre Mimik Freude noch Ärger. Sie nahmen ihr Los tatsächlich mit Demut und Stolz an.

Nach den fünf Gruppen der Ebro-Gemeinschaft gab es eine Pause. Victoria und Lenja nutzen die Gelegenheit, sich ein wenig die Füße zu vertreten und nach dem geheimnisvollen Kartoffelbetrachter Ausschau zu halten.

„Wie gefällt es Dir?", wollte Lenja wissen.

„Gut", antwortete Victoria, „es ist festlich. Es ist wie eine Zeremonie. Man merkt, dass die Menschen hinter dem Prinzip stehen."

„Hey, da ist er ja", wisperte Lenja aufgeregt in Victorias Ohr, „dreh Dich jetzt nicht um. Er steht schräg rechts hinter Dir."

„Lass uns die Plätze tauschen. Ich will ihn sehen", flüsterte Victoria zurück und beide redeten ein wenig Unsinn und taten so, als wären sie tief in ein Gespräch vertieft, während sie eine halbe Drehung vollführten.

„Wow", entfuhr es Victoria. „Das ist ja mal ein schöner Mann." Vielleicht war er 1,80 groß. Er war nicht besonders kräftig, eher feingliedrig mit langen Armen und Beinen, ohne schlaksig zu wirken. Das Besondere war sein Gesicht. Die Augen lagen dicht beieinander, die langen Wimpern sogar aus dieser Entfernung zu sehen. Die Nase und der Mund waren so fein geschnitten, als wäre er dem Titelbild eines Modemagazins für Männer der Safe-Zone entsprungen. Sein dunkles Haar war kurz geschnitten und betonte so diese perfekten Gesichtszüge. Doch er blickte ernst zu seiner Gesprächspartnerin, die sich reichlich bemühte, ihm ein Lächeln abzuringen.

„Ich glaube, er kommt aus der Guardina-Gemeinschaft", sagte Lenja leise und drängelte: Los, lass uns wieder die Plätze tauschen."

Ohne dass ein Gong oder ein Klingeln ertönte, gingen alle nach 15 Minuten wieder in das Haus und nahmen ihre Plätze ein.
Eine junge Frau, vielleicht 18 oder 19 Jahre alt, machte weiter: „Hallo Ich bin Alina. „Wir machen mit der Guardina-Gemeinschaft weiter. Die erste Gruppe kommt bitte nach vorne."
„Jetzt sehen wir, wie er sich bewegt", freute sich Lenja. Wieder wurden einige Feld- und Gewächshausarbeiten verteilt, eine Frau erhielt die Aufgabe, Feste, Feiern und andere Veranstaltungen, die in der ganzen Union stattfanden, zu organisieren, dann trat der ernste Schöne nach vorne. „Hallo ich bin Enrico".
„Enrico", echote Lenja verträumt. Enrico griff in die Schüssel, nahm sich einen Zettel und las ohne aufzublicken: „Koordination." Vieles bewegte sich nicht in seinem Mienenspiel, doch Victorias geschultes Auge sah, wie er kurz erstarrte, sich versteifte, bevor er unter dem Applaus der Menge zurücktrat.
„Oje. Das wird ihn nicht erfreuen", raunte Victoria Lenja zu, „ganz neu hier und so eine Aufgabe."
„Er wird es schaffen. Jeder schafft hier seinen Job", antworte Lenja ohne den Blick von ihm zu wenden.
Es hörte sich so natürlich und optimistisch an, dass Victoria ihr glaubte. Wieder konnte sie nicht verhindern darüber nachzugrübeln, welche Aufgabe ihr wohl zufiel.

Die Tajo-Gemeinschaft kam nach zwei weiteren Pausen als vorletzte Gruppe dran. Victoria konnte sich kaum beherrschen, sich ruhig zu halten, so aufgeregt war sie. Sie stand zwischen Snorre und Lenja. Die beiden versuchten, ihr etwas von ihrer Ruhe und Gelassenheit abzugeben. Snorre flüsterte ihr leise zu: „Alles was geschieht, ist gut, glaube mir." Seine Nähe und seine sanfte Stimme beruhigte sie tatsächlich ein wenig. Dann trat Lenja nach vorne: „Hallo ich bin Lenja", sie zog einen Zettel und sagte: „Ich arbeite in der Gästebetreuung." Noch während der Applaus für Lenja zu hören war, trat Victoria nach vorne. „Klarer, lauter und deutlicher als sie dachte, sagte sie: „Ich bin Victoria." Sie trat an die Schüssel nahm einen Zettel und erblasste schlagartig, fühlte, wie sich ihr Blut aus der Körperperipherie zurückzog, was sie schwindelig machte. „Koordination", las sie vor, ohne sich dessen bewusst zu sein. Sie bekam weder mit, wie nach ihr Snorre und die anderen an die Reihe kamen, noch wie ihre Gruppe die paar Stufen von der Bühne wieder herunterstieg.

Victoria war wie betäubt. Genau das war der worst case. Reglos saß sie auf ihrem Stuhl, nichts hörend, nichts sehend bis auch das letzte Mitglied der Union den letzten Zettel gezogen hatte.

Lenja und Snorre hielten sie abwechselnd im Arm und redeten mit ihr. So muss es den halben Abend gegangen sein. Victoria blieb einsilbig, mit ihrem Schicksal hadernd. Sie wollte in der Nature-Zone ihren Frieden finden. Sie brauchte diese Ruhe. Welcher Schicksalsgott spielte ein so erbarmungsloses Spiel mit ihr? Sie war einfach nicht bereit für diese große neue Verantwortung. Sie hatte Angst davor, sie würde sich selber so unter Druck setzen, bis sie den Job bis zur Perfektion beherrschte, während sie selber dabei vor die Hunde ging.

Das sanfte Gesäusel von Lenja veränderte sich plötzlich: „Victoria, ehrlich. Ich glaube, Du hast Dich jetzt genug bemitleidet. Und wir haben das auch ausreichend getan. Entweder Du nimmst diesen Job jetzt an und arrangierst Dich damit oder Du suchst Dir eben einen anderen Wohnort."

Die Hände, die sie gerade noch gehalten hatten, lösten sich von Schulter und Bein. Victoria spürte wie Lenja sich abwandte und sie spürte auch wie Recht sie hatte. Um keinen Preis der Welt wollte sie die Nature-Zone wieder verlassen. Der Entschluss, der sich in ihr bildete, versorgte ihren Körper mit frischer Energie. Sie sprach es aus: „O.K. Ich will bleiben. Ich mache den Job. Es wird schon gehen." Ihre Stimme hatte fest geklungen.
Lenja lächelte, Snorre drückte ihr ein Glas Wein in die Hand und damit war das Thema erledigt.

## 3.

Bereits am nächsten Nachmittag war eine Übergabebesprechung der alten und neuen Koordinatoren angesetzt. Seit Lenjas mahnenden Worten hatte sich Victorias Stimmung wieder gebessert. Sie war nicht allein und mit fünf Anderen wird die Aufgabe schon zu bewältigen sein. Gespannt betrat sie das Koordinatorenzimmer, welches gleich neben dem Veranstaltungsraum lag.

Als erstes erblickte sie Enrico. „Ach ja", erinnerte sie sich, „der hat ja auch das große Los gezogen." Mit seinen leicht zerzausten schwarzem Haar und den braunen schläfrigen Augen mit den langen Wimpern, sah es aus, als wäre er gerade aus dem Bett gestiegen.

„Hallo", sagte sie und ging auf ihn zu. „Ich bin Victoria aus Tajo 3."

„Hallo, ich bin Enrico und wohne in der dritten Guardina-Gemeinschaft. Bin ganz neu hier." Fast hätte Victoria gesagt, dass sie dies schon wüsste, beherrschte sich aber und ging auf die anderen zu, um sich vorzustellen. Einige erkannte sie als die alten Koordinatoren, andere Gesichter sagten ihr nichts. Vermutlich waren das ihre neuen Kolleginnen und Kollegen. Sie hatte gestern überhaupt nicht mehr mitbekommen, wer sonst noch ins Koordinatorenteam gelost wurde. Zumindest war niemand sonst aus der Tajo-Gemeinschaft da. Das wusste sie noch.

Sarah und Alina kamen auf sie zu. Mit einem Lächeln stellten sich vor.

„Du bist noch nicht so lange hier stimmt's?", fragte Sarah.

„Nein, gerade drei Monate."

„Kein Problem. Alina war quasi gerade erst angekommen, als sie in das Koordinatorenteam gelost wurde und sie hat sich super schnell eingearbeitet."
Victoria lächelte Alina anerkennend an. Dann wurde es Zeit, sich an den großen Besprechungstisch zu setzen, der eigentlich nur über sechs Plätze verfügte und nun mit 12 Stühlen ein wenig überbelegt wirkte. Die alten Koordinatoren hatten Namensschilder vorbereitet, auf denen auch der Name der Gemeinschaft vermerkt war.

Alina sprach als Erste. Sie wirkte selbstsicher, freundlich und locker. Perfekt für diesen Job. „So liebe neue Koordinatoren. Willkommen. Den ein oder anderen wird es erfreut, den anderen vielleicht erschreckt haben, hierher gelost worden zu sein, aber ich kann Euch beruhigen. Alles halb so wild. Wir sind eine Gemeinschaft, wir helfen uns gegenseitig. Euch erwarten Aufgaben, die zu bewältigen und außerdem interessant sind. Wir übergeben Euch eine wohlgeordnete und bewährte Struktur. Am besten wir beginnen mit einer kurzen Vorstellungsrunde. Ich fange mal an: Ich bin Alina, bin 23 Jahre alt, lebe in der 4. Cinca-Gemeinschaft. Ich bin für den Import und Export sowie die Ein- und Auswanderung zuständig gewesen."
„Ich bin Enrico", sagte Enrico, der links neben Alina Platz genommen hatte, „Ich bin seit einer Woche hier und lebe in der dritten Guardina-Gemeinschaft.
Der ältere Mann neben ihm sagte: „Ich bin der Frank, bin 52 Jahre alt. Ebro 1. Ich lebe seit der Zonengründung hier. Ich war als Unionsdelegierter tätig und zuständig für die Innenkontakte."
„Aha, ein alter Hase", dachte Victoria, während sie seiner samtenen Tenorstimme lauschte.
„Ich heiße Sarah", sagte die Frau, die sie vorhin schon so freundlich empfangen hatte. Sie hatte lange seidige graue Haare, die sie offen trug und sah so ein wenig wie die

Urmutter aus Jungs Archetypenkatalog aus. Zumindest stellte sich Victoria eine Urmutter genauso vor. „Ich wohne in Tajo 5. Ich war für die Landwirtschaft und den Import und Export zuständig und lebe ebenfalls seit 15 Jahren hier."

Nun war Victoria dran: „Ich bin Victoria und ich lebe seit drei Monaten in Tajo 3."
Die ältere Frau neben Victoria machte weiter: „Ich bin Elisa und seit einem halben Jahr hier. Ich wohne in Duero 4." Natürlich musterte Victoria die neuen Koordinatoren ganz genau. Sie wollte einschätzen können, mit wem sie es zu tun bekommen würde. Wieder einmal vermisste sie ihren Hund schmerzlich. Er hätte sofort erkannt, auf wen sie sich verlassen könnte. Elisa wirkte vornehm, wie sie da sehr gerade auf ihrem Stuhl saß, ja fast unnahbar, gleichzeitig hellwach und genau wie Victoria ihre Mitmenschen genau wahrnehmend.

„Mein Name ist Bettina, ich war hier Unionsdelegierte und war für die Einwanderung und Auswanderung zuständig. Ich lebe seit zwei Jahren hier und bin 44 Jahre alt." Auch Bettina wirkte selbstsicher und gelassen. Alle bisherigen Koordinatoren wirkten so. Victoria fragte sich, ob unter dieser Gleichmut Konflikte begraben waren und diese Abwicklung nun der letzte Akt war, den es durchzuziehen galt oder ob der friedliche Umgang echt war.
„Ich heiße Marlis", sagte eine Frau, die wohl so alt war wie Victoria, „Ich lebe in Cinca 1 und war für Innen- und Außenkontakte zuständig. Seit 10 Jahren lebe ich in der Nature-Zone." Marlis wirkte so nett, offen und sympathisch, dass Victoria ihre Bedenken sofort wieder beiseite schob. Marlis war sicher nicht der Typ für schwelende Streitigkeiten.

Die Frau neben ihr machte weiter: „Ich heiße Sofia und lebe jetzt 8 Jahre in Cinca 4", sagte die ältere Frau neben Marlis ein wenig zu leise. Die eher kräftigere Frau schaute den Anderen während sie sprach nicht in die Augen, sondern auf einen unsichtbaren Punkt auf den Tisch.
Der Junge Mann neben ihr sprach dagegen deutlich, laut und selbstbewusst: „Ich bin Jeremy, ich lebe seit 14 Jahren in Tajo 1." Er trug sein blondes Haar für die Nature-Zone ungewöhnlich kurz, wirkte ein wenig schlaksig, was wohl an seiner Größe lag. Er musste etwa 1,90 Meter sein. Doch beim genaueren Hinsehen erkannte Victoria die ausgeprägten Muskeln, die das Hemd verdeckte.

Ein Mann mit auffallend schönen ruhigen blauen Augen und lockigen brauen Haar machte weiter: „Mein Name ist Joachim. Ich bin 33 Jahre alt und war für die Außenkontakte und die Landwirtschaft zuständig. Ich lebe seit 3 Jahren in Ebro 2."
Die letzte in der Runde war dran: Eine junge Frau: „Ich bin Aylin. Ich lebe seit 10 Jahren in Cinca 4." Sie musste etwa 20 Jahre alt sein, war also weitgehend hier aufgewachsen. Zuvor war sie Victoria noch nicht so recht aufgefallen. Mit ihren langen brauen Haaren und der etwas eingesunkenen Haltung sah sie aus, wie ein ganz normaler Teenager. Doch jetzt, wo sie mit ihrer klaren lauten Stimme gesprochen hatte, wirkte sie eher entschlossen und tatkräftig.

Victoria ließ die neuen Koordinatoren innerlich noch einmal Revue passieren und erschrak. Die beiden jungen Leute, Jeremy und Aylin waren schon länger da, doch insgesamt für wichtige Entscheidungen oder Verhandlungen trotz ihren Esprits einfach zu jung. Eine der beiden älteren Frauen wirkte recht schüchtern, die andere durchaus kompetent, war jedoch ebenfalls erst kurz hier. Genauso wie Enrico und sie selber.

Aber Victoria riss sich zusammen und wollte positiv denken. Sicher würden sich alle engagieren und gut zusammenarbeiten.

„Ja, vielen Dank", sagte Alina. „Ihr habt sicher gemerkt, dass wir die Aufgabenbereiche jeweils doppelt besetzt haben. So wird der Arbeitsaufwand enorm reduziert und gleichzeitig herrscht das Vier-Augen-Prinzip. Also jede Entscheidung wird durch zwei Personen getroffen. Wichtige Entscheidungen haben wir in unseren gemeinsamen Sitzungen immer zusammen getroffen und bei grundsätzlichen Entscheidungen werden noch mehr als sonst alle Basisgemeinschaften einbezogen. Aber ihr könnt das natürlich machen wie ihr möchtet."

„Vielleicht erzählen die alten Koordinatoren nun noch einmal etwas ausführlicher etwas über ihre Arbeitsbereiche", schlug Bettina vor. Als sich kein Widerspruch regte, begann sie gleich. „Meine Hauptaufgabe war der Kontakt zu den anderen Unionen, insbesondere dem Unionszusammenschluss Cadore und der Zentrale, außerdem war ich mit der Ein- und Auswanderung betraut. Als Delegierte habe ich mit Frank zusammengearbeitet. Ich bin einmal in der Woche zu einem Unionszusammenschlusstreffen gefahren und habe da an verschiedenen Arbeitsgruppen mitgewirkt. Ich weiß nicht …", unterbrach sie sich selber, „ist Euch eigentlich allen der Aufbau hier klar?"
„Nein", sagte Victoria, „aber ich glaube, ich kapiere es langsam." Auch Enrico schüttelte den Kopf. Elisa sagte nichts, obwohl sie auch nicht länger da war.

Marlis trat an den Laptop und startete ihn. „Ich habe eine Grafik vorbereitet. Damit ist es am besten ersichtlich. Kurz darauf wurde ein Bild an die Wand projiziert, welches ein

Diagramm zeigte, bei dem auf jeder Ebene ein Begriff hervorgehoben war. „Schaut", erklärte Marlis, „hier sind wir: Union Bella Vista, darunter die 5 Gemeinschaften: Ebro, Duero, Tajo, Guadina und Cinca. Die Unionen ergeben eine Unionseinheit. Sie heißt Cadore. In ihr leben zur Zeit 3.234 Menschen. Die anderen Unionen von Cadore heißen Grand Paradiso, Antelao, Monte Viso, Tofana und Amiata. Dann haben wir noch die anderen Unionszusammenschlüsse Centovalli, Engadin, Dischma und Gumme und so weiter. Insgesamt neun. Aber mit denen haben wir eigentlich nicht so viel zu tun. Die sind auch etwas weiter weg. Da gibt es Treffen zur allgemeinen Ausrichtung, insbesondere der Ausweitung der Nature-Zone."

„Ich wusste gar nicht, dass es so viele gibt", sagte Enrico erstaunt.

„Ja, insgesamt sind es über 28.000 Menschen. Es ist großartig, dass sich immer mehr Menschen dafür entscheiden in der Nature-Zone zu leben. So hat die Erde noch eine echte Chance. Die Ökobilanz hat sich mit unserem Wachstum tatsächlich verbessert, gleichzeitig sind die Menschen zufriedener", ergänzte Joachim und es schien, als wollte er gar nicht wieder aufhören, die Vorteile des Lebens in der Nature-Zone aufzuzählen. „Wir haben zur Zeit einen ökologischen Fußabdruck von 2,1. Das ist in etwa der Level von den Philippinen. Das rührt daher, weil wir immer noch zu viele Güter einführen. Aber das soll sich demnächst ändern. Ihr habt doch davon gehört?"

Alle neuen Koordinatoren nickten. Vermutlich wollten sie so weitere Ausführungen bremsen, um sich erst einmal auf die Kernaufgaben konzentrieren zu können. Nur Jeremy wollte es noch etwas genauer wissen: „Werden auch andere Daten dokumentiert, etwa unser Ausstoß an Kohlendioxid?"

„Ja, natürlich", antwortete Joachim, „wir wollen natürlich auch die übrige Welt davon überzeugen, dass

Lebensqualität in Einklang mit der Natur möglich ist und das klappt am besten mit stabilen Daten."
„O.K." sagte Marlis. Habt ihr noch Fragen dazu? Keiner sagte etwas.

„Ich kann ja noch etwas über die Delegiertenarbeit erzählen", sagte Frank, fragend in die Runde blickend. Alle nickten und schauten Frank erwartungsvoll an. „Wie ihr wisst, habe ich zusammen mit Bettina gearbeitet. Im Zusammenwirken im Unionszusammenschluss geht es zum einen darum, unsere Wünsche dort zu vertreten, zum anderen Visionen weiterzuentwickeln und zu überlegen welche Bereiche sich für eine Zusammenarbeit innerhalb der Unionen, und auch den anderen Zonen eignen und welche nicht. Außerdem war ich der Delegierte des Unionszusammenschlusses und war so auch für die gesamte Nature-Zone mitverantwortlich. Das Wichtigste ist es, die Autonomie der kleinsten Einheit so weit es geht zu schützen. Eigentlich besteht die Hauptaufgabe darin, sich gegen Rationalisierungen, Großeinkäufe und allgemeine verbindliche Bestimmungen zur Wehr zu setzen, auch wenn es manchmal verführerisch ist."

„Na, gut", sagte jetzt Sarah, die junge Frau, die bei der gestrigen Veranstaltung als Erste das Wort ergriffen hatte. „Ich war hier für die Außen- und die Innenkontakte zuständig. Die Landwirtschaft ist unser Hauptstandbein. Wir versuchen, mit der Natur so schonend wie möglich umzugehen und gleichzeitig hohe Erträge zu erwirtschaften. Deswegen sind so viele Menschen immer auf dem Feld und in den Gewächshäusern eingesetzt. Wir haben hier ja keine Nutztiere und entsprechend keinen tierischen Dünger. Also verwenden wir Gründünger. Natürlich benutzen wir auch keinen künstlichen Dünger oder Pestizide oder Herbizide. Dadurch ist der Arbeitsaufwand höher, die Qualität aber viel hochwertiger. Für die Umwelt ist es natürlich auch besser so. Die Hauptaufgabe besteht darin, Ernteerträge zu erfassen und am besten, bevor die Ernte überhaupt reif ist, zum Verkauf anzubieten. Die Zusammenarbeit mit dem Import- und Export-Ressort und auch mit denjenigen, die für die Außenkontakte zuständig sind, sollte also eng vernetzt sein. Die jeweiligen landwirtschaftlichen Einheiten sind relativ autonom: Sie wissen selber am Besten, was sie den Böden zumuten können. Insofern beraten wir nur ein wenig und koordinieren Aussaaten, Ernten, Verkauf und Transport."

„Ich dachte, wir produzieren in erster Linie für uns und verkaufen dann nur die Reste", wunderte sich Aylin.

„Naja, beides ist richtig. Wir sind aber schon auf die Einnahmen einiger landwirtschaftlicher Produkte angewiesen. Wie gesagt, wir führen noch immer zu viele Güter ein", sagte Sarah, „insbesondere Medikamente und technologische Produkte und bestimmte Rohstoffe sind teuer."

„Wer bestimmt es denn, was wir einkaufen?" fragte Aylin weiter.

„Das bestimmen die jeweiligen Verantwortlichen selber. Manches wird auf der Unionsebene besprochen. Im Grunde genommen müsst ihr Euch als Mittler sehen zwischen den verschiedenen Ebenen. Ihr bestimmt also nichts, sondern versucht die unterschiedlichen Bedürfnisse unter einen Hut zu bekommen. Die Menschen in unserer Union sind am wichtigsten."

„Ja", ergänzte Marlis, „ich kann das bestätigen. Ich habe Joachim in der Landwirtschaft unterstützt und gleichzeitig war ich für den Innenkontakt zuständig. Das war eine gute Kombination, denn so hat mich der Kontakt mit den einzelnen Mitgliedern immer wieder geerdet und mir klar gemacht, dass die Zufriedenheit des Einzelnen am Wichtigsten ist."

„Wie genau hast Du Deine Aufgabe ausgeführt?", wollte Elisa wissen.

„Hauptsächlich war ich in den einzelnen Gemeinschaften präsent und ansprechbar. Ein guter Kontakt zu den Sprechern der Untergemeinschaften ist wichtig, ebenso zu den Delegierten der Gemeinschaften. Ich habe an vielen Versammlungen teilgenommen."

„Ich kann noch etwas zum Ein- und Auswanderungsressort sagen", meldete sich Alina zu Wort. „Wer bei uns leben möchte, reicht ein Motivationsschreiben ein, in dem die Bewerberin oder der Bewerber ihre oder seine Gründe für ihren oder seinen Wunsch darlegt, in der Nature-Zone zu leben. Zusammen mit Bettina habe ich es mir angeschaut. Dann haben wir die Bewerberin oder den Bewerber eingeladen und ein Gespräch geführt. Daraufhin wurde ein Termin mit den Gästebetreuern zum Probewohnen vereinbart und schließlich, wenn der Wunsch immer noch bestand, haben wir ein Haus und eine Arbeit zugewiesen. Häufig baten wir auch eine andere Person, eine Patenschaft zu übernehmen, damit die Integration gut gelingt. Wir konnten im vergangenen Jahr 24 Zuzüge verzeichnen: Ausgewandert ist nur eine Person. Da ist es natürlich auch gut, noch einmal ein Abschlussgespräch zu führen. Der betreffenden Person ist ihr Glaube immer wichtiger geworden und sie wollte dann lieber in Gottes Garten leben."

„Der Außenkontakt", sagte Joachim, „beinhaltet zum einen die Kontakte zur Normal-Zone, als auch zu anderen Zonen, was überwiegend, was den Handel betrifft. Es gibt aber auch eher politische Abstimmungen. Alle Zonen möchten mit ihren eigenen Werten respektiert werden, gleichzeitig sind wir an das Grundgesetz gebunden. Manche Zonen beanspruchen eine autonome Gerichtsbarkeit, was ihnen bei Bagatellen auch zugestanden wird. Außerdem gibt es immer wieder Diskussionen um Gebietserweiterungen und Regeln der Ein- und Auswanderung. Es gibt also Treffen mit den anderen Außenkontaktlern und Vertretern anderer Zonen. Ansonsten gibt es noch ein wenig Pressearbeit zu erledigen und manchmal auch Vorträge in der Normal-Zone zu absolvieren."

Victoria schwirrte der Kopf. Die Aufgaben waren anspruchsvoll, aber nicht unlösbar und vielleicht benötigten sie weniger Zeit, als sie gedacht hatte. Zumindest dann, wenn jeder seinen Anteil trug und verantwortungsvoll ausführte. Die Zweifel, die sich in ihr bezüglich der neuen Delegierten bildeten, versuchte sie zu unterdrücken. Wäre doch ein Gründungsmitglied mit dabei. So jemand wie Sarah oder Frank oder Snorre.

„Wir wissen, das waren jetzt viele Infos auf einmal. Wir würden Euch jetzt erst einmal alleine lassen, damit ihr Euch näher kennenlernen könnt. Wir möchten Euch anbieten, dass wir Euch in den nächsten zwei Wochen weiter unterstützen, etwa indem jeden Tag zwei von uns für jeweils eine Stunde Euch beratend zur Seite stehen. Aber ihr könnt das selber entscheiden. Mehr Zeit werden wir nicht erübrigen können, wir haben ja auch neue Jobs. Wir haben unsere Arbeit sorgfältig mit dem Computer dokumentiert, so könnt ihr Euch einen guten Überblick verschaffen.

„Ja, Vielen Dank", sagte Victoria, da es sonst niemand tat. „Das ist sicher eine große Hilfe."
Jetzt murmelten auch die Anderen ein „Danke", dann verabschiedeten sich die alten Koordinatoren mit einem Lächeln und waren verschwunden.

Man konnte die Ergriffenheit, das Gewicht der Verantwortung und Verwirrung spüren, die auf den neuen Koordinatoren lastete. Eine Minute schwiegen alle, unsicher, wie es nun weitergehen könnte. Auch Victoria sagte nichts. Sie widerstand der Versuchung das Wort zu ergreifen. Auf keinen Fall wollte sie vorpreschen, die Verantwortung an sich ziehen und wie in ihrem früheren Leben Entscheidungen mehr oder weniger alleine treffen und dafür mit einer Dauerbelastung, die über ihre Kräfte ging, bezahlen. Hier war es anders. Sie waren ein Team. Sie waren gleichberechtigt.

Jeremy, der junge Mann, der vorhin schon ein paar Fragen gestellt hatte und der auf Victoria einen kompetenten und motivierten Eindruck machte, meldete sich zu Wort: „Ich denke, es ist ganz gut, die Aufgaben mit Doppelbesetzungen aufzuteilen." Er wartete einen Augenblick, bis alle ihre Zustimmung signalisiert hatte. Dann fuhr er fort: „Vielleicht kann jeder mal sagen, was er gerne machen würde, dann haben wir eine Ausgangsbasis für die Aufteilung."
„Ich kann die Bereiche ja noch einmal auf einem Plakat notieren, dann wird es übersichtlicher" sagte Aylin, die junge Frau, die ebenfalls einen tatkräftigen Eindruck machte.
„Ja, tolle Idee", meinte Victoria, um die Initiative von den Beiden zu unterstützen. Einen Moment überlegte sie sich, ob sie gleich den Anderen mitteilen sollte, dass sie auf keinen Fall als Delegierte und schon gar nicht den Außenkontakt übernehmen wollte, überlegte es sich aber dann anders. Vielleicht ergäbe sich alles wie von alleine.

„Also", wiederholte Aylin, „wir haben die Bereiche Landwirtschaft, Import und Export, Innenkontakt, Außenkontakt, Unionsdelegierte und noch Ein- und Auswanderung", während sie die Bereiche in schön geschwungener Schrift auf das Papier malte und danach das Plakat an die Wand hängte.

„Schön", fuhr Jeremy mit der Moderation fort, „hat jemand schon eine Idee?" Ein wenig erinnerte Jeremy sie an ihren Sohn: Stets auf Effizienz bedacht, dabei aber smart und freundlich genug, um andere nicht vor den Kopf zu stoßen. Sie wunderte sich, warum er hier in dieser Zone lebte und fragte sich, ob er hier bleiben wollte.

Als niemand sich zu Wort meldete, mache Victoria einen Vorstoß: „Ich würde mich gerne um die Ein- und Auswanderung kümmern. Oder um die Innenkontakte."
„Daran hatte ich auch gedacht", sagte Elisa, eine der älteren Frauen, die aber im Gegensatz zu der anderen selbstsicher und gelassen wirkte. Ihr leicht gewelltes gut geschnittenes schulterlanges graues Haar, das von einer perlmuttbesetzten Spange zusammengehalten wurde, die gerade Haltung und die akzentuierte Sprache ließen vermuten, dass sie aus einem gehobenen Niveau der Normal-Zone stammte. Auch sie passte nicht so recht in die Nature-Zone. Bei ihr konnte sich Victoria überhaupt nicht vorstellen, dass sie etwas für umweltgerechtes Leben und Arbeiten übrig hatte.
Bevor sie jedoch noch weiter darüber nachsinnen konnte, verriet Elisa selber die Antwort: „Ich habe Krebs. Gebärmutterkrebs um genau zu sein. Meine Gebärmutter wurde schon entfernt, aber die Gefahr, einen weiteren Krebsherd zu entwickeln, ist groß. Ich lebe hier, damit das nicht passiert. Meine Heilpraktikerin sagte mir, ich müsse komplett mein Leben verändern. Und nun geht es mir tatsächlich besser. Natürlich arbeite ich hier so gut wie ich kann. Ich will mir meinen Aufenthalt verdienen. Aber ich bin auch eingeschränkt in meiner Leistungsfähigkeit."

„O.K." fuhr Jeremy fort, der als erster die Fassung wieder gewann, „wir werden das natürlich berücksichtigen."
„Ich würde mich gerne um die Landwirtschaft kümmern, also nicht alleine. Aber es interessiert mich", sagte Enrico mit seiner samtenen Latinostimme.
„Ausgerechnet Enrico, der Kartoffelanbeter", wunderte sich Victoria, ohne es laut auszusprechen. Aber vielleicht passte diese meditative Haltung gegenüber der Natur auch gut zu dieser Form der Landwirtschaft.

Es dauerte bis spät in den Abend, bis sie ihre Zuständigkeiten festgelegt hatten. Jeder war ein wenig zufrieden, jedoch nicht ganz. Jeder hatte sich aber kompromissbereit gezeigt und die Atmosphäre war durchweg gut gewesen. Victorias Zuständigkeiten waren nun die Landwirtschaft und die Innenkontakte. Damit konnte sie leben.

## 4.

Erschöpft kam Victoria an diesem Abend in ihrer Gemeinschaft an. Sie hatte eines der vielen Fahrräder genommen, die überall herumstanden. Das Wetter war wieder etwas schlechter geworden. Ein kühler Wind ließ das frische Grün der vielen Obstbäume, die nahezu alle Wegränder säumten, erschrecken. Trotz ihres Hungers und ihrer Müdigkeit wollte sie unbedingt jetzt gleich zu Snorre. Nicht nur, um sich in seine starken Arme zu werfen, sondern überwiegend, weil sie ein schlechtes Gewissen hatte. Sie war seit der Verlosung so mit sich selber beschäftigt, dass sie nicht einmal wusste, welchen Job Snorre erhalten hatte.

Sein kleines Holzhaus sah genauso aus wie ihres. Es lag im westlichen Bereich der kleinen Siedlung, während ihr Haus südlich gelegen war. Sie klopfte, öffnete die leichte Kieferntür und spürte im gleichen Moment, dass Snorre nicht da war. Wo konnte er sein? Vielleicht war er bei Lenja oder mit seinen Kindern unterwegs? Vielleicht im Gemeinschaftshaus oder gar bei ihr? Sie würde jede dieser Stationen abklappern, entschlossen das, was sie versäumt hatte zu tun, es wieder gut zu machen.

Snorre war tatsächlich bei ihr. Auf dem Tisch stand ein Teller mit einer erkalteten Pizza und ein Glas Wein, Snorre saß daneben auf einen Stuhl, in der Hand ein Buch. „Snorre", rief sie, „Ich habe Dich gesucht. Ich bin so froh, Dich zu sehen."
„Ich auch", sagte Snorre mit seiner ruhigen, melodischen Stimme. „Ich auch." Er nahm sie fest in die Arme, sie sog

seinen Duft ein, als wäre er Nahrung, Wasser Luft und Wärme gleichzeitig. „Entschuldigung", brach es aus ihr hervor, „Entschuldigung, ich war so egoistisch. Ich weiß nicht einmal, welchen Job Du jetzt machst. Ich habe in den letzten zwei Tagen immer nur an mich gedacht und über mich geredet. Entschuldigung. Snorre, wie geht es Dir?"
„Setzt Dich erst einmal", soll ich Dir die Pizza aufwärmen?", fragte er.
„Nein, nein." Victoria zwang sich, nicht gleich über die Pizza herzufallen, so hungrig war sie, sondern Snorre anzuschauen.
„Es geht mir gut, Victoria. Ich arbeite in diesem Jahr auf dem Feld."
„Auf dem Feld?", fragte Victoria nach, als ob daran irgendetwas Ungewöhnliches wäre.
„Auf dem Feld", wiederholte Snorre. „Es ist in Ordnung."
Jetzt, wo das Gespräch begonnen hatte, konnte sie sich nicht weiter zurücknehmen und nahm sich ein Stück Pizza und biss kräftig hinein. Pizza war vielleicht der falsche Ausdruck. Sie lebten ja in ihrer Gemeinschaft vegan, verwendeten also keine Tierprodukte. Weder Eier, noch Milch oder Käse." „Pizza" war hier ein mit Gemüse belegter Teig, in diesem Fall mit Tomaten, Paprika, Zwiebeln und Brokkoli.

„Es ist ungerecht", platze es aus Victoria heraus, „Du hast so viel Erfahrung. Du bist ein so kluger sensibler Mann. Du hättest Koordinator werden sollen."
„Es ist gerecht, Victoria. Nur so ist es gerecht. Nur so können sich Schwächere entwickeln und nur so können Stärkere lernen, sich zurückzunehmen und sich in die Gemeinschaft einzufügen. Es ist ein kluges System, was nur auf den ersten Blick ungerecht erscheinen mag. Wir leben hier Gleichheit und Gemeinschaft. Es geht nicht darum, möglichst effizient zu arbeiten. Effizienz dient nur sich selber oder einigen, die

davon profitieren, aber nie den arbeitenden Menschen. Im Gegenteil, sie setzt die Menschen unter Druck, sie macht unzufrieden. Dieses Denken negiert die Unterschiede der Menschen, weil die Menschen sich dem Anforderungsprofil der Arbeit anpassen müssen. Die Menschen aber in ihrer Individualität zu akzeptieren, erfordert eine andere Herangehensweise. Menschen können sich in jeder Arbeit entfalten und sie so ausführen, wie sie das können und möchten. Damit dient Arbeit sowohl dem Einzelnen als auch der Gemeinschaft. Die Arbeit selbst ist der Weg und nicht dessen Ergebnis. Das Wichtigste ist der Mensch, eingebettet in ein Umfeld, mit dem er harmoniert. Nur so kann er seine Kräfte konstruktiv entfalten. Deshalb stellt das Losverfahren eine größtmögliche Gerechtigkeit her. Es sagt, dass jeder fähig ist, jeden Job zu übernehmen und jeder darf ihn seiner Persönlichkeit entsprechend gestalten."

„Entschuldigung", wieder hatte sich Victoria entschuldigt, „ich bin noch zu sehr im alten Denken verhaftet. Ab und zu geht mit mir die Fantasie durch wie viel effektiver wir hier so manches gestalten können. Nur langsam kapiere ich, worum es eigentlich geht. Aber, denkst Du nie so wie ich?"

„Doch, natürlich. Die Verführung ist allgegenwärtig. Der Kapitalismus hat sich so tief in die Seelen und Gehirne der Menschen eingegraben, dass es vermutlich Generationen in einer anderen Lebensweise braucht, um sich davon zu lösen. Der zwanghafte Konsum von immer mehr Gütern suggeriert den Menschen, nur so zufrieden werden zu können. Doch die Unzufriedenheit ist durch den Kapitalismus selber entstanden. Je mächtiger das kapitalistische Denken ist, desto größer wird die Unzufriedenheit und desto größer wird der Hunger nach mehr Gütern und mehr Kapitalismus. Der Mensch zerreibt sich zwischen den Ansprüchen, die die globalisierte Wirtschaft an ihn stellt und seinen angeblichen Konsumansprüchen."

Victoria war verwirrt. Sie war immer davon ausgegangen, dass die Nature-Zone aus ökologischen Gründen entstanden wäre, um die Umwelt zu schützen und mit Ressourcen sparsam umzugehen. Die Betonung auf eine politische und wirtschaftliche alternative Lebensform war ihr neu.
„Willst Du damit sagen, die Nature-Zone ist ein kommunistisches Experiment?"
Snorre lachte. „Nein, so weit würde ich nicht gehen. Es gab viele Gründe dafür, diese Zone zu gründen. Viele haben unterschiedliche Schwerpunkte gesetzt. Natürlich spielten ökologische Argumente eine große Rolle. Alle Gründe passen allerdings wunderbar zueinander."
„Ja, irgendwie schon", gab Victoria zu, „Die Entstehungsgeschichte, ist die denn dokumentiert worden? Wird heute noch manchmal darüber diskutiert, warum wir so leben, wie wir es tun?"
„Natürlich gibt es für jedermann zugängliche Niederschriften über die Motive zur Gründung der Zone. Es gab früher endlose Diskussionen über grundsätzliche wirtschaftliche, ökologische und auch politischen Sichtweisen. Nächtelang haben wir geredet und auch gestritten, wie wir unsere Ideen verwirklichen können. Aber die Zufriedenheit heute hat auch hier die Energie, die Lust an der Gestaltung, den Reformeifer, ja, man könnte sagen das Heldentum in ein zartes Abbild davon verkehrt. Wie eine zähe klebrige Masse drängt sie sich in die Ritzen großer Traumgebilde und löst sie auf."
„Es ist wunderschön hier. Und es ist richtig. Wenn man so viel erreicht hat, muss man doch nicht alles weiterentwickeln, nur um des Veränderns Willen oder der politischen Wachheit zuliebe."

„Ja, vermutlich hast Du recht", sagte Snorre mit einem leichten melancholischen Tonfall, „ich mache mir nur manchmal Sorgen, dass es eben nicht so bleibt, sondern dass sich die Kapitalismuskatze wieder heranschleicht und die Menschen verhext."
„Kann ich verstehen", pflichtete Victoria ihm bei. „Aber es gibt doch sicher noch andere Menschen wie Dich, die darauf schauen, dass alles gut bleibt?"
„Ja, sicher. Aber wir müssen auch Neues zulassen. Nichts wäre schlimmer als ein Stillstand, selbst wenn der Status quo ganz wunderbar wäre."

Noch nie hatte sie mit Snorre über politische Themen diskutiert. Sie fragte sich, ob es mit ihrem neuen Job zu tun hatte oder einfach nur Zufall war, weil sie jetzt eben entsprechende Fragen gestellt hatte. Nun war sie erst einmal aber viel zu müde, um weiter darüber nachzudenken. Der Wunsch, sich neben Snorre ins Bett zu legen, wurde übermächtig.
„Ich bin müde. Lass uns ins Bett gehen."
„In Ordnung", sagte Snorre, „heute ziehe ich Dich aus."

Snorre kannte ihren Körper besser als sie selber. Er erfasste ihre vielschichtigen, teils sich widersprechenden Bedürfnisse, Sehnsüchte und Wünsche intuitiv und zollte diesen so viel Respekt, dass sie sich aus den Tiefen ihres Daseins hervortrauten. Mühelos eröffnete er Victoria neue Dimensionen von Empfindungen in einem grenzenlosen Meer des Aufgehobenseins. Ihm konnte ihr Körper das Vertrauen entgegenbringen, was früher, wenn sie einen entsprechenden Versuch gewagt hatte, stets zu Enttäuschung und Schmerzen geführt hatte, bis ihr Körper nahezu unbemerkt von ihrem Verstand beschloss, es sein zu lassen und damit begonnen hatte, Sex auf seelenlose mechanische Vorgänge zu reduzieren.

Heute wollte Victoria einfach nur ins Bett fallen, von Snorre gehalten werden, damit sie so für ein paar Momente die Welt anhalten konnten. Zu viele Erkenntnisse hatte sie am heutigen Tag gewonnen, als dass sie diese bewusst hätte auswerten können. Sie würde sich auf ihr Unbewusstes verlassen müssen und hoffen, dass sich am nächsten Tag die vielen neuen Informationen wohl sortiert in den unendlich komplexen Ordnungssystem ihres Gehirns einfänden und sich damit vernünftige Strategien für ihr weiteres Handeln ergeben würden.

Auf Snorre war Verlass. Noch niemals hatte er seine Bedürfnisse über ihre gestellt und noch nie hatte er sich auch nur eine Handbreit außerhalb ihrer vollständigen Einwilligung bewegt.
Wie oft hatte sie früher mit Männern geschlafen, obwohl sie das nicht wollte, nur um ihre Ruhe zu haben, wie oft wurde ihr Körper unter Druck gesetzt, um Dinge zu tun, die ihr zuwider waren, für ein wenig Anerkennung, etwas weniger Stress und zur Vorbeugung von schlechter Laune. Sie hatte zwar sexuell nie etwas wirklich Schlimmes erlebt, doch die vielen kleinen Verletzungen, die subtilen Zwänge, dieses Hinweggehen über ihre Wünsche, das Instrumentalisieren ihres Körpers, dieses Inbesitzgenommenwerden für das Ego eines Mannes, hatte sie jedes Mal ein Stück weiter von ihrem Körper distanziert. Andere missbrauchten diesen Körper zur Befriedigung ihrer Lust, zur Demonstration ihrer Macht und sie tat das Gleiche, indem sie es zuließ, weil es so normal war, weil es der bequemere Weg war, bis die Seele immer mehr verhärtete, sich entfernte von diesem Körper, ihn hilflos dort liegen ließ mit einer ganzen Reihe von Männern, in Betten, in Badezimmern auf Arbeitsplatten in Küchen oder auf Teppichen, während sie selber so tat, als gehe sie das nichts an.

Diese Trennung zwischen Körper und Seele hatte Snorre behutsam wieder aufgehoben. Er hatte durch seine Achtsamkeit und Liebe beides wieder zusammengefügt.

Jetzt lag sie neben ihm, nahm seinen Atem an ihrem Hals wahr, spürte, wie er spürte, dass sie nichts anderes wollte, als einfach ganz ruhig neben ihm einschlafen und nahm seine ehrliche Akzeptanz, diesen großen Respekt vor ihrem Körper und ihrer Seele wie ein Geschenk hin, ohne auch nur einen Augenblick das Gefühl zu haben, sie müsse vor lauter Dankbarkeit ihre Beine öffnen, um ihm das zu geben, was er vielleicht doch wollte. Im Gegenteil. Snorre hätte dieses armselige Geschenk abgelehnt und wäre vermutlich beleidigt gewesen, weil sie den Sex, den sie miteinander hatten, zur Tauschware hätte vorkommen lassen und damit die Reinheit, der Begegnung beschmutzt hätte. Die vollkommene Zweckfreiheit war ihm etwas Heiliges und sie bereute zutiefst, dass sie es in ihrem letzten Leben so weit hatte kommen lassen. Viel zu selten war sie aufgestanden, hatte „Nein" gesagt. Sie hätte sich öfter der unterschwelligen Bevormundung entgegenstellen müssen.

Sie hatte Vieles ertragen und damit nicht wieder zu heilende Verletzungen in Kauf genommen. Ein Verrat an sich selber, so unverzeihlich, dass der einzige Weg, es wieder in Ordnung zu bringen, darin bestünde, sich selber und den Männern zu verzeihen. Das aber war ihr nicht möglich. Nicht jetzt.

# 5.

Mit einem breiten Lächeln wurde Victoria von Snorre mit einem Kuss geweckt. Einen Moment brauchte sie, um sich zu orientieren, um aus diesem so anderen Land des Schlafes hinauszufinden, in die Wirklichkeit, die sie Stück für Stück zusammensetzte, indem sie Fragmente von den Ereignissen der letzten Tage Revue passieren ließ.

Ja, sie war Koordinatorin, Snorre war der beste Mann der Welt. Sie lebte im Kommunismus. Beim letzten Gedanken lächelte sie. Dieses Wort war für sie früher immer so etwas wie ein Schimpfwort. Die Negierung jeglicher Bedürfnisse nach einem angenehmen Leben. Jetzt bekam der Begriff einen ganz anderen, fast lieblichen Klang. Aber konnte man das hier, wo sie jetzt lebte, tatsächlich als kommunistische Spielart begreifen? Sie wollte mehr darüber und über die Entstehungsgeschichte der Nature-Zone in Erfahrung bringen. Und zwar nicht nur von Snorre, sondern auch andere Quellen heranziehen. Das zumindest war eine Strategie, mit der sie früher gut gefahren war und mit der sie hier auch etwas anfangen konnte.

Ein Blick auf die Uhr ließ sie aus dem wohlig warmen Bett steigen, nachdem sie Snorre einen langen Kuss gegeben hatte und bevor sie bedauern konnte, dass es erst einmal etwas anderes zu tun gab, als mit Snorre die Bettlaken zu zerwühlen.

Es gab hier für die meisten Menschen nicht wirklich feste Arbeitszeiten. Viele arbeiteten fünf oder sechs Stunden am Tag. Den Sonntag hatten sie sich als allgemeinen freien Tag bewahrt und dann gab es noch meist einen freien Tag, den man selber bestimmen konnte. Arbeitsbeginn und Arbeitsende wurden ebenfalls flexibel gehandhabt und in den jeweiligen Teams abgesprochen. Diese Teams achteten gemeinsam auch darauf, dass niemand erheblich mehr oder weniger arbeite. Natürlich gab es aber individuelle Vereinbarungen, die der Leistungsfähigkeit und den Interessen des Einzelnen gerecht werden sollten.

Es war halb neun. Ihr Koordinatoren-Team hatte besprochen, dass jeder sich selbstständig in seine Bereiche einarbeiten sollte. Außerdem waren Treffen der Unionsdelegierten und der Zuständigen für den Import und Export mit den alten Koordinatoren vorgesehen, dann am Abend war eine gemeinsame Besprechung angesetzt. Da es so wenig Computer gab, sollte Victoria den Rechner von 15 bis 17 Uhr nutzen, um zehn Uhr war das Import-Export-Treffen angesetzt. Genug Zeit für ein gemütliches Frühstück.

„Wann gehst Du aufs Feld?" fragte Victoria Snorre, der seinen schönen Körper in Richtung Badezimmer bewegte.
„Wir haben um zehn Uhr eine Besprechung. Dann geht's aufs Feld."
„Ich glaube, ich dusche auch erst einmal", sagte Victoria mit einem verschmitzten Lächeln, die plötzlich fand, dass doch noch viel Zeit bis zu den wichtigen Besprechungen war.

Das von der Solaranlage erhitze Wasser strömte über ihre nicht minder erhitzen Körper. Sie hatten von der Experimentiergruppe, einer freiwilligen Arbeitsgemeinschaft, ein paar Stück Seife bekommen. Sie schäumte quasi gar nicht und war fast so klebrig wie Honig. Dafür duftete sie wunderbar nach Wildrosenblüten. Perfekt also, um sich gegenseitig damit zu beschmieren. Snorre bemühte sich, keinen Quadratzentimeter ihrer warmen Haut auszusparen, sank vor ihr nieder, drehte und wendete sie, zwischendurch immer wieder nach Luft schnappend. Seine warmen Hände waren überall. Dann drückte er seinen glitschigen Körper gegen ihren, dass Victoria vor Erregung Mühe hatte, auf den Beinen zu bleiben. Es gab nichts in dieser heißen schlierigen Enge, was ihr Halt geben konnte, so sank sie gemeinsam mit Snorre im heißen Duschregen nieder. Die Lust war so groß, dass sie es irgendwie schafften, zueinander zu finden, Blessuren produzierend, weil sie sich gegenseitig gegen Wände und Kanten rammten, aber was tat das schon im Vergleich zu diesem komprimierten schlüpfrigen Glück.

Was für ein Start in den neuen Tag. Gut gelaunt schnappte sich Victoria ein Fahrrad und radelte durch den strahlenden Sonnenschein, und so sauber wie selten zuvor, zum Unionsgemeinschaftshaus.

Jeremy, der hauptsächlich für den Import-Export-Bereich zuständig war, begrüßte sie freundlich, nicht ohne einen Blick auf die Uhr unterdrücken zu können. Es war eine Minute nach zehn. Der blonde schlanke Mann wirkte dynamisch und frisch, voller Tatendrang, was Victoria erheblich beruhigte. Alina kam mit einem Tablett mit drei Malzkaffeebechern herein: „Hallo Vic, schön Dich zu sehen. Dann können wir ja anfangen."
„Ja, Guten Morgen, Alina. Prima, dass Du Dir Zeit genommen hast."
„Kein Problem ich bin in die Gewächshäuser gelost worden und kann da auch später arbeiten."
Victoria wehrte ihr Bedauern ab, einen weiteren kompetenten Menschen an eher mechanische Arbeiten verloren zu haben. Sie tat ihr Bestes, doch es wollte ihr nicht ganz gelingen.
„Ich habe mal meine Zusammenfassung der wichtigsten Grundsätze und der Ereignisse des letzten Jahres

ausgedruckt", begann Alina. „Ich schlage vor, wir gehen das einmal durch und klären dann noch Fragen.
Jeremy und Victoria nickten.
„Grundsätzlich führen wir sowenig Dinge wie möglich ein, dennoch sind es immer noch ziemlich viele. Diese stehen hier auf dieser Liste." Alina reichte Victoria eine Liste, die sich über drei Seiten erstreckte. Sie war einmal in Rohstoffe und in die Kategorien A, B und C aufgeteilt.
„Wir brauchen natürlich nicht immer alles. Alle Gegenstände der A Kategorie und die Rohstoffe müssen immer da sein. Sie haben eine hohe Priorität. Hinter den Posten steht die Zone, aus der wir diese Dinge bisher bezogen haben. Manchmal gibt es längerfristige Verträge, meistens aber nicht, weil wir uns ungern festlegen. Die jeweiligen Posten, der Bezugsort, die Preisentwicklung, die Bestellungen und die Mengen und der Verbleib sind für jeden Posten noch einmal einzeln genau beschrieben. Diese Daten sind im Computer. Ich wollte die vielen Seiten nicht extra ausdrucken."
In der A-Kategorie fand Victoria verschiedene Medikamente, Werkzeuge und ein paar hochtechnische Produkte wie Solarmodule oder Kühlschränke. In der B-Kategorie Fahrräder, landwirtschaftliche Geräte und Fahrzeuge und in der C-Kategorie Dinge des alltäglichen Gebrauchs wie Papier, Kugelschreiber, Besteck und anderes.

„Wer verhandelt denn mit den anderen Zonen über die einzuführenden Güter, Mengen und Preise?", fragte Jeremy.

„Wir machen das gemeinsam mit den Außenkontaklern. Im Allgemeinen teilen wir mit, was wir brauchen und was wir dafür bezahlen wollen und die Außenkontakler führen dann die Verhandlungen mit den Gesprächspartnern der anderen Zonen. Natürlich bemühen wir uns, ein wenig auf Vorrat einzukaufen, damit wir nicht gezwungen sind, Güter zu überhöhten Preisen einzuführen. Insbesondere bei teuren Produkten. Da wir in der Normal-Zone viele Unterstützer haben, bekommen wir auch eine ganze Menge Sachen geschenkt: Computer, Bücher, Kugelschreiber, Kleidung. Dies wird nach Möglichkeit vor der Einfuhr erfasst und später sinnvoll verteilt. Wir wollen allerdings nicht die Müllverwertung der Normal-Zone sein. Es wird uns also auch viel Unnützes angeboten, doch oft ist auch Brauchbares dabei. Manchmal werden wir auch selber aktiv und bemühen uns um Spenden. Das ist aber auch Aufgabe der Außenkontakler. Ja, Jeremy in deinem Fall, wo Du auch Außenkontaktmann bist, gibt's es natürlich kurze Wege."

Victoria staunte einmal mehr um das professionelle Management, welches im Hintergrund der Nature-Zone das Leben ordnete, ja überhaupt ermöglichte.

„Der zweite Grundsatz betrifft die Qualität", fuhr Alina fort. „Wir akzeptieren nur qualitativ hochwertige und langlebige Produkte. Diese sollten außerdem nach Möglichkeit öko- und fair-trade-zertifiziert sein. Das klappt aber nicht immer, weil es nicht für alle Produkte ein Zertifikat gibt. Manchmal müssen wir an die Grenzen unserer finanziellen Möglichkeiten gehen, aber dies ist nun einmal ein Beschluss der Nature-Zone."
„Kann es vorkommen, dass wir mehr Geld ausgeben als wir haben?", wollte Victoria wissen.
„Ja, fast ist das sogar die Regel", gab Alina zu. „Es sollte nicht so sein. Wir wollen im Normalfall keinen Kredit aufnehmen. Tatsächlich ist es aber so, dass unser Konsum gleichmäßig ist und unsere Fahrzeuge nicht nur dann kaputt gehen, wenn wir gerade eine gute Ernte verkauft haben. Wir kooperieren mit einer Umweltbank in der Normal-Zone und wir haben auch unsere eigene kleine Bank."

„Naja", sagte Jeremy, „das ist ja eigentlich klar mit den Krediten und auch nicht schlimm."
„Es wirkt der Autonomie entgegen", wagte Victoria einzuwerfen. Sie wollte zwar nicht als große Kritikerin dastehen, aber sie wollte auch akzeptiert werden.

Jeremy sagte nichts dazu und Alina fuhr fort über den Export zu sprechen: „Wir führen hauptsächlich landwirtschaftliche unverarbeitete Produkte aus. Also Obst, Gemüse und Getreide. Manchmal kann man mehr Geld erwirtschaften, wenn diese Produkte weiterverarbeitet werden. Also Mehl, Tee, Naturkosmetik und noch ein paar Dinge mehr. Unsere Experimentiergruppe arbeitet ständig daran, sich neue Möglichkeiten auszudenken, und wir versuchen dann, das ein oder andere versuchsweise zu verkaufen. Wenn es gut läuft, bemühen wir uns in den Gemeinschaften darum zu werben, dies zu produzieren. Mehl läuft zum Beispiel richtig gut. Die Anschaffung der Mühle hat sich auf jeden Fall gelohnt."
„Aber es soll ja auch nicht unbedingt Profit gemacht werden?" fragte Victoria.
Alina lachte: „Naja, davon sind wir weit entfernt. Aber Du hast schon recht. Wir arbeiten nicht um zu produzieren. Wir produzieren nicht, um uns mehr leisten zu können. Die Hauptbestrebung geht immer dahin, immer weniger zu importieren und auch zu exportieren. Deswegen sind wir auch um faire Preise bemüht. Wir feilschen nicht."
Es war Victoria zwar nicht ganz klar, was das eine mit dem Anderen zu tun hatte, doch ließ sie es erst einmal darauf beruhen. Sie würde sich später die Listen genauer anschauen.
„Gerade wenn es sich um verderbliche Ware handelt, muss der Verkauf gut geplant und möglichst schnell über die Bühne gehen", erklärte Alina. „Victoria, da ist es gut, dass Du auch noch das Landwirtschaftsressort betreust."

„Wie habt ihr die Aufteilung organisiert?", wollte Jeremy wissen.
„Wir haben hier viel Zeit investiert und die meisten Entscheidungen haben wir tatsächlich gemeinsam getroffen. Die Aufgaben sind eigentlich alle so miteinander verwoben, dass eine Entscheidung hier, eine andere in einen anderen Bereich nach sich zieht. Wenn Ihr eine Aufteilung bevorzugt, wäre es natürlich naheliegend, wenn sich einer um den Import, der andere um den Export kümmert."
„Welche Arbeiten stehen als Nächstes an?" wollte Victoria wissen.
„Wir haben so eine Art Jahreskreis entwickelt, der sich nach den Ernten richtet. Manchmal verändert sich das ein wenig, doch die Landwirtschaftsleute teilen uns das frühzeitig mit. Also ... im Mai werden auf den Feldern die ersten Salate geerntet, außerdem Rettich, Kohlrabi, Frühlingszwiebeln und Rhabarber, der läuft übrigens hervorragend. Die Leute aus der Safe-Zone sind ganz heiß darauf. Genauso wie unser Spargel. Wir haben den Besten überhaupt. Weil es doch recht kühl war in letzter Zeit, ist er noch nicht ganz so weit. Hinzu kommt noch einiges Gemüse aus den Gewächshäusern wie Bohnen, Mangold, Aubergine, Gurken und Tomaten. Vieles davon ist schon verkauft. Genaueres schaut ihr Euch am Besten im Computer an. Vielleicht treffen wir uns in zwei Tagen wieder und machen dann einen kleinen Lagerrundgang und klären weitere Fragen?"

„Ja, Alina. Vielen Dank erst einmal", sagte Victoria und Jeremy nickte.

Nachdem Alina gegangen war, begann Jeremy laut darüber nachzudenken, wie sie die Arbeit am Besten organisieren konnten: „Ich habe jetzt gleich meine Computerarbeitszeit. Ich werde mich einarbeiten. Vermutlich ist es eine gute Aufteilung, wenn ich mich um die Waren, solange sie sich

außerhalb unserer Grenzen befinden, kümmere und Du innerhalb davon."
Ohne einen Augenblick überlegen zu müssen, stimmte Victoria zu. Das war eine hervorragende Idee. Sie passte ausgezeichnet zu ihren anderen Aufgaben und verhinderte es vor allen Dingen, dass sie in Kontakt zu anderen Zonen treten musste. Ihre Aufgabe wäre also die Lagerbetreuung, das Führen der Rohstoff- und ABC-Liste, und sicher auch ein enger Kontakt zum „Laden".

In jeder Union war ein sogenannter Laden. Hier wurden Güter für den individuellen Bedarf ausgegeben wie Kleidung, Bücher, Papier, Gesellschaftsspiele, Geschirr, Bindfäden, Farben, Bettwäsche und einiges mehr. Man konnte die Dinge, sofern sie noch zu gebrauchen waren, zurückgeben oder umtauschen. Werkzeuge wurden vom Lager aus verliehen. Außerdem war die Organisation der Ausfuhr der Produkte und die Entgegennahme ankommender Güter abzuwickeln, sowie die Post, die über die Läden verteilt und angenommen wird.

Nachdem Victoria Jeremy ihre Zustimmung gegeben hatte, verabredeten sie sich für den nächsten Tag, um sich über ihre Erkenntnisse aus den Aufzeichnungen auszutauschen. Jetzt würde sie erst einmal zum Mittagessen in Ihre Gemeinschaft zurückradeln. Vielleicht würde sie später beim Laden vorbeischauen, sich vorstellen und fragen, welche Güter benötigt würden und sich bei der Gelegenheit auch gleich ein Notizbuch geben lassen. Sie wollte ihre Arbeit gut machen.

Am Nachmittag machte es sich Victoria mit einem frischen Kräutertee vor dem Computer im Koordinatorenbüro gemütlich. Enrico war auch da, so konnte sie später mit ihm besprechen, wie sie das Landwirtschaftsressort aufteilen könnten. Auch er starrte in den Bildschirm, nachdem er sie mit seinem hinreißenden Lächeln begrüßt hatte.

Gespannt öffnete Victoria zunächst die Import/Export-Datei. Die Informationen waren in der Tat übersichtlich angeordnet. Zunächst sah sie eine Tabelle über Verkäufe mit den Spalten Produkt, Preis mit der Unterscheidung abgesprochener Preis und Geldeingang, Lieferdatum und Lieferort und Besonderheiten. Als nächstes müssten 500 Salatköpfe an die Safe-Zone geliefert werden. Als Victoria auf den Preis sah, hielt sie für einen Moment die Luft an. Er betrug noch nicht einmal ein Sechstel von dem Verkaufspreis in der Safe-Zone. Sie konnte sich noch gut daran erinnern, wie beliebt Obst und Gemüse aus der Nature-Zone und entsprechend teuer war. Die Verkaufspreise standen in keinem Verhältnis dazu.

Rasch überflog sie die anderen Verkaufspreise und musste feststellen, dass sie in jeder Beziehung über den Tisch gezogen wurden. Natürlich hätte sie es sich denken können, das die Leute der Nature-Zone weder den Biss noch die Lust dazu hatten, gewiefte Verhandlungen durchzuführen, und dass die Safe-Zone, die früher einmal ihr Zuhause war, keinerlei Hemmungen hatte, entwürdigende Preise auszuhandeln. Doch das ging hier eindeutig zu weit. An den bisher verhandelten Preisen konnte sie nicht mehr viel ändern, doch war es dringend geboten, mit den Außendienstlern zu sprechen, damit diese die Preise mindestens um die Hälfte anheben würden.

Als nächstes öffnete Victoria die Import-Listen. Sie waren in ganz ähnlicher Art und Weise aufgebaut: Produkt, Preis mit der Unterscheidung abgesprochener Preis und Geldausgang, Lieferdatum und Herkunftsort und Besonderheiten. Sie hatte es schon geahnt und ihre Befürchtungen wurden schnell bestätigt: Sie kauften zu teuer ein. Der Preis der meisten Waren lag deutlich über dem in der Safe-Zone und die war schon bekannt dafür, teuer zu sein. Überwiegend war es die Safe-Zone, die überteuerte Preise verlangte. Aber auch die Free-Zone und teilweise die Normal-Zone langten zu. Zu Gottes Garten gab es keinerlei Handelsbeziehungen. Das war nicht weiter verwunderlich, da sie die meisten Produkte selber produzierten, die dort hergestellt wurden.

Nach diesen ernüchternden Daten wagte es Victoria kaum, sich die Außenstände und Schulden ihrer Gemeinschaft anzusehen. Sie zwang sich dazu. Ihr blieb fast die Luft weg, als sie sah, dass alleine ihre kleine Bella Vista Union fast 500.000 Euro Schulden hatte. Selbst wenn nach dem Winter die Verhältnisse natürlich anders waren als in ertragreicheren Zeiten, war dies eindeutig zu viel. Fast könnte man sagen existenzbedrohend. Wie sah dies wohl in den anderen Unionen aus. Genauso? Und warum gab es eine Bank, die so großzügig Kredite vergab? Welche Sicherheiten wurden da geboten? Fragen über Fragen hämmerten durch ihren Kopf. Sie wusste, dass es nicht so weitergehen konnte, und sie wusste, dass sie die Nature-Zone um jeden Preis erhalten wollte. Dieses Leben war nicht nur für sie viel zu wertvoll, um es leichtfertig aufs Spiel zu setzen.

# 6.

Lange hatte Victoria darüber nachgedacht ob sie die anderen Unionsmitglieder über ihre bestürzenden Entdeckungen informieren sollte. Erst kurz vor dem gemeinsamen abendlichen Treffen hatte sie überlegt, dies zunächst zu verschweigen. Sie kannte die anderen zu wenig, um abschätzen zu können, wie sie reagierten. Wenn dies öffentlich werden würde, könnten die Menschen Angst bekommen und sich vielleicht zu unüberlegten Reaktionen hinreißen lassen. So nahm sie sich vor, die Delegierten einzeln vorsichtig anzusprechen, um zu erfahren, wie sie zu dem drohenden Kollaps standen. Zusätzlich wollte sie sich über die finanziellen Verhältnisse der anderen Unionen informieren. Ihr wurde schwindelig bei dem Gedanken, dass es überall so aussehen könnte.

Sie wusste, dass sowohl die Safe-Zone als auch die Free-Zone und auch Gottes Garten dringend weitere Gebiete in Anspruch nehmen wollten. Sie waren zwar der Liebling der Normal-Zone und standen unter deren besonderen Schutz, doch wenn die Schulden zu groß wären, konnte auch die Normal-Zone nicht viel machen.

Pünktlich erschienen die neuen Delegierten mit ernsten Minen und verhaltenen Optimismus im Konferenzraum. Nachdem sich alle um den ovalen Tisch gesetzt hatten, ergriff Aylin das Wort: „Vielleicht machen wir mal eine Runde, welche Eindrücke ihr von Euren neuen Aufgabengebieten habt. Ich weiß, dass sich noch nicht alle einarbeiten oder treffen konnten, doch wer schon etwas sagen kann, sollte das tun." Die anderen nickten. Wie kaum anders zu erwarten war, preschte Jeremy vor: Ich habe mir den Import-Export Bereich angesehen. Alles ist gut geordnet und wir können noch in dieser Woche die nächsten Transporte durchführen. Die Ausfuhr von Salatköpfen ist, glaube ich, dran oder?" Er blickte zu Victoria, die sich nickend darüber wunderte, dass er nichts von den vielen Schulden gesagt hatte. Hatte er den Ernst der Lage nicht begriffen? Vielleicht sollte sie doch eine vorsichtige Andeutung machen?

Aylin fuhr mit ihrem Bericht fort: „Bei mir ist noch nicht viel passiert. Die Sitzungen mit den anderen Unionsdelegierten beginnen in der nächsten Woche. Bis dahin lese ich mich ein, besuche unsere Nachbarn, Grand Paradiso, und kontaktiere die Sprecher der Gemeinschaften. Ich denke, als Unionsdelegierte auch für die Innenkontakte zuständig zu sein, ist eine gute Kombination."
Während Aylin sprach, bemerkte Victoria, wie Jeremy sie mit einem verträumten Lächeln anschaute. Eigentlich war das gar nicht seine Art, wo er sonst immer so kühl und überlegen, fast arrogant wirkte. Aylin schien dies nicht zu bemerken.

Dann sahen alle zu Enrico. Durch die geballte Aufmerksamkeit verlegen, räusperte er sich erst einmal, sagte dann leise: „Ich habe mir die Felder und die Gewächshäuser angeschaut. Es ist toll zu sehen, was da alles wächst, was die Menschen da ermöglichen. Bohnen, Mangold Gurken, Auberginen und Tomaten müssten bald reif sein ... in den Gewächshäusern. Und auf den Feldern: Spargel, Kohlrabi, Rettich, Rhabarber und Frühlingszwiebeln." Lächelnd dachte Victoria, dass Enrico sicher kein großes Organisationstalent war. Sonst hätte er erst in den Computer geschaut, aber vermutlich ist er ein guter Beobachter. Denn die genannten Gemüsesorten entsprachen exakt denen, die im Computer für die nahe

Ernte und den Verkauf anstanden. So wie sie ihn einschätze, hatte er auch noch keine Kontakte zu den Landwirtschaftsleuten geknüpft, dafür war er zu schüchtern. Trotzdem freute sie sich auf diese Zusammenarbeit.

„Ja, es ist alles in bester Ordnung und wir treffen uns morgen und schauen mal, wann wir die Transporte in die Wege leiten", ergänzte Victoria seinen Bericht.

Elisa erzählte von ihrem Besuch bei der neuen Gästebetreuerin, Lenja, eine sehr sympathische Frau, und der Besichtigung des Gästehauses. Derzeit wohnte dort eine Bewerberin. Sofia meinte, es wäre ja eigentlich schon alles gesagt. Sie schlösse sich dem Meinungsbild an.

„Gut", sagte Aylin, die sich offenbar für die Moderation dieser Treffen zuständig fühlte und dies auch unzweifelhaft geschickt machte. „Es scheinen also alle mit ihrem Aufgabenbereich zufrieden zu sein. Wir sollten abstimmen, wie häufig wir uns alle gemeinsam treffen möchten und vielleicht Präsenzzeiten hier im Büro vereinbaren, die wir dann nach außen kommunizieren."
Jeremy meinte, er könne einen Plan ausarbeiten: „Wenn jeder zwei Mal vier Stunden hier ist, in Kombination mit den jeweiligen Zuständigkeitsbereichen und vielleicht einmal für zwei Stunden mit jemanden anderes, müsste es klappen."
Wieder bewunderte Victoria Jeremys schnellen Verstand. Er war echt ein aufgeweckter Kerl und konnte der Gemeinschaft sicher Gutes tun. Aylin und die anderen waren nicht ganz so schnell. Manche rechneten im Geist nach, ob der Vorschlag plausibel war. Er war es. Bevor alle ihre Zustimmung signalisieren konnten, hatte Jeremy schon einen Entwurf auf ein Blatt Papier gekritzelt.
„Ja, so könnte es gehen", meinte Elisa. „Lasst es uns so ausprobieren."

„Wir sollten uns zusätzlich mindestens ein Mal in der Woche gemeinsam treffen. Dann bliebe nur ein Abend." Niemand protestierte, also legten sie den Dienstagabend für das Gruppentreffen fest.

Als die anderen sich schon voneinander verabschiedeten, ließ sich Victoria viel Zeit ihre Papiere und Stifte zusammenzupacken, in der Hoffnung noch einen Delegierten alleine sprechen zu können. Jeremy und Enrico würde sie ja nun öfter alleine treffen, also war es wichtig ein anderes Mitglied zu informieren. Aylin schien es auch nicht eilig zu haben. Nachdem alle Anderen gegangen waren, richtete Victoria das Wort an Aylin: „Kann ich noch kurz mit Dir sprechen?" fragte sie und legte ein gewisses Maß an Dringlichkeit in ihre Stimme.

„Ja, klar", antworte Aylin. Sie schien sich allerdings nicht besonders über das sich anbahnende Zwiegespräch zu freuen.

„Ich habe mir den Import-Export Bereich angeschaut", kam deswegen Victoria gleich zur Sache, „wir sind hoch verschuldet. Es sind fast 500.000 Euro."

„Ich glaube Schulden sind hier normal. Schau Dir erst mal alles in Ruhe an. Demnächst kommt ja Geld durch Verkäufe rein. Ich bin sicher, du wirst es in den Griff bekommen."

„Aylin, So wie ich das sehe, sind wir kurz vor der Pleite. Wenn das in den anderen Unionen auch so aussieht, werden sie uns Land wegnehmen."

„Victoria. Du siehst Gespenster. Wir leben hier nicht im Haifischbecken, wie in der Safe-Zone."

„Aha", dachte Victoria. Aylin war irgendwie deswegen sauer auf sie, weil sie aus der Safe-Zone kam. Sie wusste, dass ihre Aufnahme hier umstritten war. Einige waren dagegen, weil sie sich den Geist der Safe-Zone nicht ins Haus holen wollten.

„Ja, vielleicht hast Du Recht", entgegnete sie in einem besonders versöhnlichen Tonfall. Sie konnte jetzt ohnehin nichts mehr erreichen und es war wichtig, langfristig Aylins Vertrauen zu gewinnen. „Ich wünsche Dir noch einen schönen Abend", schloss sie an, lächelte dabei freundlich und fügte noch hinzu: „Ich weiß, wo ich jetzt lebe und ich bin sehr froh darüber. Es ist das Beste, was mir passieren konnte und ich stehe in jeder Hinsicht hinter dieser Zone."
„Gute Nacht, Victoria", war alles was Aylin erwiderte. Immerhin.

Wieder war es spät geworden. Sie wusste, dass Snorre zu einer Partie Schach verabredet war und dass sein Sohn später bei ihm übernachten wollte. Von Snorre würde sie heute also nicht ihr Abendessen erhalten. So machte sie einen kleinen Umweg, um in der Küche vorbeizuschauen. Manchmal ließ das Kochteam eine Portion stehen, wenn sie wussten, dass jemand nicht am Abendessen teilgenommen hatte. Doch wussten es auch die Neuen? Britta und Pet hießen sie, glaubte Victoria sich zu erinnern.

Auf den Weg dorthin ging sie im Geiste die Delegierten noch einmal durch: Mit wessen Unterstützung konnte sie rechnen? Jeremy hatte ja schon signalisiert, dass er Schulden weder unnormal noch schlimm fände. Es wäre natürlich gut, wenn sie ihm den Ernst der Lage begreiflich machen könnte. Seine Fähigkeit zum effizienten Denken konnte da nur allzu nützlich sein. Enrico, der liebe Träumer, ihm war einfach nicht zuzumuten sich mit diesen Dingen zu beschäftigen. Doch vielleicht irrte sie sich. Vielleicht unterschätzte sie ihn. Mit Sofia war nicht viel anzufangen, wie es ihr erschien. In allen ihren Treffen hatte die ältere Frau mit den kurzen braunen Haaren und dem unauffälligen Gesicht kaum ein Wort gesagt. Sie hatte zwar freundlich gelächelt und eine zaghafte Zustimmung zu allen möglichen Dingen signalisiert, doch sie schien einfach zu schüchtern zu sein, um ernsthaft etwas bewirken zu können. Sicher wäre sie eine gute Gästebetreuerin geworden. Nun war sie Unionsdelegierte und für die Ein- und Auswanderung zuständig. Ja, und dann war da noch Elisa, die nur wegen ihrer Krebserkrankung hier war. Doch etwas zu vermeiden, war selten ein guter Grund dafür, etwas zu tun. Sie hat aber immerhin ein Bedürfnis danach, dass die Nature-Zone weiter besteht und sie wirkte auch durchaus tatkräftig und intelligent. Vielleicht hätte sie tatsächlich die größte Chance auf Erfolg, wenn sie mit Elisa spräche.

Das kleine Gemeinschaftshaus lag im Dunkeln. Sie öffnete die Buchenholztür mit einem leichten Knarren und machte Licht. Freudig überrascht sah sie ein Gedeck auf dem Tisch mit einem Zettel daneben: „Liebe Victoria, sicher ist es bei Dir wieder spät geworden. Im Kühlschrank findest Du einen Topf mit einem, Kichererbsenragout. Mach es Dir warm. Guten Appetit." Obwohl sie beim Essen alleine in dem Raum mit den vier Tischen saß, fühlte sich Victoria geborgen. Jemand hatte an sie gedacht. Wie schön das war.
Als sie später allein in ihrem Bett lag, spürte sie dieses Sehnen ihres Körpers nach dem von Snorre. Gleichzeitig war sie auch froh darüber, ihn nicht zu sehen. Sollte sie ihm sagen, dass die Nature-Zone am Abgrund stand? Dass sein Lebenswerk nicht mehr länger halten würde als das frische Grün an den Obstbäumen? Sie wollte dieses Idyll nicht mit Informationen vergiften. Es musste einen anderen Weg geben diese Welt wieder in Ordnung zu bringen. Und vielleicht … vielleicht war alles ja wirklich nicht so schlimm, wie sie es sah.

# 7.

Erfrischt, dennoch besorgt wachte Victoria am nächsten Morgen auf. Wieder teilte ihr Körper ihr mit, dass Snorre nicht da war. Aber das war jetzt nicht zu ändern. Sie beschloss, Joggen zu gehen. Das half ihr immer dabei, Körper und Geist mit frischer Energie zu versorgen. In der Safe-Zone hatte das quasi ihr Überleben gesichert. Anschließend konnte sie ihren Tag planen. Sie hatte heute keine festen Verabredungen, wollte aber unbedingt mit Enrico über ihre Arbeitsteilung sprechen und einen Antrittsbesuch bei den Landwirtschaftsleuten absolvieren. Sie hoffte, Snorre zuvor beim Frühstück oder Lunch zu sehen. Es fühlte sich schräg an, ihn bei seiner Arbeit anzutreffen, ohne zuvor mit ihm gesprochen zu haben. Dann wäre natürlich noch ein Besuch im Laden sinnvoll.

Vor einigen Wochen schon hatte Victoria eine nahezu perfekte Laufstrecke um die gesamte Bella-Vista-Union herum entdeckt. Es gab auch einen gemeinschaftlichen Lauftreff, doch Victoria lief lieber, wenn sie es brauchte oder ihr zeitlich möglich war. Allein konnte sie auch besser abschalten.

Während sie lief, bemerkte sie wieder einmal die Schönheit der Landschaft, in die sich harmonisch die kleinen Häuser und Felder einfügten. Selbst die Gewächshäuser wirkten nicht störend. Sie waren aus Glas gebaut und wie bei allen anderen Gebäuden auch, sah man diesen die hohe Qualität an. Sie bezog sich nicht nur auf die Materialien, sondern auch auf die Architektur. Ein Künstler muss hier am Werk gewesen sein.

Ihr Gebiet, in dem etwa 350 Gebäude standen, war unübersehbar am Reißbrett entworfen worden und nicht natürlich gewachsen. Es wurde von keinem Zaun umschlossen. Sie selber hatten nur eine Außengrenze zur Normal-Zone. Aber keinen bewohnten Ort, sondern nur ein Waldgebiet. Nebenan lebte auf der einen Seite die Cinca-Gemeinschaft, auf der anderen die Ebro-Geimeinschaft. An den Außengrenzen standen in regelmäßigen Abständen Schilder, auf denen die Besucher darauf hingewiesen wurden, dass sie das Territorium der Nature-Zone betraten und sich bitte im Gästehaus anmelden sollten.
Es kam nicht sehr häufig vor, das Menschen spontan hier landeten. Für die Leute aus der Safe-Zone undenkbar, für die Free-Zone Menschen zu organisiert und langweilig und Menschen aus der Normal-Zone gingen in der Regel den offiziellen Weg, schrieben ihr Motivationsschreiben, ordneten ihre Verhältnisse und kamen meist erst einmal zur Probe her, bevor sie ganz in die Nature-Zone zogen. Manchmal landeten ein paar Kriminelle hier. Wenn sie offiziell gesucht wurden, mussten sie sie natürlich an die Normal-Zone ausliefern. Aber manche wurden noch nicht per Haftbefehl gesucht und die nahmen sie vorurteilslos wie alle anderen auf. Manche blieben, manche gingen wieder.

Nach 20 Minuten flotten Laufens merkte Victoria, wie ihre Gedanken zum Stillstand kamen. Jetzt war da nur noch ihr sich bewegender Körper, ihr Herzschlag, ihre Atmung, die frische der Luft, das Grün und das Blau des Himmels.

Voller Tatendrang ging Victoria nach einer kurzen heißen Dusche zum kleinen Gemeinschaftshaus, um zu frühstücken, sich bei Britta und Pet für das Abendessen zu bedanken, um anschließend zur Guardina-Gemeinschaft zu radeln, um Enrico zu suchen. Doch dort war er nicht. Sie fand ihn schließlich auf einem der Felder, die kurz vor der

Spargelernte standen. Was er da machte, erschloss sich ihr allerdings auf dem ersten Blick nicht.

„Hallo Enrico", begrüßte sie ihn gutgelaunt.

„Hallo Victoria", sagte Enrico deutlich leiser als sie selber gesprochen hatte, mit einem Lächeln, dass ehrliche Freude über ihr Erscheinen ausdrückte.

„Ich dachte, wir sprechen mal über unser Arbeitsgebiet. Hast Du Zeit?"

„Ja, klar" antworte er. „Wir können hier bleiben. Vor Ort sozusagen."

„Na gut, bleiben wir hier". Das hatte sich Victoria zwar nicht so gedacht, doch war es für ein erstes Sondierungsgespräch auch egal, wo es stattfand. Erst später sollte sie bemerken, wie gut seine Idee war, weil sie so ein Gespür für die Pflanzen, den Wert der Lebensmittel, die Kraft der Natur bekam.

Enrico zog seine leichte Jacke aus, breitete sie auf den Boden aus und deutete ihr an, sie könne sich darauf setzen.

„Oh, vielen Dank."

Enrico setzte sich neben sie ins Gras.

Wie sie da mit Enrico zusammen auf der Wiese saß, mussten sie eher wie ein verliebtes Paar, denn wie ein Arbeitsteam aussehen. Doch das war jetzt egal.

„Und?", fragte er, „Was möchtest Du besprechen?"

„Ich möchte darüber sprechen, wie wir uns die Arbeit aufteilen und vielleicht erst einmal überlegen, welche Aufgaben überhaupt zu bewältigen sind."

„Ja, ich bin ganz Ohr", sagte er wieder mit diesem Lächeln, dass ihr fast schwindelte.

Sie wusste nicht genau, was er sonst noch so drauf hatte, doch zumindest konnte er andere Menschen, und insbesondere Frauen, für sich einnehmen.

„Wir sollten erst einmal Kontakt zu den Landwirtschaftsleuten aufnehmen, dann nach Möglichkeit an ihren Besprechungen teilnehmen und sie, so gut es geht, unterstützen, also Werkzeuge und Material organisieren und Ernten koordinieren, wir müssen den Außenkontaklern Bescheid geben, wann sie die Ankunft der verkauften Waren ankündigen sollen, vermutlich auch den Köchinnen und Köchen mitteilen, welche Lebensmittel sie zu erwarten haben. Ach ja. Wir sollten auch die neuen LKW-Fahrer besuchen."

Victoria holte Luft. Es gab sicher noch eine Reihe weiterer Tätigkeiten, doch das wäre erst einmal ein Anfang.

„Wir werden es schon schaffen. Die Qualität der Lebensmittel ist ausgezeichnet. Dann sind es auch alle Prozesse, die zuvor stattgefunden haben."

Eine einleuchtende Logik. Selbst wenn sie bei ihrer Einschätzung bliebe, dass bei logistischen Aufgaben Enrico vermutlich keine große Hilfe wäre, hatte er doch etwas Beruhigendes und gleichzeitig Ermutigendes an sich. Seine Augen strahlten soviel Zuversicht aus. Unter diesem Blick konnte alles gelingen. Und sie hatte keinen Zweifel mehr daran, dass er ausgezeichnet zu Lenja passte.

„Was hast Du eigentlich vorher gemacht? Also bevor Du in die Nature-Zone gekommen bist?", fragte Victoria nach kurzem Schweigen.

„Ich war technischer Zeichner, habe die Abbildungen in Gebrauchsanleitungen und so gezeichnet. Aber ich habe es nie gemocht. Hier ist es viel schöner. So viel natürliche Natur."

Victoria lächelte „natürliche Natur"? Was war das nur für ein Träumer? Sagte aber: „Ich finde es auch schön hier und ich möchte, dass es so bleibt."

„Na gut", beendete Victoria das gemütliche Beisammensein, „dann machen wir uns mal auf den Weg zu den Landwirtschaftsleuten."

„Hier geht's lang", sagte Enrico, um Victoria davon abzuhalten, zügig in die falsche Richtung zu stürmen. „Dort sind die Gewächshäuser. Die Leute, die dort sind, arbeiten und werden kaum Zeit für uns haben. Besser wir versuchen es in dem kleinen Versammlungsraum in der Scheune. Dort wird das geerntete Gemüse, das Obst und das Getreide bis zum Verzehr oder Weitertransport gelagert. Weiter hinten ist das Kühlhaus.

„In Ordnung", sagte Victoria ein wenig zaghaft, weil es Enrico gelungen war, sie mit seiner detaillierten Kenntnis zu überraschen.

„Vielleicht ist Bernd dort", fuhr Enrico fort, offenbar genießend, der taffen Victoria ein paar Schritte voraus zu sein.

„Bernd?" fragte Victoria.

„Ja. Bernd hat schon im letzten Jahr auf dem Feld gearbeitet. Er gehörte der Organisationsgruppe an und wird es vermutlich dieses Jahr wieder tun."

Die Scheune war ein großes schmuckloses Holzgebäude mit einem großen Tor. Es hatte nur wenige Fenster im oberen Bereich. Sie gingen zur linken Seite des Gebäudes, wo sich noch eine kleinere Tür befand und in der unteren Hälfte waren hier größere Fenster eingebaut. Enrico öffnete die Tür, so selbstverständlich, als hätte er es schon 100 Mal getan.

Ein junger bärtiger Mann saß über einem Laptop gebeugt an einem massiven Holztisch. Daneben saßen zwei Frauen, jede mit einem Teebecher vor sich. Ein Teller mit belegten Broten stand in der Mitte.

„Hallo", sprach Enrico die drei an.
„Hallo Enrico", sagte der Bartträger und die beiden Frauen grüßten ebenfalls freundlich.
„Ich möchte Euch gerne Victoria vorstellen", fuhr Enrico fort.
Victoria setzte ein nettes Lächeln auf und grüßte die drei, die sich ebenfalls vorstellten: Lara, Amelie und Bernd.
„Na, dann wollen wir mal einen kleinen Rundgang durch unser landwirtschaftliches Gut machen", schlug Bernd vor und begann auch gleich mit dem Raum, in dem sie standen wie ein professioneller Fremdenführer: „Wir befinden uns im kleinen Besprechungs- und Pausenraum. Insgesamt arbeiten 104 Menschen im landwirtschaftlichen Bereich. Die Hälfte etwa sind in den Gewächshäusern tätig, die andere Hälfte in der Feldbetreuung. Jede Gruppe arbeitet mehr oder weniger unabhängig voneinander, aber wir haben ab und zu gemeinsame Treffen und helfen uns auch aus, wenn gerade in einem Bereich viel zu tun ist. Jede Gruppe wählt ein Organisationsteam aus fünf Personen. Das werden Eure Hauptansprechpartner sein. Ich nehme an, ihr habt Euch schon darüber informiert, was wir anbauen?"
Obgleich er die Frage an sie beide gerichtet hatte, schaute er nur Victoria an. „Ja, natürlich", sagte sie und als ob sie ihr Wissen beweisen müsste fügte sie hinzu: „Auf den Feldern sind jetzt bald Spargel, Kohlrabi, Rettich, Rhabarber und Frühlingszwiebeln reif und in den Gewächshäusern Bohnen, Mangold Gurken und Tomaten. Außerdem ..."
„Schon gut", unterbrach sie Bernd, „ich glaub's Dir. Auf geht's in die Scheune."

Die Scheune, in schummeriges Licht getaucht, war in verschieden große Bereiche aufgeteilt. In den Kammern lagerte wie in großen Regalen Weizen, Gerste, Mais, Dinkel und Hafer, in der Mitte war viel freier Platz.

„Das schwierigste ist es, das Getreide kühl und trocken zu halten. Deswegen lagern wir es in Regalen und durchmischen es regelmäßig, damit es keinen Schimmel ansetzt. Das ist ziemlich arbeitsintensiv, doch kommen wir weitgehend ohne Technik und Chemie aus. Nur wenn es sehr heiß ist, kühlen wir die Raumtemperatur herunter. Alles andere, was wir ernten, muss sofort ins Kühlhaus und dort gelagert werden. Das ist auch hier im Gebäude, aber von der anderen Seite zu betreten. Wir versuchen, so wenig wie möglich einzulagern und so viel wie möglich frisch auf den Tisch zu bringen oder zu verkaufen. Aber ganz ohne Lager kommen wir nicht aus. Wir haben sogar einige Tiefkühltruhen, insgesamt aber beschränkte Lagermöglichkeiten. Möhren etwa können wir von Juni bis November frisch vom Feld holen und sie dann bis etwa März im Kühlhaus lagern."

Das gekühlte Lagerhaus wirkte recht leer. Es standen einige Kisten mit Kartoffeln, Möhren, Sellerie, roten Rüben und Äpfeln da, an der linken Seite stand eine Reihe mit Tiefkühltruhen.

„Sieht ganz schön professionell aus", meinte Victoria.

„Ja, Professionalität ist absolut wichtig. Die Lagerung von Lebensmitteln ist eine Wissenschaft für sich. Es braucht eigentlich für jede Sorte die richtige Kombination von Temperatur, Luftfeuchtigkeit und Dunkelheit. Wie gesagt. Wir versuchen's zu vermeiden."

„Ich kann Victoria nun die Gewächshäuser zeigen", dann kannst Du hier weiter machen.

„Ja, gute Idee", meinte Bernd. „Wir wählen heute Abend unser neues Organisationsteam. Dann werden wir auch besprechen, wie der Kontakt zu Euch am Besten zu gestalten ist."

„In Ordnung", sagte Victoria. „Am Dienstag und Mittwoch Vormittag würde es uns gut passen. Außerdem Montag, Donnerstag und Freitag am Nachmittag, so wie alle Abende, außer Dienstag Abend. Aber wir können da sicher auch noch etwas verschieben, wenn es von Eurer Seite notwendig ist."

„Na gut. Ich werde es berücksichtigen", versprach Bernd und fügte noch hinzu: „Ach ja, morgen sollen die erste Fuhre Spargel und auch noch einige Kisten Frühlingszwiebeln raus. Ich hab's schon ins Intranet eingetragen. Aber wenn ihr den Fahrern einen Besuch abstattet, könnt ihr vielleicht sicherstellen, dass die Info angekommen ist."

„Ja, wir kümmern uns gleich drum", versicherte Enrico.

Alle verabschiedeten sich voneinander und verabredeten sich, um sich am nächsten Tag wieder zu treffen.

„Na, dann suchen wir erst mal die Fahrer auf", schlug Victoria vor. „Wir müssen zunächst herausfinden wer das dieses Jahr ist."

„Ja, wir schnappen uns den nächstbesten Computer. Und gucken in die Liste rein."

Der nächste Computer war im Gemeinschaftshaus der Cinca-Gemeinschaft. Es kam Victoria etwas merkwürdig vor, dort einzudringen, aber das war natürlich Unsinn. Jeder Bewohner war stets überall willkommen. Das Haus war leer. Sie starteten den Rechner und stellten fest, dass die Fahrer in diesem Jahr zwei Frauen waren: Jenny aus der Cinca-Gemeinschaft und Ulrike aus der Ebro-Gemeinschaft. Der LKW stand normalerweise, wenn er nicht benutzt wurde, beim Unions-Versammlungshaus.

„Okay, dann versuchen wir mal Jenny aufzutreiben", sagte Victoria, die sich wieder etwas wohler fühlte, da sie wieder die Initiative ergriff.

Sie mussten ein bisschen herumfragen, dann fanden sie Jenny und Ulrike schließlich im Versammlungshaus, wie sie auf einen Bildschirm blickten. Jenny war um die dreißig, gertenschlank, wirkte fast zerbrechlich und hatte lange blonde Haare. Ulrike musste in Victorias Alter sein, war klein, etwas pummelig, fast konnte man sagen sie hätte Übergewicht, was in der Nature-Zone praktisch nicht vorkam, und kurzes dunkles Haar. „Das perfekte LKW-Team. Die Verlosung hat wieder einmal zugeschlagen", dachte Victoria.

Enrico und Victoria stellten sich vor. Jenny und Ulrike taten es ebenfalls und zwar so selbstverständlich, dass Victoria ihr Erschrecken über dieses Team für sich behielt.
„Ja, klar", sagte Jenny, „wir bringen das Grünzeug in die Safe-Zone. Ich wollte mir die schon immer mal ansehen, diese Supersmarties mit ihren sauberen Händen und schnellen Hirnen."
„Na denn, viel Spaß", wünschte Victoria. Sie konnte sich ebenfalls verkneifen, dass die Fahrer aus anderen Zonen in der Safe-Zone nur ein paar Lagerarbeiter, die nicht in der Safe-Zone wohnten, und ein schmuckloses Lagerhaus zu Gesicht bekommen würden.

Auf dem Weg zu einem der drei Gewächshäuser wollte Victoria Enrico die Sache mit den Schulden erzählen. Sie musste wissen, wer das Problem ebenso ernst nahm wie sie und auf wessen Unterstützung sie hoffen durfte. Vielleicht hatte sie Enrico unterschätzt? Sie schien hier ständig Menschen zu unterschätzen. Vermutlich weil sie hier nicht all ihre Fähigkeiten ständig zur Schau stellten und nicht jeder über jeden alles wusste. So wie in der Safe-Zone.
„Enrico", begann sie, „ich möchte mit dir über ein sehr ernstes Thema sprechen."
„Okay."

„Die Union Bella Vista hat Schulden. Ziemlich viel sogar. Fast 500.000 Euro. Ich mache mir Sorgen. Es könnte unseren Ruin bedeuten." Enrico spürte schon den Ernst, mit dem Victoria ihr Anliegen vortrug, Victoria spürte seine Hilflosigkeit.
„Vic, ich bin gerade mal seit zwei Wochen hier. Ich bin zum Koordinator gelost worden, was mich hoffnungslos überfordert. Ich weiß quasi nichts über diese Gemeinschaft. Ich muss mich hier erst einmal einarbeiten und ich kann es nicht beurteilen, wie schlimm es mit den Schulden ist."
„Kann ich verstehen", sagte Victoria, ohne ihm allzu deutlich ihre Enttäuschung anmerken zu lassen. Aber ... was hatte sie erwartet, dass er aufspringt in Aktionismus verfällt, um die Natur-Zone zu retten? Enrico? „Schau Dir mal die Zahlen an, wenn es möglich ist", fügte sie an. Sie brauchte Verbündete. Unbedingt. Doch auch Enrico schien auszufallen.

„Ja, mach ich", versprach er ihr, doch sein Interesse schien nicht einmal halb so groß zu sein, wie das für die Frühlingszwiebeln.

Im Gewächshaus herrschte reger Betrieb. Im feuchtwarmen Klima wurden Tomaten, und Gurken geerntet, Andere Gemüsesorten wie Aubergine, Zucchini, Paprika und verschiedene Kräuter befanden sich in unterschiedlichen Wachstumsphasen. Victoria wusste, dass ihre Gewächshäuser im Winter beheizt wurden. Trotzdem wurde mit Erde und auf ökologischer Basis gearbeitet. Mit einem Schlauch in der Hand, an einem Beet stehend, sahen sie Alina, die ihnen freundlich zuwinkte.
„Hallo", wurden sie von ihr begrüßt, „schön Euch zu sehen. Schon eingearbeitet?"
„Nein, natürlich nicht", lachte Victoria, „aber ein klein wenig verstehen wir schon. Habt Ihr schon Euer Organisationsteam gewählt?"

„Nein, machen wir heute Abend. Kommt die Tage noch mal vorbei, um das weitere Vorgehen zu verabreden."
„Ja, in Ordnung, bis dann."

Victoria drehte sich um, da sah sie, wie Enrico eine der Auberginenblüten betrachtete. Behutsam stellte sie sich neben ihn und versuchte seinen achtsamen liebevollen Blick zu imitieren. Diese Technik hat ihr in der Safe-Zone gute Dienste erwiesen: Um andere Menschen besser kennenzulernen, und damit besser einschätzen zu können. Sie sah die zerbrechliche Schönheit der Blüte, die Kraft und den Willen sich zu entfalten.

„Sie ist schön", sagte Victoria leise.
„Ja, es ist ein Wunder", antworte Enrico, „ich mochte schon immer Pflanzen. Für mich sind es Lebewesen."
„Ja, sie sind ja auch lebendig. Ich gehe wieder zu meiner Gemeinschaft. Wir sehen uns dann Morgen, um die Termine mit dem neuen Organisationsteam vom Feld abzustimmen. Vielleicht am Nachmittag?"
„Ja, bis dann."

Obwohl es draußen fast ebenso warm wie im Gewächshaus war, genoss Victoria die Frische der duftenden Mailuft. Bis zum Abendessen war noch ein wenig Zeit. Sie konnte noch beim Laden vorbeifahren und sich dort vorstellen.

Vor dem Holzhäuschen auf einem stabilen Holzstuhl erblickte sie einen jungen kräftigen Mann mit einem Vollbart und freundlichen wachen Augen. Victoria mochte ihn sofort.

Will hatte also das Ladenlos gezogen. Eine gute Wahl wie ihr schien. Obgleich sie schon öfter hier war, beschloss sie, sich das Innere des Ladens noch einmal genauer anzuschauen. Dort fanden sich alle möglichen Dinge. Hauptsächlich Spenden aus der Normal-Zone: Kleidung,

Zahnbürsten, Knöpfe, Stifte, Papier, ein ganzes Regal voller Bücher, Bürsten, kleinere Werkzeuge, die man sich allerdings nur ausleihen konnte, Wecker, CD-Player, Lampen, Glühbirnen, Lesebrillen, aber auch ein paar Sachen aus ihren eigenen Werkstätten: Teller, Vasen, Töpfe, Seife, Shampoos, Spielzeug, Gläser, Tassen, Körbe und einiges mehr.

„Ganz schön viel Krams hier für eine Kommune, die dem Materiellen abgeschworen hat", wagte sie einen Scherz, nachdem sie sich begrüßt und vorgestellt hatten.

„Ja, das kann man wohl sagen. Ich werde den Konsumrausch bestimmt nicht fördern", sagte Will.

„Naja", meinte Victoria, „ein paar Sachen braucht man offenbar und ein paar Dinge will man einfach haben." An einem Ständer mit Hosen sah sie eine höchst schmal geschnittene Jeans. „Diese hier, zum, Beispiel".

„Werd glücklich damit", wünschte Will.

„Ach ja", erinnerte sich Victoria, „hast Du noch ein kleines Notizbuch für mich?"

Will schickte sie zu einen Regal und Victoria wählte ein schlichtes Buch mit dunkelblauem Einband und bedankte sich.

„Wenn Du etwas brauchst für Deinen Laden, sag Bescheid. Ich will dann sehen, was sich machen lässt."

Mit der neuen gebrauchten Jeans und dem Notizbuch unter dem Arm machte sich Victoria auf den Weg zum Abendessen.

Der Laden funktionierte eher wie eine Tauschbörse. Das, was man haben wollte, nahm man sich einfach mit und das, was man nicht mehr brauchte, gab man zurück. Alle Handwerksbetriebe in der Union gaben einen Teil ihrer Erzeugnisse dem Laden und das, was sie nicht selber produzieren konnten, kam aus der Nature-Zone, manches aus der Free-Zone. Die produzierten recht gute handwerkliche Produkte.

Victoria ahnte schon, es würde Spargel geben und sie freute sich fast genauso darauf, wie darauf, Snorre zu sehen. Nach einem kleinen Abstecher zu ihrem Haus, einer kurzen Dusche und mit ihrer neuen Jeans, die ausgezeichnet saß, nur ein ganz klein wenig zu eng war, traf sie im kleinen Gemeinschaftshaus ein. Pet deckte die Tische ein, während Britta den Spargel in das kochende Wasser auf dem großen Herd warf.
„Herrlich Spargel mit Kartoffeln und Salat", freute sich Victoria noch einmal laut und stellte die Schüsseln mit dem Salat auf die Tische.

Snorre kam auf das Haus zu, wie immer lächelnd und mit dem kraftvollen, geschmeidigen Gang eines Tigers. Fast wäre sie auf ihn zugelaufen, so glücklich war sie, ihn zu sehen.
„Hallo Snorre", rief sie ihn zu, mit einem Lächeln im Gesicht, was ihren ganzen Körper zu erfassen schien, „Schön, schön, schön, Dich zu sehen."
„Ich freu mich auch", sagte er und schlang seine Arme um sie. „Geht's Dir gut?" hauchte er ihr ins Ohr
„Ja, ja es geht mir gut. Jetzt gerade geht es mir besonders gut."
Snorre lächelte. „Tolle Jeans, bekommst Du noch Luft?"
„Sie ist perfekt", „das war ja wohl hoffentlich keine Anspielung auf mein alterndes Hinterteil. antworte Victoria gespielt erbost.
„Aber nein, das ist perfekt."

Der erste Spargel des Jahres schmeckte köstlich und zur Krönung des Tages hatte Britta einen Pudding auf Hafermilch hergestellt.

„Ich habe heute noch eine Besprechung", sagte Snorre
„Ja, ich weiß. Ihr wählt die Organisatoren." Und obwohl sie es nicht fragen wollte, tat sie es dennoch: „Wirst Du Dich zur Wahl stellen?"
„Nein", sagte Snorre mit fester Stimme. „Ich möchte im Moment nichts organisieren. Ich möchte nah dran sein am einfachen Leben. Ich möchte mich minimalisieren und ich werde damit beginnen zu meditieren."
Oh, das war neu. Victoria musste erschreckt geguckt haben.
„Hey, es ist alles in Ordnung. Zwischen uns wird sich nichts ändern. Und Sex ist ja auch eine Art Meditation."
Fast hätte Victoria angesetzt, Snorre darzulegen wie sehr die Gemeinschaft seine Fähigkeiten, seine Ruhe, sein Durchsetzungsvermögen brauche. Gerade jetzt, wo eine ernste Gefahr für ihre Gemeinschaft bestand. Wie sehr er selber diese Arbeit eigentlich brauche, damit seine wunderbare Art zu Denken nicht verloren ginge. Doch sie wusste, es war zwecklos. Und sie wollte auch Snorre nicht überreden. Weder überreden noch überzeugen. Sie hatten sich in ihren Leben und Entscheidungen stets akzeptiert. Das war der Grundpfeiler ihrer Liebe.
„Schon gut", sagte sie dann und versuchte möglichst viel Ruhe in ihre Stimme zu legen. „Ich war nur überrascht. Wenn es für Dich der richtige Weg ist, unterstütze ich Dich. Ich liebe Dich, Snorre."
„Ich liebe Dich auch, Vic."

Später wurde sie von Lenja zum Yogakurs abgeholt. Es schien ihr gelegen zu kommen, dass Snorre heute nicht dabei war.
„Du musst mir alles über ihn erzählen", bestürmte Lenja sie.
„Er ist wunderbar. So aufmerksam und freundlich. Ich bin sicher, ihr werdet euch ausgezeichnet verstehen."
„Wofür ist er verantwortlich?", fragte Lenja weiter.

„Für die Landwirtschaft. Das hättest Du Dir doch denken können. Außerdem für die Innenkontakte. Du wirst also als Gästebetreuerin sicher bald Kontakt zu ihn bekommen."
„Yeah. Ich glaube, ich werbe ein paar Leute aus anderen Zonen an."
„Wie viele leben zur Zeit im Gästehaus?" fragte Victoria.
„Ein ältere Mann. Er ist krank. Hat massiven Bluthochdruck, glaube ich. Ist ja eigentlich nicht so schlimm, doch er meint, es wäre ein Anlass, sein Leben zu ändern."
„Komisch", dachte Victoria. Schon der zweite Kranke, der hier aufschlägt. Sie fragte sich, ob sich in der Normal-Zone herumsprach, dass hier ein gesundes, natürliches, ruhiges und glückliches Leben möglich war. Sie nahm sich vor, diesem Mann demnächst einen Besuch abzustatten. Die Natur-Zone erwartete zwar nicht, dass die Menschen, die hier herkamen, viel Geld mitbrachten, doch viele teilten ihr Geld unter ihren Angehörigen auf und spendeten den Rest an sie. Besitz durfte hier niemand haben. Weder Geld noch Gegenstände.
„Aber wie ist Enrico? Was sagt er so?" drängelte Lenja und fuhr mit der Hand durch ihr langes lockiges Haar.
„Wie wär's denn, wenn Du ihn einfach in Dein Gästehaus einlädst, schlug Victoria vor.
„Ach, ich weiß nicht".
„Machs einfach, Lenja."

## 8.

Schläfrig tastete Victoria nach Snorres Körper. Unendlich zufrieden entdeckte sie zuerst seine rechte Schulter, schob sich ein wenig dichter zu ihm heran und schlief wieder ein. Als sie wieder erwachte, lag Snorres Schlafzimmer bereits im Dämmerlicht. Es war Sonntag und es regnete. In diesem Juni hatte es häufig geregnet und es war, wie es so schön heißt: für die Jahreszeit zu kühl. Noch ein Stück näher kuschelte sie sich an Snorres warmen Körper. Es war der perfekte Tag, um im Bett zu bleiben. Seit ihrer frühesten Jugend hatte sie das nicht mehr getan. Wie es schien, strahlte etwas von Snorres tiefer Gelassenheit, die sich durch sein tägliches Meditieren noch weiter verdichtet hatte, auf sie ab.

„Ich liebe Dich", hauchte er in ihr Ohr.
„Ich liebe Dich auch. Was hältst Du davon, wenn wir heute den ganzen Tag im Bett bleiben?" flüsterte sie und fuhr währenddessen mit den Fingerspitzen die Innenseite seines Oberschenkels hinauf.
„Ja", stöhnte er. „Diesen Vorschlag hätte ich Dir eigentlich nicht zugetraut, aber offensichtlich machst Du Fortschritte."
Von wegen Fortschritte, dachte Victoria. Sie brauchte dringend eine Pause. Sie hatte gemerkt, wie sie wieder damit begonnen hatte, in ihren, wie sie es nannte, „Kampfmodus" umzustellen. Es war ein altes bekanntes Muster, von dem sie glaubte, sie bräuchte es hier nicht mehr. Doch es gab zu viel zu tun und sie hatte keine Verbündeten. Das Gespräch über die Schulden mit Jeremy war ergebnislos verlaufen.

Lange hatte sie darüber nachgedacht, Snorre in die Probleme der Union einzuweihen. Schließlich war sie bei ihrer ersten

Entscheidung, es nicht zu tun, geblieben. Immer mehr lehnte er es ab, sich mit derartigen weltlichen Dingen zu beschäftigen. Für ihn spielte diese Art von Schwierigkeiten kaum noch eine Rolle. Selbst auf den wöchentlichen Gemeinschaftstreffen hielt er sich zurück. Immer öfter hatte Victoria dies bedauert. Snorre könnte der Gemeinschaft mit seiner Erfahrung, Güte und Intelligenz so viel geben. Stattdessen hatte er einen Meditationskreis gegründet. Doch es half nichts. Sie musste und wollte seine Art zu Leben respektieren, auch wenn es nun wirklich nicht die ihre war. Dennoch musste sie zugeben, dass ihm das Meditieren gut tat. Er wirkte geistig komprimierter, fester. Außer, wenn er mit ihr schlief. Dann war er nur Körper: weich und grenzenlos.

Jetzt rollte er sich über sie, so konzentriert und präsent, als würde es nur sie beide geben. Sein Geist fing den ihren ein und ließ sie alle anderen Gedanken beiseite schieben, um sich so voll und ganz auf seinen Körper einzulassen. Sie schliefen jetzt seltener miteinander. Die meisten ihrer Vereinigungen liefen auch langsamer, aber intensiver ab. Durch seine Präsenz schien sich jedes Segment ihrer Haut zu sensibilisieren. Jede seiner Berührungen erschien ihr tausendfach verstärkt und als er in sie eindrang, fühlte sie sich vollkommen erfüllt. Ihr Kontakt war so perfekt aufeinander abgestimmt, dass sie im gleichen Rhythmus atmeten, ihre Herzschläge sich synchronisierten und ihre Bewegungen so tanzten, als wären sie eine einzige Person.

Später, als er wieder aus ihr herausglitt, fühlte sich Victoria kläglich hohl und unvollständig. Der Schmerz des Verlustes war so übermächtig und gleichzeitig so irrational, dass Victoria beschloss aufzustehen, um ihnen aus dem Gemeinschaftshaus ein Frühstück zu besorgen.

Die frische Luft und der Regen ordneten sie tatsächlich wieder und die Bewegung sorgte dafür, dass sie sich geistig und körperlich wieder sortierte, sich wieder schloss, zu einem Ich wurde. Im Gemeinschaftshaus war nur ein Tisch besetzt. Lenjas Kinder saßen mit Thorben, Anne und Rick beisammen und aßen fröhlich plaudernd ihr Frühstück. Lenja und Enrico sah sie nicht. Sie und Snorre waren wohl nicht die einzigen, die beschlossen hatten den Tag im Bett zu verbringen.

Nach ein paar netten Worten schnappte sich Victoria ein Tablett, füllte Malzkaffee in eine Thermoskanne, schichtete Brotscheiben mit Marmelade auf einen Teller, füllte Müsli in eine Schale, gab Äpfel und Hafermilch dazu und eilte wieder zurück.

Auch wenn sich Snorre immer weiter von dem tagtäglichen Kleinkram entfernte, wuchs seine geistige Kraft zusehends. Früher hatte sie an so etwas wie Aura nie geglaubt, hatte das als Spinnerei abgetan und lediglich akzeptiert, dass es Menschen gab, die charismatisch waren, was sich wissenschaftlich einigermaßen plausibel erklären lies. Doch bei Snorre war das anders. Er hatte eine Aura. Er brachte mit seiner Anwesenheit Räume unsichtbar zum Erleuchten und Menschen zum Erglühen. Wo konnte das enden?

Auch diese Gedanken schob Snorre wie ein Schneepflug beiseite, während sie zu ihm ins Bett sank, ihr zuraunte, er hätte sie vermisst und begann sie wieder auszuziehen und mit Küssen zu bedecken.

Später, beide mit dem Frühstückstablett immer noch nackt im Bett sitzend, bat Victoria Snorre, ihr etwas über den Anfang der Nature-Zone zu erzählen. Sie wusste zwar bereits einiges, weil sie in den Computern etwas recherchiert hatte, aber nicht so genau, wie sie es sich wünschte. Viele

Bürger waren damals unzufrieden mit der Regierung gewesen, insbesondere wegen der ökologischen und sozialen Missstände, die sich eben aus dem vorherrschenden kapitalistischen System ergaben. Die Macht der Konzerne wuchs immer mehr und mit dem Begriff Soziale Marktwirtschaft versuchten sie, dies auch nicht mehr zu kaschieren. Der Begriff „sozial" wurde durch den Begriff „frei" ersetzt. Teile der Regierung waren aus Hilflosigkeit ehrlicher geworden, die Mehrheit korrupt und inoffizielle Mitarbeiter der Konzerne.

Viele Bürger glaubten nicht mehr an Veränderungen durch die Politik, nicht einmal die Politik selber. Die meisten hatten resigniert und arrangierten sich mit dem System. Wer stark genug war, versuchte es zum eigenen Vorteil zu nutzen. Aber es gab auch verschiedene Gruppen von Menschen, die sich nicht abfinden wollten. Es war klar, dass Änderungen im System stets nur so etwas waren, wie ein Tropfen auf dem heißen Stein. Mit diesem Wirtschaftssystem konnte es nie etwas werden. Also beschlossen sie, ein alternatives System zu schaffen.

Es war nicht so schwer für die Natur-Zone Gründungsmitglieder durchzusetzen, ein Stück Land nutzen zu dürfen, was sie nach ihren Ideen bewirtschaften durften und eine Lebensgemeinschaft zu gründen, in der sie nach ihren Grundsätzen leben durften. Die Verstädterung hatte immer weiter zugenommen. Ganze Landstriche und eine Unmenge an Dörfern waren ausgestorben. So bekamen sie Land, wo ohnehin niemand hin wollte, aber immerhin war es fruchtbar. Es war zunächst eine Art Modellversuch und wurde aktiv mit Geld und Materialien von der Regierung unterstützt, quasi als Alibihandlung. Die Regierung wollte zeigen, dass sie handlungsfähig war und hoffte, so manche Bürger zu beruhigen. Es war für sie eine Form der Werbung und alle waren eigentlich sicher, das Projekt würde nicht über die Modellversuchsphase hinauskommen und natürlich nicht ernsthaft das System gefährden. Für manche war die Nature-Zone ein Ort der Hoffnung, für Andere Anlass für Spott und Hohn. Als Idealisten, Hinterwäldler, Träumer wurden sie beschimpft.

Inzwischen war der offizielle Modellversuch abgeschlossen. Es gab sie immer noch. Vieles verlief vielversprechend und sie hatten eine Reihe von Sympathisanten und Unterstützer gewonnen. Es wurden immer wieder neue Unionen gegründet, immer mehr Land durften sie nutzen, doch die finanziellen Mittel wurden stark eingeschränkt und begrenzten sich am Ende auf Zuschüsse für staatliche Aufgaben wie die Schule, die Betreuung von Kleinkindern, Geld für Medizin und Pflege kranker oder älterer Menschen.

In letzter Zeit beanspruchten mächtige Landwirtschaftskonzerne immer mehr Land, insbesondere das Fruchtbare. So wurde es zunehmend schwieriger, sich weiter auszuweiten. Die Menschen in der Nature-Zone vermuteten außerdem, dass die großen Konzerne gegen die Nature-Zone arbeiteten, weil sie keine fleißigen und dankbaren Konsumenten waren. Das gaben sie natürlich nicht offen zu. Offiziell ließen sie der Natur-Zone großzügige Sachspenden zukommen, aber eigentlich verramschten sie Dinge, die sie ohnehin nicht mehr verkaufen konnten, um sich so ein freundliches Image zuzulegen.

Später entstanden dann die anderen Zonen. Viele Menschen wollten ebenfalls ihrer Gesinnung entsprechend leben , ohne ständig Kompromisse aushandeln zu müssen. Da die Regierung die Nature-Zone erlaubte, war es nur logisch, auch andere Zonen zu gestatten. Zuerst war das „Gottes Garten", dann die Safe-Zone und schließlich die Free-Zone.

„Wir waren 118 Leute, die sich in Berlin mit einem Bauern in Brandenburg zusammengetan hatten, den sie finanziert und unterstützt hatten und der ihnen seine landwirtschaftlichen Produkte lieferte", begann Snorre zu erzählen. „Man nannte dieses Modell „Solidarische Landwirtschaft". Am Wochenende oder wenn man eben Zeit hatte, arbeite man sogar mit auf den Feldern. Regelmäßig setzte man sich mit dem Bauern zusammen und besprach, was man anbauen wollte. Der Bauer hatte auch Tiere: Schweine, ein paar Milchkühe und Hühner. Aber die hatten wir nach und nach abgeschafft, weil die meisten Vegetarier oder Veganer waren und keiner mehr das Fleisch haben wollte.

Einigen von uns war das alles immer noch zu wenig. Es ging ihnen nicht weit genug. Wir lebten das normale umweltzerstörende Leben in der Großstadt, fuhren mit dem Mercedes mal eben aufs Land, buddelten ein paar Kartoffeln aus und gingen abends dann in schicken Klamotten auf eine Vernissage. Das war nicht wirklich ein anderes Leben. Es war ein wenig Kosmetik, mit der man versuchte, sein Gewissen zu beschwichtigen, denn es war ja klar, dass viel mehr falsch lief als nur in der Landwirtschaft. Der Widerspruch zwischen dem eigenen Anspruch und der Realität machte einigen von uns zu schaffen. Also begannen wir unseren kompletten Ausstieg aus der Gesellschaft vorzubereiten. Es machten 56 Leute mit. Kinder nicht eingerechnet. Aber es wurden schnell mehr. Ein paar Münchner bekamen mit, was wir vorhatten und bereiteten ebenfalls einen totalen Ausstieg vor.

Wir trafen uns fast täglich, um das neue Leben zu organisieren Die meisten von uns wollten nicht nur umweltgerechter leben, sondern außerdem in einer anderen Lebensform. Wir hatten den Kapitalismus und jede Form der Marktwirtschaft gründlich satt mit seinen Konsumzwängen und -verführungen. Wir wollten uns auf

das konzentrieren, was wirklich wichtig ist: gute zwischenmenschliche Beziehungen in überschaubaren Gruppen, eine sinnvolle Arbeit. Nach und nach hat sich dann mehr oder weniger dieses Modell der Natur-Zone, in der wir jetzt leben, durchgesetzt. Die Grundidee ist neben der ökologischen Lebensweise die Gleichheit aller, das Leben ohne Geld, Arbeitsmöglichkeiten, die nicht von Profis ausgeführt werden müssen und gleichwertig sind. Uns war schon klar, dass ein rotierendes System dazu unerlässlich wäre, so kam irgendjemand schließlich auf die Idee der großen Verlosung.
Wir hatten eine Weile darüber diskutiert, ob wir eine Parallelwährung einführen, haben diesen Gedanken schließlich verworfen. Das hätte die Lust an der Anhäufung von Geld befördert."

„Ja klar", warf Victoria ein, „wenn kein Geld da ist, kann man keins anhäufen."
„Natürlich. Wir hielten die Menschen zwar grundsätzlich für gut, waren aber auch nicht naiv."
„Wie habt ihr die Entscheidungen getroffen? Habt ihr abgestimmt?"
„Nein, wir haben so lange diskutiert, bis wir Konsensbeschlüsse fassen konnten. Das war wirklich anstrengend, doch es hat sich gelohnt. Bei Abstimmungen müssen sich Minderheiten immer der Mehrheit beugen. Beim Konsens werden Minderheiten mit einbezogen und so gewürdigt."
„Trotzdem werden ja auch manche Sprecher oder Organisatoren gewählt."
„Ja, das war so ein Kompromiss. In bestimmten Teilbereichen wird gewählt, aber bei den meisten Aufgaben entscheidet das Los."

„Die ständigen Wechsel verhindern aber auch Kontinuität. Sowohl für die Arbeitenden als auch für ihre Gesprächspartner. Vermutlich ist das Jahr immer schon wieder rum, wenn man vollständig verstanden hat, wie es geht oder zu den Gesprächspartnern ein gutes Verhältnis aufgebaut hat."
„Ja, natürlich. Das ist ja der Sinn der Sache. Es würde sicher reibungsärmer verlaufen, wäre aber auch fehleranfälliger wegen der sich bildenden Routinen und natürlich könnten sich auch eher korrupte Strukturen bilden, vor allen Dingen aber Klassen und damit wichtigere und unwichtigere Menschen. Es war einfach das kleinere Übel.

Victoria fragte sich, warum Snorre ihr dies alles so bereitwillig und ausführlich erzählte, obgleich das nicht mehr sein Interessenschwerpunkt war. Wollte er auf diese Weise sein Wissen weitergeben? Also für sich einen guten Weg finden abzuschließen mit der politischen und organisatorischen Arbeit in der Zone?

Bevor Victoria Snorre fragen konnte, sagte er, er wolle noch ein wenig nach draußen gehen. Victoria wusste schon, was das bedeutete. Er würde sich ein stilles Plätzchen in der Natur suchen sich dort im Schneidersitz niederlassen und sich für eine Stunde versenken.
„Ja, in Ordnung", meinte Victoria und sie hoffte er möge ihr die Enttäuschung, die in ihrer Stimme mitschwang, nicht heraushören. „Wir sehen uns dann zum Essen."
„Ich liebe Dich Victoria. Ich liebe Dich dafür, dass Du mich so akzeptiertest wie ich bin und dafür, dass Du so bist wie Du bist." „Ich liebe Dich auch Snorre."

**9.**

Nachdem sich Victoria am Montagmorgen mit Enrico um die landwirtschaftlichen Belange gekümmert hatte, wollte sie am Nachmittag bei Elisa vorbeischauen. Elisa fiel immer wieder aus. Es ging ihr zwar körperlich besser als zuvor, doch wirkte sie psychisch immer wieder angeschlagen, gestand sich das aber nicht ein. Sie entschuldigte sich mit Kopfschmerzen, doch Victoria vermutete, es gab da ein dunkles Geheimnis, was sie quälte. Sie mochte Elisa, die trotz ihrer Widersprüche und ihrer Schwächen eine kluge Gesprächspartnerin war.

Victoria hatte auch Elisa von ihrer Besorgnis über die hohen Schulden der Nature-Zone erzählt und sie war die Einzige aus dem Koordinatorenteam, die das ernst genommen hatte. Mit Jeremy war sie auch für die Außenkontakte zuständig. Sie hatten ihre Aufteilung so vorgenommen, dass Elisa für die Kontakte mit der Free-Zone und Gottes Garten zuständig war, während Jeremy sich um die mit der Safe-Zone und der Normal-Zone kümmerte.

„Jeremy hat eine versteckte Datei über die Safe-Zone angelegt", erzählte Elisa ihr, nachdem sich die Frauen begrüßt hatten, ein paar freundliche Worte miteinander gewechselt haben und Victoria sich einen Hocker an Elisas Bett gezogen hatte. „Vielleicht ist es harmlos, aber ich dachte Du solltest es wissen", fuhr Elisa fort.
„Warum sollte er das tun?" fragte Victoria, obgleich sie Jeremy ebenfalls im Verdacht hatte mit der Safe-Zone Geschäfte besonderer Art zu machen.
„Ich nehme an, er will lieber dort leben und bemüht sich gerade um eine Eintrittskarte."

Natürlich war es vorstellbar, dass die Safe-Zone sich auf dubiose Machenschaften einließ, um Vorteile für sich zu generieren. Dort lebte eben ein Haufen ehrgeiziger, egoistischer Menschen, die scheinbar ohne jegliche ethische Steuerung ihr Dasein als „Survival of the fittest" begriffen. Doch Jeremy war hier nahezu aufgewachsen und dies käme einem Angriff auf die eigenen Leute, die eigene Familie gleich.

„Manches von seinem Verhalten kommt mir ebenfalls merkwürdig vor", stimmte Victoria vorsichtig Elisa zu. Er hat zwar auf meinen Druck hin die Preise für die landwirtschaftlichen Güter erhöht, doch ausgerechnet der Safe-Zone immer wieder Rabatte gewährt. Und er kaufte dort zu teuer ein. Manchmal sogar Dinge, die wir eigentlich nicht brauchen. Neulich hat er eine ganze Kiste voller Medikamente gekauft: Cortison, Antidepressiva und so weiter. Aber das nehmen wir ohnehin nicht. Und ich weiß wirklich nicht, wer ihn dazu autorisiert haben könnte. Aber vielleicht sehen wir auch Gespenster. Jeremy ist einer von uns. Er ist hier aufgewachsen. Wir sind seine Familie. Aber ich werde das, was er tut, genauer betrachten. Ich werd's morgen ansprechen. Ich hoffe, Du bist dabei?"

„Tu, was Du für richtig hältst. Ich bin ohnehin nicht mehr lange mit von der Partie und auch wenn ich gerne hier bin, habe ich weder die Kraft noch den Willen, mich in meinen letzten Wochen in Kleinkriege zu verwickeln."
„Aber Elisa", was redest Du da. Es geht Dir körperlich so gut wie seit Jahren nicht. Das hast Du selber gesagt."

„Ich bin aber nicht nur Körper", sagte Elisa, der offenbar doch klar war, wo das Problem lag. Fast hätte sich Victoria einen kleinen Scherz über Elisa und die frisch angekommen Psychopharmaka erlaubt, verkniff es sich aber.
Trotzdem antworte Elisa ganz genau so, als hätte sie es getan: „Nein, ich nehme gewiss keine Medikamente mehr. Davon habe ich genug genommen, was ich zutiefst bereue.

Du nimmst eine Pille und musst zwei gegen die Nebenwirkungen der ersten nehmen. Der Körper wird völlig durcheinandergebracht. Am Ende sterben wir ohnehin."

„Sicher sind Medikamente keine Lösung. Zumindest keine gute. Aber ich möchte auch nicht, dass Du an etwas stirbst, was als Krankheit anerkannt ist und für die es Therapien gibt", und fügte viel milder hinzu: „Elisa, ich mache mir Sorgen um Dich."

„Schätzchen, da mach Dir mal über mich keine Gedanken. Es gibt hier keine hohen Gebäude von denen ich springen könnte und auch keine schnellen Züge, die meinen alten Körper überrollen könnten. Eine Weile bleibe ich schon noch am Leben. Vielleicht hast Du Recht mit der Depression und dann wird sich dieser schwarze Schleier schon irgendwann von alleine auflösen. Ich werde über die Wiesen springen wie ein junges Zicklein und hoffen, dass ich im nächsten Jahr in der Glasbläserei unterkomme."

Bei der Vorstellung musste Victoria anfangen zu lachen. Obgleich sie wusste, dass es nicht unbedingt so war, dass eine Depression von alleine wieder verschwindet, beruhigten sie Elisas Worte. Sie nahm sich vor, Elisa etwas öfter zu besuchen. Natürlich gab es eine Menge Leute, die sich um Elisa kümmerten. Wenn jemand krank war und nicht zum Essen kam, machte sich immer ein Mitglied der Gemeinschaft auf den Weg, um das Essen, Unterhaltung, Trost und alles was sonst noch benötigt wurde vorbeizubringen. Außerdem schaute regelmäßig jemand von der Heilstation vorbei.

„Außerdem", fügte Elisa hinzu," habe ich der schönen Nature-Zone eine Menge Geld vermacht. Das muss ich erst einmal abwohnen. Und jetzt geh, meine Liebe. Meine

Kopfschmerzen nehmen zu. Hab den taffen Jeremy im Blick und berichte mir weiter von den Umtrieben der Safe-Zone. In einer knappen Stunde wird mir das Abendessen serviert und vermutlich werde ich anschließend zu einer Runde Backgammon genötigt." Elisa lächelte bei ihren letzten Worten und so nahm Victoria an, sie würde sich darüber freuen, auch wenn sie diese unfreundlichen Worte gewählt hatte. So verabschiedete sich Victoria: „Bis bald, meine Liebe. Du bist ein wunderbarer Mensch. Es tut gut, so offen sprechen zu können."
Auch für sie wurde es Zeit, zum Abendessen in ihr Gemeinschaftshaus zu gehen. Nach wie vor war es ein Abschnitt des Tages, auf den sie sich freute. Sie hoffte, Snorre zu sehen. Viel Zeit verbrachte er damit, alleine durch die Gegend zu streifen, seine Meditationsübung im Gehen nannte er das, oder irgendwo in der Natur zu sitzen: Seine Meditation im Sitzen. In seinem Haus hatten sich einige Bücher über den Buddhismus, vom Dalai Lama und Thich Nhat Hanh angesammelt. Victoria wusste oft nicht, was sie davon halten sollte. War das nur eine Phase oder wollte Snorre sich ernsthaft immer mehr vom weltlichen Leben entfernen?

Als sie ankam, sah sie Lenja, Enrico, Maria und Alex wie sie die Tische eindeckten.
„Hallo", rief Victoria, „Kann ich noch etwas helfen? Ich sehe, wir haben heute einen Gast. Hallo Enrico."
Normalerweise aßen die Mitglieder in ihrer Gemeinschaft, doch manchmal besuchten sich Freunde oder Verliebte gegenseitig und aßen dann auch gemeinsam.
„Hallo Vic", sagte Lenja mit einem strahlenden Lächeln und drückte Victoria einen Stapel Dessertschüsseln in die Hand: „Verteil die. Ja, Enrico bleibt zum Essen und es wird nicht über Landwirtschaft gesprochen."

„Kein Bedarf", antworte Victoria mit einem Lächeln. Ich bin froh darüber heute Abend einfach nur ein wenig zu plaudern." Victoria scherzte während des Essens mit den vier Kindern ihrer kleinen Gemeinschaft, erkundigte sich bei den Älteren über ihr Befinden und schaffte es sogar, Lena eine Weile zuzuhören. Lena war ihre älteste Mitbewohnerin. Victoria vermutete bei ihr eine beginnende Demenz. Häufig suchte Lena etwas, seien es nun Gegenstände Worte oder Gedanken. Es war schön zu wissen, womit sich andere Menschen beschäftigten, ihr Leid und ihre Freude zu teilen. An diesem Abend waren Lenjas und Enricos Verliebtheit großartig mit anzusehen. Es machte beide noch schöner, als sie ohnehin schon waren und wären sie beide nicht so warmherzige Menschen gewesen, hätte es Anlass gegeben, neidisch zu werden.

Snorre war nicht zum Essen gekommen. Nachdem Victoria ihr Geschirr zurückgeräumt hatte, sah sie auf das schwarze Brett, ob es eine Abendveranstaltung gäbe, die sie besuchen könnte. Es wurde Jean-Paul Sartre: Das Sein und das Nichts, ein Gesprächsabend angeboten, ein Shiatsukurs und ein Spielabend: Kartenspiele: Doppelkopf und Skat. Die Auswahl war durchaus verlockend. Jeder konnte hier einen Kurs oder ein Treffen am Abend anbieten. Diejenigen, die für die Veranstaltungen zuständig waren, legten dann Uhrzeiten und Räumlichkeiten fest und hängten wöchentlich aktualisiert Pläne in den Gemeinschaftshäusern aus. Victoria entschied sich letztlich für ein paar Runden Doppelkopf. Das würde ihr sicher dabei helfen, den Kopf etwas frei zu bekommen und ein wenig Spaß zu haben.

## 10.

Am nächsten Tag machte sich Victoria auf den Weg zum Versammlungshaus. Sie hatte zwar an keiner Besprechung teilzunehmen, doch Jeremys Umtriebe, Elisas Verdächtigungen und die finanzielle Notsituation der Union ließen ihr keine Ruhe. Vielleicht konnte sie Jeremys versteckten Ordner finden. Zumindest wollte sie ein paar Ausdrucke seiner Misswirtschaft anfertigen, um die anderen in der Abendsitzung damit zu konfrontieren. Natürlich hatte sie zuvor mit Jeremy gesprochen, doch er hatte gelacht, geschickt argumentiert und ihre Bedenken nicht ernst genommen.

Das Wetter war erfreulich gut. Victoria pfiff einen alten Oasis-Song vor sich hin, während ihr Fahrrad zügig über die schmalen Wege rollte. Die Landschaft war jetzt überall ergrünt und erblüht. Sie genoss den Blick, wurde dann aber stutzig, als sie eine schlanke, sehr aufrecht stehende Gestalt sah, die ruhig mit gefalteten Händen vor dem Herzen am Feldrand in der Nähe der Ebro-Gemeinschaft stand. Sie war ganz allein. Die Feldarbeiter hatten ihren Dienst wohl noch nicht begonnen. Beim Näherkommen identifizierte Victoria eine Frau. Eine schöne Frau, vollkommen schwarz gekleidet mit schwarzem, seidigem Haar, einem bronzegoldenen Teint. Vielleicht kam sie aus Südostasien? Indien? Sie hatte sie noch nie gesehen. Eine neue Mitbewohnerin?

Die Frau wirkte so versunken in sich selber, obwohl ihre Augen geöffnet waren, dass Victoria überlegte, ob sie sie ansprechen oder dies besser auf eine andere Gelegenheit verschieben sollte. Da wandte die Frau den Blick auf sie und es war, als ergösse sich ein warmer Wasserfall auf Victoria. Unwillkürlich musste Victoria anfangen zu lächeln.

„Guten Morgen, ich bin Victoria aus der Tajo-3-Gemeinschaft", sagte sie ohne aufzuhören zu lächeln und ohne es verhindern zu können, die fremde Frau anzustarren: Ihre feinen Gesichtszüge, ihre großen Augen und ihren vollen Mund.
Die Frau lächelte nun ebenfalls: „Hallo, ich bin Shiva. Ich bin gestern hier angekommen. Es ist schön hier."
Auch ihre Stimme war voller Wärme und Frische und schien gleichzeitig in Victorias Kopf und in ihrer Seele zu landen.

Jetzt hätte Victoria eigentlich wieder etwas sagen sollten, doch sie tat es nicht. Es war weder nötig, noch angebracht den Kontakt mit sprachlicher Kommunikation anzureichern. Eine Weile blieben die Frauen so stehen. Dann besann sich Victoria auf ihr Vorhaben und löste sich etwas widerstrebend aus dem Energiefeld, was sich zwischen ihnen aufgebaut hatte oder vielleicht auch nur von Shiva ausging, in das Victoria eingetaucht war.
„Ich freue mich, Dich bald wieder zu treffen."
„Namaste", hauchte die Fremde, während sie die Hände abermals vor dem Herzen zusammenführte und eine Verbeugung andeutete.

Im Versammlungshaus angekommen hatte Victoria nochmals die Einkaufs- und Verkaufslisten durchgesehen, die finanzielle Situation abermals überprüft. Der Kauf der Medikamente wurde offenbar durch die Heilstation veranlasst. Auf dem Anforderungsschein stand: „Mittel gegen Entzündungen und Schmerzen." Daraus Cortison und Antidepressiva abzuleiten, war gewagt. Es war eigentlich allgemein bekannt, dass die Nature-Zone derartige Medikamente ablehnte und sich im Normalfall auf

Naturheilmittel verließ. Die versteckte Datei konnte sie nicht zu finden. Also würde sie Jeremy mit ihren Entdeckungen konfrontieren. Außerdem musste sie der Heilstation einen Besuch abstatten. Vielleicht gab es zwischen den dort Zuständigen und Jeremy eine Verbindung.

Wo war eigentlich das Geld geblieben, von dem Elisa vorhin gesprochen hatte? Ist es bei Ihnen gelandet oder in der gesamten Nature-Zone? Das kommt sicher häufiger vor und müsste doch eigentlich die finanzielle Situation verbessern? Tatsächlich fand sie immer wieder geringe Beträge, die mit dem Vermerk „Spende" eingegangen waren. Also wurde das vermutlich aufgeteilt.

Während Victoria tagsüber durch die Union fuhr, um Absprachen zu treffen, erwischte sie sich immer wieder dabei, wie sie nach Shiva Ausschau hielt, aber sie sah sie nicht mehr. Die Heilstation hatte Viktoria bisher noch nicht von innen kennengelernt. Sie lag zentral, gleich neben dem großen Versammlungshaus in einem kleinen Holzhaus auf dessen Dach eine weiße Fahne mit einem roten Kreuz im Sommerwind flatterte.

Im Inneren sah sie eine Untersuchungsliege, einen Schreibtisch mit einem Computerbildschirm darauf und eine Sitzecke bestehend aus drei Korbsesseln und einen passenden Tisch. Victoria wusste, dass die Heilstation mit einem ärztlichen Dienst verbunden war, der jederzeit kontaktiert werden konnte, und die Behandlung aller Patienten koordinierte. Es war natürlich ein naturheilkundlicher Arzt und Victoria konnte sich nicht vorstellen, dass dieser den Medikamenteneinkauf veranlasst hatte. Aus einem Nebenraum kam eine junge Frau, kurz nachdem Victoria die Station betreten hatte.

„Hallo, ich bin Laura. Bitte, nimm doch Platz". Mit einem Lächeln wies Laura auf einen der Korbstühle. „Was kann ich für Dich tun?"

Viktoria stellte sich vor. „Mein Kollege war wohl neulich hier", begann Victoria, um auf ihr eigentliches Anliegen zu sprechen zu kommen, nachdem sie ein paar Höflichkeitsfloskeln ausgetauscht hatten.

„Ja, Jeremy", sagte die junge Frau und ihre Augen begannen zu leuchten. „Der ist ja nett. Und so interessiert. Er hat sich sogar den Medizinschrank angesehen."

„Ach", meinte Victoria, „den würde ich auch mal gerne sehen."

„Kein Problem", antwortete Laura. Ich zeig ihn Dir. Ist ja kein Geheimnis. Ich weiß genau, was ich tun darf und was nicht. Ich war mit Paul auf einer Schulung. Also Paul ist der, der mit mir zusammen die Heilstation betreut. Aber der hat heute frei."

Offenbar freute sich Laura auch über Victorias freundliches Interesse, auch wenn sie sicher nicht mit Jeremys Charme mithalten konnte.

Der Medizinschrank war wohlgeordnet gefüllt mit mehr oder weniger harmlosen Mitteln: ein paar Naturheilmittel gegen Halsschmerzen, Sonnenbrand, Schnupfen, Hautabschürfungen, Kopfschmerzen und Schlafstörungen. Außerdem ein paar konventionelle Schmerzmittel, Asthmasprays und eine Box mit der Aufschrift „Notfallmedikamente".

„Oh, Notfallmedikamente. Das ist ja gut, dass wir die haben", sagte Victoria, den naiven Singsang von Laura nachahmend.

„Ja, klar. Haben wir die", und zählte alles auf, was sich in der Box befand, stolz darauf, ihr offenbar neu erworbenes Wissen vorführen zu dürfen: Richtig starke Schmerzmittel, Medikamente gegen einen Schock, gegen einen Kreislaufzusammenbruch, richtige Beruhigungsmittel, das

sind Sedativa, Mittel gegen Asthmaanfälle, Herz-Kreislaufmittel, Muskelrelaxantien, Spasmolytika, die entspannen, Gegengifte und Infusionslösungen."
Aber weder Cortison noch Antidepressiva waren vorhanden.
„Na, dann sind wir bei Dir ja in den besten Händen. Das hat Jeremy sicher auch gleich erkannt."
„Ja", lächelte Laura, er meinte, ich sei eine hervorragende Besetzung für die Heilstation. Er hat sogar versprochen, immer darauf zu achten, dass genügend Medikamente da sind. Das hätte Priorität."
„Ja", erwiderte Victoria, „das ist in der Tat wichtig."
Sie verabschiedete sich und beteuerte, wie schön es war, Laura kennengelernt zu haben, und konnte nicht ganz die Freude unterdrücken, das Koordinatorenteam mit ihren Erkenntnissen zu konfrontieren.

Beim Abendessen fragte sie Lenja nach Shiva, da sie ja vermutlich im Gästehaus untergebracht war.
„Ja, Shiva", sagte Lenja euphorisch, „eine tolle Frau. Hast Du sie getroffen?
„Ja, heute Morgen auf dem Weg zum Versammlungshaus. In der Tat. Sie hat mich auch beeindruckt."
„Ja", bestätigte Lenja. „Shiva wohnt im Gästehaus. Sie ist gestern angekommen, direkt aus Indien. Sie ist Inderin, aber in Deutschland aufgewachsen. Sie ist eine Sannyasin. Du kannst Dich doch sicher noch an die Bhagwan-Sekte erinnern?"
„Oh, ja, die Sex-Sekte. Ich dachte die gibt es schon lange nicht mehr."
„Shiva sagte, die gibt es schon noch. Aber sie wolle sich jetzt davon distanzieren und deswegen ist sie hier."
„Na, denn wird es ja bald kuschelig hier. Mit ihrer Schönheit und ihrer Ausstrahlung könnte sie die ganze Union sexuell transformieren."

„Ich sagte doch, sie will sich davon distanzieren", sagte Lenja, doch ihre Stimme hörte sich nicht ganz so stabil an wie zuvor. Und fügte etwas klarer hinzu: „Enrico zumindest findet sie zwar auch ganz hübsch, aber er meinte sie sei nicht sein Typ."
Victoria musste lächeln bei dem Gedanken, wie freundlich, aber auch besitzergreifend Lenja der Welt und sicher auch Shiva zeigen konnte, wer zu wem gehörte.
„Naja, war doch nur ein Witz. Wir sind ja alle erwachsen und lassen uns nicht so schnell von seidigen Haaren, tiefbraunen Augen und einer einschmeichelnden Stimme aus dem Konzept bringen."
Zum Abschied umarmte sie ihre Freundin herzlich und erst jetzt bemerkte sie, dass Snorre wieder nicht zur Abendmahlzeit erschienen war. Sie nahm sich vor, ihn darauf anzusprechen, und ihn zu bitten, sich nicht zu sehr von der Gruppe zu distanzieren. Für ihn und für die Gruppe.

Durch das aufschlussreiche Gespräch mit Lenja wäre sie fast zu spät zur Abendbesprechung mit den anderen Koordinatoren gekommen. Es waren schon alle da. Nur Elisa fehlte, die wohl auch nicht kommen würde. Als sie den Raum betrat, sah sie, wie sich Jeremy mit Aylin unterhielt. Nein, es war mehr als das. Sie flirteten. Aylin fuhr sich immer wieder durch das Haar und Jeremy lächelte breit und konnte es anscheinend nicht verhindern, immer wieder auf den sich rhythmisch mit ihrer Atmung hebenden und senkenden Busen von Aylin zu sehen. Irgendwie passten sie ganz gut zusammen.
Enrico bemühte sich darum, Sofia eine andere Reaktion als ein Kopfnicken oder ein „Hm" abzuringen. Auf ihrem Gesicht waren zwei deutlich sich widerstrebende Regungen auszumachen: Es schien ihr irgendwie unangenehm zu sein, mit Enrico zu sprechen, fast sah Victoria so etwas wie Scham

und andererseits das Bemühen, freundlich auf ihn einzugehen. Beides zusammen ließ ihre Anteile des Gesprächs auf ein Minimum sinken.

„Hallo", begrüßte sie die Anwesenden, „wollen wir beginnen?" Heute wollte Victoria ihre Präsenz und ihr Durchsetzungsvermögen sowohl sprachlich als auch körpersprachlich demonstrieren. Aylin warf Jeremy daraufhin einen wissenden Blick zu, woraufhin Jeremy ein Lächeln andeutete. Was für einen Denkprozess musste Aylin durchlaufen haben, um von ihren Vorbehalten ihr gegenüber wegen ihrer Vergangenheit in der Safe-Zone zur Unterstützung Jeremys unlauteren Geschäften mit dieser Zone zu gelangen?

Enrico schien den drohenden Unterton in ihrer Stimme wahrgenommen zu haben und sah demonstrativ auf ein paar Papiere, die vor ihm lagen. Sie hatte schon gemerkt, wie sehr er Konflikte verabscheute und sich so gut es ging aus ihnen heraushielt. Sofia sackte ein wenig mehr in sich zusammen.

„Na gut", dachte Victoria, „bringen wir es hinter uns."

„Ihr wisst, wie besorgt ich um den finanziellen Zustand unserer Union und unserer Zone bin. Die Safe-Zone hat dank Jeremys Einsatz die höheren Preise für das Gemüse akzeptiert." Sie lächelte Jeremy und Aylin freundlich an, doch ihr war klar, dass sie sich durch das Kompliment nicht würden täuschen lassen. Misstrauisch erwarteten sie eine Attacke. Sofia blickte halb erstaunt halb erfreut auf, doch Enrico ahnte, dass dies nur eine freundliche Verpackung mit heißer Luft war und nur der Form halber dem Angriff vorausging. Er starrte weiter auf die Papiere.

„Natürlich beinhaltet das Ordnen unserer Finanzen nicht nur die Einnahmeseite, sondern auch die Ausgabeseite", fuhr Victoria fort. „Ich habe mit Erstaunen den Eingang verschiedener Medikamente zu stark überteuerten Preisen festgestellt."

„Deine Anschuldigungen sind ungeheuerlich. Natürlich sind dem Einkauf Bestellungen vorausgegangen. Da hast Du wohl nicht korrekt spioniert", wurde sie von Aylin angeblafft, als hätte der Vorwurf ihr gegolten.

„Ich habe durchaus korrekt recherchiert. Mit etwas guten Willen könnte man sagen, dass sich mit Cortison und Antidepressiva Entzündungen und Schlafstörungen beheben lassen, doch gehören diese Medikamente in diesen Mengen kaum zu unserer Standardmedikation."

„Es war durchaus ein gutes Angebot. Wir können nicht ewig den Menschen wirksame Medikamente vorenthalten. Jeder sollte selber darüber entscheiden", verteidigte sich Jeremy.

„Und um eine wirkliche Wahl zu haben, müssen diese Medikamente eben vorrätig sein. Du wirst doch wohl nicht etwa gegen die Entscheidungsfreiheit des Einzelnen sein? "

„Entscheidungen von derartiger Tragweite müssen gemeinsam und in allen Unionen besprochen werden und in unserem Team gemeinsam diskutiert werden.

„Es handelt sich ja nicht um eine Veränderung, sondern lediglich um eine Ergänzung. Wir diskutieren auch nicht darüber, ob wir künftig auch Pastinaken anbauen sollten. Das überlassen wir den Fachleuten" sagte Jeremy, doch sprach er nicht zu ihr, sondern in erster Linie zu Sophie und Enrico. Er wollte sie auf seine Seite ziehen, falls Victoria eine Abstimmung erzwingen sollte.

Aylin sprang ihm nochmals zur Seite: „Meine Güte, Victoria. Wir können kein gutes Team sein, wenn wir uns gegenseitig misstrauen und jeden unserer Schritte gegenseitig kontrollieren. Wir sind ein Team. Jeder hier will doch das Gleiche wie Du. Vertrauen wir uns doch einfach ein bisschen mehr."

„Ich bleibe dabei", sagte Victoria mit fester Stimme, auch wenn sie spürte, wie sich die Stimmung zugunsten Jeremys drehte. „Diese Medikamente nutzen nicht nur, sie können auch Schaden anrichten und der einzelne Laie ist ganz sicher nicht in der Lage, hier eine vernünftige Entscheidung zu treffen. Es geht um die grundsätzliche Ausrichtung unserer Zone. Wir behandeln lieber Ursachen als Symptome, wir versuchen, mit natürlichen Mitteln zu heilen anstatt mit hochtechnischen Produkten, deren Nebenwirkungen oft nicht zu kalkulieren sind. Jeremy, Du willst mehr Technik, mehr moderne Medikamente. Sicher möchtest Du damit den Menschen helfen. Wenn aber eine grundlegende Veränderung von Werten ansteht, kann das nicht durch die Hintertür geschehen, sondern muss mit allen diskutiert werden. Wir brauchen dafür das Votum der Gemeinschaft."

Sie hatte jetzt von allen die volle Aufmerksamkeit, gleichzeitig nahm sie einen deutlichen Unwillen von Enrico und Sofia wahr, in Streitigkeiten verwickelt zu werden. Aylins Kampfbereitschaft schien sich, erkennbar durch ihr leichtes Zurücksinken in den Stuhl, zu reduzieren, doch Jeremy war nach wie vor adrenmalingeflutet und damit wach, schnell und angriffsbereit. Also kürzte sie die Sache ein wenig ab und holte kräftig zum entscheidenden Schlag aus: „Jeremy sicher weißt Du auch, dass all dies in unseren Statuten steht. Unter dem Kapitel „Medizinische Versorgung" sind detailliert alle Vorgehensweisen beschrieben. Und die Statuten sind nur mit einer ¾ Mehrheit in einer Gesamtabstimmung zu ändern."

An der in sich zusammenfallenden Gesichtsspannung Jeremys erkannte Victoria, wie richtig sie lag. Aylin wirkte eher überrascht. Hatte sie das nicht gewusst? Obgleich Jeremy schon zu Boden gegangen war, konnte sich Victoria nicht beherrschen einen weiteren Tritt hinzuzufügen: „Laut Mindesthaltbarkeitsdatum der Medikamente sind sie nur noch knapp zwei Monate haltbar. Das Beste wäre, sie umzutauschen."
Nun richteten sich alle Blicke auf Jeremy, der zerknirscht, doch auch mit einem wütenden, bösen Funkeln in den Augen meinte: „Also gut. Ich werde mich darum kümmern."

In die bedrückende Stille hinein erhob Enrico die Stimme. Lauter und klarer, als es Victoria ihm zutraute: „Ich will hier keinen Kleinkrieg in unseren Sitzungen haben. Das belastet uns alle und schädigt die Gemeinschaft. Und wenn die Stimmung hier nicht konstruktiver wird, dann könnt ihr den Kram alleine machen. Ich habe zumindest für heute genug." Damit stand er auf und verließ den Raum. Ruhig und bestimmt, wie seine Worte zuvor. Sofia stand überraschenderweise ebenfalls auf, wenn auch zögerlicher als Enrico zuvor: „Ich schließe mich Enricos Standpunkt an."
Auch Victoria hatte genug von ihrer eigenen Vorstellung. Kurz überlegte sie ein Friedensangebot an Jeremy und Aylin zu machen, doch war sie dazu, zumindest jetzt noch nicht, bereit, auch wenn sie das schlechte Gewissen für ihren wirkungsvollen, doch unprofessionellen Auftritt bereits jetzt plagte. So packte sie wortlos ihre Sachen zusammen, murmelte ein neutrales „Auf Wiedersehen" und verließ ebenfalls das Schlachtfeld.

Zu Hause erwarte sie ein Brief ihrer Tochter. Es war der erste Brief von Mary, seit sie in der Nature-Zone lebte. Sie hatten verabredet, erst einmal etwas Abstand von einander zu gewinnen, so hatte sie sich auch nicht bei ihrer Tochter gemeldet. Vor dem Rauschmiss aus der Safe-Zone und ihrem Leben in der Nature-Zone hatte sie Mary nur einmal in der klösterlichen Gemeinschaft besucht. Und nun, wo sie ihren Brief in den Händen hielt, spürte sie die seltene Sehnsucht nach ihren Kindern. Sogar Henry erschien ihr in einem fast wohlwollenden Licht.

Hastig riss sie den Brief auf und begann zu lesen: „Hallo Mama, sicher kannst Du Dich daran erinnern, wie sehr mich von Zeit zu Zeit Migräneanfälle plagen. Die Schwester, mit der ich regelmäßig Gespräche führe, meinte, ich solle mich mal mit Dir unterhalten. Auch wenn mir der Zusammenhang nicht klar ist, möchte ich ihr den Gefallen tun. Bitte komme bald in „Gottes Garten", damit wir dies tun können. Viele Grüße Mary"

Tränen stiegen Victoria in die Augen. Einen unpersönlicheren Brief hätte sie nicht schreiben können. Wie sehr hatte sich Mary von ihr entfernt. Sie war nur bereit, sie zu sehen, da ihr jemand anderes gesagt hatte, dies könne vielleicht ihrer Gesundheit dienen. Es war trotzdem eine Chance, Mary wieder etwas näherzukommen. Außerdem bot sich so die Möglichkeit, dem zerstrittenen Koordinatorenteam zu entfliehen. Vielleicht würde sich die Stimmung mit ihrer Abwesenheit etwas beruhigen. Snorre war zur Zeit eher mit sich selber beschäftigt und würde ihre kurze Abwesenheit kaum bemerken. Kurz überlegte sie, was sie mitnehmen müsste, doch es gab nichts, was sie dort bräuchte. Alles wurde ihr gestellt, wofür sie allerdings arbeiten musste. So ging sie schlafen, verdrängte alle Gedanken an die Geschehnisse des Tages, wandte stattdessen ein paar beruhigende Atemtechniken aus dem Yoga an, damit sie ausgeruht wäre, wenn sie früh am nächsten Morgen aufbräche.

## 11.

Am folgenden Morgen schrieb sie drei Nachrichten, die ihre plötzliche Abwesenheit erklärten, und legte eine in ihr Haus für Snorre, eine weitere in das Gemeinschaftshaus und die dritte in das Koordinatorenbüro. Von dort rief sie auch in „Gottes Garten" an, um ihr Kommen anzukündigen. Sie hätte auch Jenny oder Ulrike bitten können, sie mit dem LKW zum Bahnhof zu bringen oder bis zur Zonengrenze eines der beiden Elektroautos nehmen können, doch war sie jetzt lieber alleine und es verlangte ihr nach Bewegung. Die gestrige Auseinandersetzung steckte ihr noch tief in den Knochen. Sie konnte immer besser Kraft sammeln, wenn sie alleine war. So schnappte sie sich eins der Fahrräder, um die 15 Kilometer so zurückzulegen. Mit dem Zug wären es dann noch zwei Stunden Fahrtzeit, von dort konnte sie einen Bus nehmen und wäre dann vermutlich am Nachmittag da.

Das ganze Gebiet dieser Gemeinschaft der Gläubigen grenzte sich durch eine Mauer ab, die an manchen Stellen allerdings kaum kniehoch war. Sie diente auch nicht dazu, ungebetene Besucher abzuwehren, sondern eher, um das geweihte Gebiet kenntlich zu machen. Zu dieser Gemeinschaft gab es zwei Haupttore bei denen sich die Besucher anmelden sollten und es brauchte immer eine Person, die in der Gemeinschaft lebt und für sie bürgt. Hier lebten etwa 600 Menschen. Der Tagesablauf wurde bestimmt von zahlreichen Gebeten, Arbeit und schlichten gemeinsamen Aktivitäten: Singen, Musizieren, Lesekreise, seltener Gesprächskreise.

Die Gründer von Gottes Garten hatten bestimmt, dass alle gläubigen Menschen, ganz gleich welcher Religion sie angehörten, in Gottes Garten leben durften. Es wurde versucht, die wichtigsten Elemente der religiösen Lehren so zu kombinieren, dass sie ein harmonisches Ganzes ergaben und sich jeder darin wohlfühlte. Nach den Zeiten, in welchen religiöser Fanatismus die ganze Welt erschreckte, wollte man hier auf diese Weise jeglichem Extremismus entgegenwirken. Nur selten hatte man sich auf bestimmte Positionen in Teilbereichen eingelassen wie etwa den Wunsch nach Geschlechtertrennung. Es gab Bereiche, die nur von Frauen betreten wurden, und andere, in denen der Zutritt nur Männern gestattet wurde. Der überwiegende Teil wurde von Männern und Frauen genutzt.

Während Mary Bescheid gegeben wurde, damit sie sie abholte und die entsprechenden Papiere ausfüllte, wurde Victoria in einen kleinen Raum geschickt, wo sie sich umziehen konnte. An der Wand hing ein Schild mit einem Zitat des Heiligen Benedict: *Müßiggang ist der Seele Feind. Deshalb sollen die Brüder zu bestimmten Zeiten mit Handarbeit, zu bestimmten Stunden mit heiliger Lesung beschäftigt sein. Sie sind dann wirklich Mönche, wenn sie wie unsere Väter und die Apostel von ihrer Hände Arbeit leben."*

Sie musste hier ein schlichtes graues Shirt und eine graue Hose tragen, was sie als Besucherin kennzeichnete. Sogar die Unterwäsche musste sie wechseln und auch sie war im gleichen Farbton gehalten. Immerhin war alles bequem. Sie erinnerte sich noch gut daran, wie sie das erste Mal hier war: Da hatte sie ihr schickes auberginefarbenes Kostüm ebenfalls ablegen müssen und hatte sich komplett unwohl gefühlt. Auch ihr Make-up hatte sie abnehmen müssen. Das war nun nicht notwendig und auch die neue Kleidung fühlte sich kaum anders an als in der Nature-Zone. Das Grau der

Kleidung der Bewohner war dunkler. Alle trugen mehr oder weniger die gleiche schlichte Kleidung.

Als sie wieder in den Empfangsraum trat, war Mary bereits da. Victoria hatte eine Weile darüber nachgegrübelt, wie sie ihre Tochter begrüßen sollte, sich aber dann dafür entschieden, es ihrer Intuition zu überlassen. Als sie Mary in die grünen Augen blickte, die ihren so sehr glichen, ging sie auf sie zu und umarmte sie leicht, nicht ohne einen gewissen Abstand zu wahren, denn Mary hatte keinerlei Anstalten gemacht sie in die Arme zu schließen.

„Hallo Mary, schön Dich zu sehen." Victoria trat einen Schritt zurück, um ihre Tochter zu betrachten. Sie war noch ein wenig rundlicher geworden, was untypisch war bei den kargen Mahlzeiten in „Gottes Garten". Ihr kastanienbraunes langes Haar war zu einem Zopf geflochten, ihre Haltung hatte etwas Schlaffes, Energieloses, doch immerhin zeigte sie ein angedeutetes Lächeln: „Hallo Mum, schön, dass Du so schnell gekommen bist. Ich arbeite im Moment in der Destillerie. Du weißt ja, dass Du hier mitarbeiten musst?"

„Ja natürlich. Ich bin bereit", antworte Victoria fröhlich. Es war gut, wenn sie noch etwas Zeit hatte, Mary zu beobachten, bevor sie mit ihr sprach.

„Wir können uns dann heute Abend nach dem Abendgottesdienst unterhalten."

Victoria erinnerte sich an den streng geregelten Tagesablauf, der alle Gespräche, die nicht unbedingt nötig waren, verbot. Sie würden nur eine gute Stunde am Tag Zeit zum Reden haben. Victoria hatte sich für drei Tage angemeldet und sie hoffte, die Zeit würde ausreichen, um Mary das zu geben, was sie sich wünschte. Zu oft hatte sie ein schlechtes Gewissen wegen ihrer Kinder gehabt. Zu oft hatte sie zu wenig Zeit mit ihnen verbracht, war zu sehr auf deren

Leistungen fixiert gewesen, damit sie eine gute Ausbildung absolvieren konnten, das Beste aus sich herausholen konnten. In der Safe-Zone waren Kinder mehr Prestige-Objekte, denn eigenständige Geschöpfe, die geliebt werden wollten. Wie es dort üblich war, hatte sie die Erziehung ihrer Kinder überwiegend anderen überlassen. Für Henry war das Alles nie ein Problem. Aber für Mary war es nicht gut gewesen. Ihrer inneren Stimme hatte sie keinen Glauben geschenkt, sondern stattdessen den Pädagogen vertraut, die ihr Kind mit immer neuen Therapien zu einer perfekten Safe-Zone-Bewohnerin zu meißeln versuchten: Selbstbewusst, extrovertiert, konsumorientiert. Nichts davon traf auf Mary zu.

Während sie schweigsam neben Mary über das weitläufige Gelände zur Destillerie gingen, bemerkte sie den leicht schlurfenden Gang ihrer Tochter. Insgesamt bewegte sie ihren Körper mit einer zu geringen Muskelspannung. Sie selber hatte sich fest vorgenommen, sowohl Mary so gut sie konnte zu helfen, als auch den Aufenthalt hier zu genießen und nicht zu ertragen, wie es beim letzten Mal der Fall war. Sie hatte durch ihr Leben in der Nature-Zone die tiefe Zufriedenheit, die sich durch handwerkliche Arbeiten einstellte, zu schätzen gelernt. Auch wenn sie überwiegend in der Schule gearbeitet hatte, so war sie doch oft genug als Helferin auf den Feldern und in den Gewächshäusern gewesen. Sogar in der Schreinerei hatte sie einmal ausgeholfen. Nun kam das Schweigen hinzu und das dauernde Beschäftigtsein.

Gemeinsam liefen sie einmal quer durch die Gemeinschaft. Im Zentrum des Arsenals stand natürlich die Kirche: Es war ein sehr alter, mühsam und liebevoll restaurierter Bau aus dem 15. Jahrhundert. Auch die anderen Gebäude bestanden überwiegend aus unverkleideten Steinen, die eine große

Ruhe ausstrahlten. Wie auch in der Nature-Zone gab es hier fast nur Nutzpflanzen: Obstbäume, Kräuterbeete, Gemüsebeete, Weinreben und kleine Felder mit Getreide. Überall hockten Männer, Frauen und Kinder, zupften Unkraut, ernteten, wässerten, fegten in stiller, heiterer Gelassenheit. Außerdem gab es ein paar Weideflächen für die wenigen Nutztiere, die hier gehalten wurden: eine kleine Herde Ziegen und ein paar Kühe.

In der Destillerie standen fünf Destilliergeräte, von Gasbrennern befeuert, nebenan war eine Küche mit einem Herd und ein paar Arbeitsflächen. In der Safe-Zone war Likör aus Gottes Garten sehr beliebt und entsprechend teuer. Sie dachte an den süßen Quitten-, Honig-, Waldbeeren- und Nusslikör, den Traubenwermut und den bekömmlichen Kräuterlikör.

„Du könntest Maische herstellen. Einfach diesen Berg Kirschen hier entsteinen und zerdrücken, dann Hefe dazu und ab in den Gärspund und das Ganze in den Lagerraum bringen."

„Ja, in Ordnung. Ich hoffe, ich mache nichts verkehrt", antwortete Victoria, weil sie inzwischen wusste, wie schnell unbedachtes Tun dazu führen konnte, dass alles entsorgt werden musste.

„Keine Sorge, Britta macht das Gleiche wie Du und hat Dich im Blick", beruhigte sie Mary und damit trat eine ältere rundliche Frau in die Küche, nickte Victoria zu und begann damit, die Kirschen zu zerkleinern.

Mary verließ den Raum, vermutlich, um anspruchsvollere Arbeiten am Destilliergerät auszuführen.

Victoria hatte gerade eine große Portion Maische in das Gärgerät gefüllt, da kam Mary wieder: „Wir gehen jetzt. Ich muss mich um die Ziegen kümmern." Es musste inzwischen

Abend sein, Victoria hatte Hunger und hoffte, bald etwas zu essen zu bekommen. Schweigsam holten sie aus einem Geräteschuppen einen Handwagen und gingen aus einem kleinen Tor hinaus zum nahegelegenen Wald, um hier ein paar heruntergefallene Äste, Brennnesseln, Disteln und anderes Grünzeug einzuladen. Bei den Ziegen angelangt, informierte Mary sie über die hier anfallenden Arbeiten: Ziegen melken, Kot zum Misthaufen bringen, Inhalt des Handwagens auf die Weide bringen, Wasser nachfüllen, Heu und Stroh in den offenen Stall geben.

„Ich melke erst einmal. Währenddessen brauchen die Tiere Ruhe. Du kannst Dich solange da drüben hinsetzen." Mary wies auf eine Bank in der Nähe. Wenig später reichte Mary ihr einen Becher mit frischer Milch. Vermutlich entstammte ihr Übergewicht der Ziegenmilch. Ansonsten waren die Mahlzeiten eher karg, wie sie sich erinnerte.

Nach getaner Arbeit ging es in eines der Frauenwohnhäuser. Hier wuschen sie sich, wechselten die Kleidung und gingen in einen der beiden Esssäle. Obwohl der Saal schon gut gefüllt war, wurde auch hier kein Wort gesprochen. Selbst die Kinder, die zwischen den Erwachsenen saßen, schwiegen. Viele der Kinder kamen aus anderen Zonen, weil es die beste Erziehung für Kinder garantierte. Bei aller Strenge und Mühsal war sie warmherzig, naturnah und es wurde viel für die Bildung der Kinder getan, wobei sie gleichzeitig Möglichkeiten erhielten, ihre Talente auszubilden. In der Free-Zone war kaum daran zu denken, ein Kind großzuziehen, und auch viele Bewohner der Safe-Zone und Normal-Zone gaben ihre Kinder in Gottes Garten, freilich auf die Gefahr hin, dass sie anschließend bleiben wollten.

Das Essen wurde nicht gemeinsam begonnen. Jedem, der ankam, wurde ein Teller gebraucht und bevor er zu Essen begann, wurde gebetet. Victoria riss sich zusammen, das Essen nicht allzu hastig hinunterzuschlingen, sondern es mit der gebührenden Ruhe einzunehmen. Das Fleisch war zäh und stammte sicher von einem altersschwachen Tier, aber die Erbsen und Kartoffeln schmeckten wunderbar. Bier und Wasser standen auf dem Tisch und weil Victoria noch nicht satt war, langte sie ordentlich bei dem dünnen Bier zu, um weitere Kalorien aufzunehmen, was ihr einen bösen Blick ihrer Sitznachbarin einbrachte. Mary starrte die ganze Zeit auf ihren Teller, bediente sich aber auch zweimal am Bierkrug. Alle warteten, bis jeder aufgegessen hatte. Dann erklang ein dunkler Glockenton und die Menschen zogen nach einem weiteren Gebet, langsam und geordnet Richtung Tür.

Endlich hatten sie Zeit zum Reden. In einer Stunde würde der Abendgottesdienst beginnen und danach die verschiedenen Stillearbeiten: Nähen, Lesen, Musizieren, Sticken, Malen in den verschiedenen Gemeinschaftsräumen, niemals alleine.

„Wie geht es Dir Mary? Ist es mit Deiner Migräne schlimmer geworden?", fragte Victoria ihre Tochter, als sie alleine waren.
„Etwa alle zwei Wochen. Das dauert dann meist gute 24 Stunden. Schwester Anna sagte, es liege an nicht verarbeiteten Problemen in der Kindheit, die typisch für die Safe-Zone sind."
Es stimmte schon, dass alle, die nicht perfekt in das Lieblingsschema der Safe-Zone passten, früher oder später Probleme bekamen. Sei es mit Drogen, Krankheiten oder psychischen Störungen. Anstatt die Menschen einfach woanders hingehen zu lassen, wurden sie therapiert und es

hatte sich dort diesbezüglich inzwischen ein lukrativer Markt entwickelt. Aber an allem war die Safe-Zone gewiss nicht schuld.

„Was genau möchtest Du wissen?", fragte Victoria sanft.

„Mama, das ist jetzt irgendwie unpassend. Ich habe wegen Dir diese verdammten Anfälle und Du tust jetzt so, als wärst Du die liebende Mutter. Als ich Dich früher gebraucht hatte, hast Du Dich nicht um mich gekümmert", brach es aus Mary hinaus, doch hörte sich die Anschuldigung eher traurig denn wütend an.

„Ich weiß, es ist nicht alles gut und richtig gelaufen. Ich dachte aber damals, ich würde das Richtige tun.", versuchte sich Victoria zu verteidigen, auch wenn sie wusste, dass dies nicht gerade förderlich für den Gesprächsverlauf war.

„Ja, schon klar", erwiderte Mary erwartungsgemäß, „es waren nur die Umstände. Du hast getan, was Du konntest, doch mit so einem Kind konnte es eben nichts werden."

Was konnte sie darauf antworten. Alles schien falsch zu sein, nichts hätte Mary sie jetzt mit ihr versöhnen können. Die Verletzung war einfach zu tief. Sie hätte ihr gerne gesagt, dass sie sie immer geliebt hatte, aber es entsprach nicht der Wahrheit. Damals hätte sie sich tatsächlich ein Mädchen gewünscht, was den Ansprüchen genügt hätte. Sie hatten sich so selten gesehen und dann war es irgendwie zu spät. Vielleicht war sie auch einfach nicht dazu geschaffen, Mutter zu sein.

„Es tut mir leid", antwortete Victoria zaghaft. „Ich kann die Zeit nicht zurückdrehen."

„Du glaubst mit einer einfachen Entschuldigung ist es getan? Schwamm drüber? Es geht nicht. Vielleicht war es ein Fehler, Dich herzubitten."

„Irgendwann sind die Eltern nicht mehr für das Glück oder Unglück ihrer Kinder verantwortlich", sagte Victoria und dann sagte sie nichts mehr. Aber sie wollte zumindest noch ein wenig in Marys Nähe bleiben, um ihr zu zeigen, dass sie nun bereit war dazusein und sie anzunehmen wie Mary war. Zumindest wollte sie das können, aber sie wusste nicht, ob es ihr gelänge.

Die Glocken rissen sie Beide aus ihren Gedanken. Ohne ein weiteres Wort zu sprechen, gingen sie in die Kirche. Der Gottesdienst mit seiner schon fast langweiligen Liturgie tat Victoria wohl. Es war, als würden ihre Wunden mit einem weichen Tuch abgedeckt. Es heilte sie zwar nicht, doch es beruhigte sie. Auch die Gesichtszüge von Mary entspannten sich ein wenig.

Übernachten musste Victoria im Gästehaus. Sie konnten ihr Gespräch erst am nächsten Abend fortsetzen, sofern es Mary fortsetzen wollte. Sie hoffte darauf, dass das stille Nebeneinanderherarbeiten am Tage sie wieder etwas näher zueinanderführen möge.

In der Nacht träumte sie von Mary, wie sie in Stricke eingebunden am Abhang eines tiefblauen Sees schwebte. Die Stricke gaben Halt, verhinderten ihren Sturz ins Wasser, aber sie ließen sie auch nicht ins Wasser. Noch in der Nacht überlegte Victoria, ob es nicht besser für Mary wäre, sie würde wütend auf sie sein und nicht traurig. Das verschaffte zumindest Energie.

Statt Mary wurde sie von einer anderen Frau, die sich als Schwester Helen vorstellte, zum Frühgottesdienst abgeholt. „Mary ist krank und sie wünscht sich erst einmal, alleine zu bleiben. Du kannst mich heute begleiten und dann vielleicht mit ihr heute Abend sprechen." Die Frau musste Victorias bestürztes Gesicht bemerkt haben, denn sie fügte an: „Es tut mir leid."

Auch an diesem Morgen tat ihr der Gottesdienst gut, auch wenn sie sich nicht als gläubig bezeichnet hätte. Vielleicht gab es irgendwo eine Kraft, die auf die Menschen einwirkte und ganz sicher war sie, dass diese Kraft eine Gute sei. Immer, wenn sie gute Gedanken dachte, Liebe in sich spürte, Gutes tat, fühlte sie sich verbunden, integriert und richtig und sie spürte, dass dies nichts mit gesellschaftlichen Normen oder der eigenen Erziehung zu tun hatte. Es war größer. Viel größer. Und hier in dieser Kirche, in diesem Gottesdienst konnte sie es spüren. Die Luft war durchzogen davon, vermischt mit Weihrauch und dem Duft kühler Steine an einem Sommertag.

Der Gedanke der Nacht, Mary wütend auf sie zu machen, löste sich in dieser Atmosphäre sofort auf. Wut konnte Energien freisetzen, doch nur Liebe vermochte etwas Gutes hervorzubringen. Zuerst mit Wut entflammen und dann mit Liebe löschen erschien ihr als ein zu gewagtes Spiel mit zu geringen Chancen auf Erfolg. Es blieb nur der langsame, mühevolle liebevolle Weg.

Helen arbeitete bei den Gemüsebeeten. Gemeinsam zupften sie Unkraut, banden Tomatenpflanzen an Holzstäben fest, wässerten Bohnen. Victoria genoss es, draußen zu sein und die vertrauten Tätigkeiten auszuführen. Fast spürte sie so etwas wie Heiterkeit und bekam gleich darauf ein schlechtes Gewissen, weil Mary im Bett lag und sich vermutlich unter Schmerzen zusammenkrümmte. Warum nur wirkte diese heilsame Atmosphäre nicht bei Mary?

Später schien es Mary tatsächlich etwas besser zu gehen, so konnte sie zu ihr. Sie sah blass aus, erschöpft von den Schmerzattacken. Victoria griff nach ihrer Hand ohne ein Wort zu sagen. Sprache war ja offenbar nicht der geeignete Weg, um zueinanderzufinden. Die ganze Stunde verbrachten sie in dieser Haltung. Mary hatte die Augen geschlossen überließ ihr aber ihre Hand. Ein weiteres Mal genoss Victoria die Stille in Gottes Garten.

Am nächsten Tag ging es Mary besser. Sie betreuten gemeinsam die Ziegen, doch die übrige Zeit wollte Mary alleine in ihrem Zimmer verbringen. Am nächsten Morgen bei ihrer Verabschiedung sagte sie leise: „Ich weiß nicht, ob ich Dir verzeihen kann. Und ich weiß auch nicht, ob ich es will. Ich habe mir schon gedacht, dass ich durch Deinen Besuch keinen Schritt weiterkomme. Ich bin noch müder als zuvor."

Den ganzen Weg zum Bahnhof liefen Victoria Tränen über die Wangen. Hatte sie etwas falsch gemacht? Vielleicht hätte sie doch dafür sorgen müssen, dass Mary wütend auf sie ist, dass sie die Wut empfand, die sie als Kind gespürt haben musste und sich nun durch Migräneattacken und ansonsten mittels domestizierter Trauer ihren Weg an die Oberfläche bahnte. Aber sie brachte es einfach nicht über sich und es kann, es darf nicht der richtige Weg sein. Zu ihrer eigenen Trauer kam die Angst um Mary. War sie suizidgefährdet? War „Gottes Garten" der richtige Ort für sie? Brauchte sie nicht eine professionelle Behandlung? Zu der sie doch niemals zustimmen würde, weil sie sicher von professional friends für ihr Leben genug hatte. Hätte sie bleiben sollen?

Irgendwo tiefer in ihrem Inneren gab es noch einen anderen Gedanken: „Irgendwann sind die Eltern nicht mehr für das Glück oder Unglück ihrer Kinder verantwortlich". Das hatte sie Mary gesagt, aber es galt auch für sie.

## 12.

Als sie wieder in der Nature-Zone ankam, hatte sie sich einigermaßen gesammelt. Es war Samstag, dennoch wollte sie kurz im Koordinatorenbüro vorbeischauen und auf jeden Fall Snorre sehen. Als sie an ihn dachte, wurde ihr ganz warm ums Herz. Auch Elisa wollte sie kurz besuchen und natürlich am gemeinsamen Abendessen teilnehmen. Sie hoffte, zwischendurch in irgendeinem Küchenhaus etwas zu essen zu finden. Es war Nachmittag und seit dem schalen Frühstück hatte sie nichts mehr zu sich genommen.

Sie hatte Glück. In dem Küchenhaus der Duero-Gemeinschaft erhielt sie von einem freundlichen älteren Mann die Reste des Mittagessens: Gemüseauflauf und ein paar Scheiben Brot. Sie schlang alles hinunter, gönnte sich ein Bier dazu und machte sich auf zum Koordinatorenbüro, doch da sie in der Nähe von Elisas Haus war, konnte sie auch gleich auf ein paar Minuten bei ihr vorbeischauen. Es tat gut, auf den vertrauten Wegen entlangzufahren, die frische Luft in ihre Lungen zu lassen, die hier mehr nach Freiheit roch, als in „Gottes Garten". Kinder tollten herum, Grüppchen von Erwachsenen saßen im Gras und unterhielten sich fröhlich. Das viele Grün, die Beete, all das zauberte Victoria ein Lächeln auf das Gesicht. Hin und wieder grüßte sie bekannte Menschen, mal blieb sie stehen um ein paar nette belanglose Worte zu wechseln. Sie war wieder im Paradies.

Höflich klopfte sie an Elisas Tür und trat dann ein, nachdem sie ein schnarrendes „Herein" vernommen hatte. Elisa lag wie erwartet im Bett. Sie sah blass aus. Victoria überlegte

schon, ob sie nicht gleich wieder gehen sollte. Konnte sie es überhaupt verkraften, mit noch einem suizidalen Menschen zu sprechen? Dann erschien ein Lächeln auf Elisas Gesicht, was sie ihre Zweifel sofort vergessen ließ.
„Ah, Victoria, wieder da? Wie geht es Deiner Tochter?"

Natürlich war Victoria klar, dass sich der Grund ihrer Abwesenheit schnell herumgesprochen hatte, dennoch fühlte sie sich eigentümlich brüskiert. Sie wollte nicht jedem erklären, was mit ihr und Mary los war. Doch Elisa war ihre Freundin und es war immer gut, wenn sich Depressive auch mal nach dem Befinden anderer erkundigen und so eine Weile damit aufhören, sich um sich selbst zu kreisen. Einen Moment schwiegen sie, schauten sich in die Augen und Victoria wusste, dass es Elisa tatsächlich ernst war.

„Es geht ihr nicht gut. Ich weiß nicht, was ich tun kann, um ihr zu helfen. Alles, was ich getan habe, war irgendwie falsch, obwohl es das Richtige war." Wieder wollten ihr Tränen über die Wangen laufen, doch Victoria hielt sie zurück.
„Wir können nur begrenzt die Verantwortung für andere Menschen übernehmen. Du hast ihr gezeigt, dass sie Dir wichtig ist."
Wieder schwiegen sie einen Moment und wieder ergriff Victoria die Hand eines ihr nahestehenden Menschen.
„Elisa, wie geht es Dir denn?"
„Wie soll es einer alten Frau schon gehen. Mehr schlecht als recht. Ich habe manchmal so ein Ziehen im Unterleib. Vielleicht hat sich jetzt der Krebs da eingenistet."
„Elisa du solltest zum Arzt gehen. Ich komme mit und begleite Dich. Wir können auch Dr. Kahli herbitten", bot Victoria ihr erschrocken an.
Elisa winkte ab: „Der Tod hat mich im Visier. Da wird auch kein Arzt etwas dran ändern. Um ehrlich zu sein, mir ist die

Lust am Leben vergangen. Auch wenn es hier sehr hübsch ist."

Schon wieder sprach Elisa vom Tod. Victoria befürchtete, Elisa könnte sich selber etwas antun. Aber war es nicht das Recht eines klar denkenden Menschen, sein Leben zu beenden, wann immer er es wollte? Vielleicht war es aber auch nur die Folge der nicht behandelten Depression und dann wäre es nahezu fahrlässig, nichts für Elisa zu unternehmen.

„Aber", fuhr Elisa fort, „ich erwarte in den kommenden Tagen Besuch. Du kannst Dein erschrecktes Gesicht also wieder entspannen. Eine Freundin aus der Reha möchte hierherkommen, um ihre letzten Tage hier zu verbringen. Sie ist austherapiert wie man so schön sagt, macht wenig Arbeit und bringt über 100.000 Euro mit. Nicht dass sie sich ihr Lebensende hier bezahlen will. Es ist einfach eine Spende für eine sinnvolle Gemeinschaft. Ich habe schon mit der Heilstation gesprochen. Sie bringen ein Bett her. Ich möchte noch ein wenig Zeit mit ihr verbringen."

„Oh", machte Victoria nur. Die vielen Gedanken, die ihr durch den Kopf schossen, ließen sich nicht so schnell in Worte fassen.

„Geh jetzt, Schätzchen. Ich bin sicher, du hast noch anderes zu tun, als hier mit mir herumzusitzen."

„Ja, bis bald Elisa." Victoria verließ besorgt und verwirrt das Haus. Sie war noch keine 100 Meter vom Haus weg, da drehte sie noch einmal um, um ihren letzten Gedanken mit Elisa zu besprechen: „Elisa, ist es in Ordnung für Dich, wenn ich Dr. Kahli anrufe?"

„Aber natürlich. Wir brauchen ohnehin einen Arzt und der scheint mir ganz in Ordnung zu sein."

Beruhigt verabschiedete sich Victoria abermals von Elisa. Sie konnte unmöglich mit diesem Wissen alleine bleiben. Und es gab ansonsten niemanden, dem sie vertraute und der kompetent genug war, sie in dieser Frage zu beraten.

Im Koordinatorenbüro war niemand. Sie konnte also in Ruhe telefonieren. Victoria schilderte Dr. Kahli ihre Bedenken, doch dieser zeigte sich ziemlich entspannt: „Naja, wir leben immer noch in einem freien Land. Jeder kann dort leben und sterben wo er möchte. Natürlich darf man den Sterbeprozess nicht aktiv unterstützen und Sterbende brauchen schon eine besondere Form der Pflege. Ich kenne da eine ganz gute Krankenschwester. Sie hat schon so manches Mal überlegt, zu Euch zu ziehen. Ich denke, sie würde gerne die Chance wahrnehmen, eine Weile in die Nature-Zone zu kommen."

„Ja, das wäre prima", antwortete Victoria. „Ich möchte mich noch gerne mit dem Koordinatorenteam und der entsprechenden Gemeinschaft besprechen, aber ich denke, das wäre eine gute Lösung."

Die 100.00 Euro verschwieg sie. Es ging ja hier nicht ums Geld, auch wenn ihre Gemeinschaft das Geld mehr als nötig hatte.

Sie wusste, dass Geldspenden immer nur der gesamten Natur-Zone übergeben werden durften, nicht einzelnen Gemeinschaften oder Personen. Doch wäre das trotzdem eine Hilfe. Es wäre gut, wenn sie herausfinden könnte, wie es finanziell um die gesamte Nature-Zone stand. Flüchtig sah sie noch ein paar Papiere und Dateien im Computer durch. Sie widerstand dem Drang nachzuschauen, ob Jeremy inzwischen die Medikamentenlieferung zurückgegeben hatte. Sie hoffte es, doch würde sie die Sache nun auf sich beruhen lassen und sich um eine bessere Zusammenarbeit bemühen.

Als sie das Büro verließ, hörte sie aus dem Veranstaltungsraum laute Trommelmusik, dazu ein rhythmisches „Hu" aus mindestens fünf Kehlen. Was konnte das denn sein? Eine neue Encountergruppe? Derartiges hatte sie noch nie hier gesehen oder gehört. Doch es kam schon vor, dass sich Menschen trafen, um in einer Gruppe etwas Neues auszuprobieren. Jetzt war es aber erst einmal Zeit, zum Essen zu gehen. Sie freute sich auf das Beisammensein mit „ihren" Leuten, das Essen in Ruhe und schöner Atmosphäre einzunehmen. Auch Snorre würde sie wohl endlich wiedersehen. Sie hatten immer Wert auf ihre persönliche Freiheit gelegt. Es war ihnen beiden wichtig gewesen. So würde Snorre weder enttäuscht über ihre überstürzte Abreise sein, noch sich darüber wundern, dass sie ihn erst jetzt zum Essen sah und ihn nicht vorher aufgesucht hatte.

Kaum war sie eingetroffen und dies sogar pünktlich, rief Britta sie in die Küche:" Victoria, komm doch mal bitte. Du kannst mir dabei helfen das Essen in die Schüsseln zu geben."
„Ja, gerne", rief Victoria freudig zurück, „was gibt es denn heute?"
„Schön, dass Du wieder da bist. Lass Dich erst mal drücken", antworte die kleinere ältere Frau und hob anschließend einen Topfdeckel an.
„Sieht nach Gulasch aus", meinte Victoria verwundert.
„Ja, genau. Seitangulasch. Dazu Hafer und Bohnen."
„Hm, riecht gut. Dann mal her mit den Schüsseln."
„Victoria, der Snorre kommt heute nicht zum Essen. Ich sags Dir nur, damit Du Dich nicht wunderst. Er macht irgendeine spezielle Meditation mit ein paar anderen. Mit Shiva. Also Shiva wollte es ihnen zeigen."

Victoria musste bleich geworden sein. Britta drückte ihr eine Schüssel mit heißem Gulasch in die Hand, murmelte: „Er wird schon wissen, zu wem er gehört. Mach Dir keine Sorgen."

Natürlich mussten sich Snorre und Shiva früher oder später begegnen und feststellen, wie sehr sie auf einer Wellenlänge schwangen. Snorre musste geradezu begeistert sein von einer Expertin für Spiritualität und Shiva hatte in Snorre sicher einen hingebungsvollen Zuhörer gefunden.
Warum nur ist sie da nicht von alleine drauf gekommen? Schon als sie Shiva, die schöne anmutige Shiva, kennengelernt hatte? Das erklärte natürlich auch das rhythmische „Hu", was sie aus dem Versammlungsraum vernommen hatte. Aber seit wann meditierte man so laut? Sie wollte nicht eifersüchtig sein, weil sie Snorre wirklich liebte und das Beste für ihn wollte, ganz gleich, was es war. Doch im Moment war es schwierig.

Verwirrt ließ sie sich mit dem Seitangulasch auf einen Stuhl nieder und starrte vor sich hin. Offenbar fühlten sich einige Leute dazu berufen, sie aufzumuntern. War das so offensichtlich mit Snorre und Shiva? Was war die letzten drei Tage geschehen?
Kadir, der jetzt in der Teeherstellung arbeitete, erklärte ihr, wie sie viel Spaß daran hatten, neue Teemischungen auszuprobieren und ansprechende Namen dafür zu finden: Pfefferminze, Lindenblüten und Brombeerblätter werden zu „Spiritual wings", Fenchel, getrocknete Apfelstückchen und Kamille zu „Sweet Harmonie" und die neueste Idee war: Zitronenmelisse, Erdbeerblätter, Holunderblüten und Rosmarin: „Just do it."
„Pobier mal, wir haben einen Krug zum Kosten aufgebrüht." Grinsend schob Kadir ihr einen dampfenden Becher entgegen. „Die Leute in der Safe-Zone werden total verrückt

danach sein." Sie probierte und fühlte tatsächlich, wie etwas Energie in sie zurückkehrte. Vielleicht lag es aber auch an Kadirs netter Aufmerksamkeit.

Lenja betrat mit Finn im Schlepptau den Raum, kam auf sie zu, nahm sie fest in die Arme und flüsterte ihr ins Ohr: „Schön, dass Du wieder da bist. Komm auf einen Drink nachher vorbei, wenn Du möchtest." Ihr Lächeln überflutete Victoria wie hellstes Sonnenlicht. Finn boxte ihr freundschaftlich in die Seite und beide ließen sich an ihren Tisch auf zwei freie Plätze nieder. Mit Lenja fühlte sie sich nach wie vor sehr verbunden. Seit sie mit Enrico zusammen war, glich sie allerdings eher einem Schmetterling, denn einen Menschen. Leicht und luftig flog sie durch die Welt, nichts anderes tuend als mit ihrem Dasein die Menschen zu erfreuen. Doch wusste sie nicht, ob sie so viel Leichtigkeit heute Abend ertrug.

Ron der an ihrer rechten Seite saß, begann ebenfalls vor sich hin zu schwatzen und es gelang ihm, dass alle am Tisch immer wieder in lautes Gelächter ausbrachen, wenn er von misslungenen Experimenten in der Experimentiergruppe erzählte. Von instabilen Verpackungen aus Maisblättern und Seife, die zunächst eher dreckig machte als säuberte. Wehmütig dachte Victoria an den Sex unter der Dusche mit Snorre zurück. Doch riss sie sich zusammen und steuerte ihrerseits Erheiterndes zum Gespräch bei.

„Ich gehe noch eine Runde laufen. Vic, willst Du nicht mitkommen?" wurde sie von Thorben angesprochen, der trotz seiner 60 Jahre außerordentlich fit war.
„Nur wenn Du nicht so schnell läufst, dass ich anschließend zusammenbreche", lachte Victoria. Sie fand es wäre eine gute Idee ein wenig zu laufen.

Später wohlig erschöpft und frisch geduscht, raffte sie ihren Mut zusammen, um bei Snorre vorbeizuschauen. Sie wusste, er brauchte es, eine Weile vor und nach dem Meditieren alleine zu sein, doch musste sie ihm jetzt in die Augen schauen, um darin den Zustand ihrer Beziehung zu erkennen. Er saß hinter seinem Haus, einen Teller Gulasch in der einen, ein Buch in der anderen Hand.

„Hallo", sagte sie vorsichtig, „Ich bin wieder da."
Snorre schaute sie an, leicht irritiert, wie sie meinte, wischte diesen Gesichtsausdruck beiseite und lächelte. Victoria war, als würde die Sonne aufgehen. Er stand auf, kam auf sie zu und umarmte sie mit ein wenig mehr Luft zwischen ihnen als sonst.

„Liebes, schön. Schön, dass Du wieder da bist. Ich möchte noch ein wenig alleine sein ja? Vielleicht treffen wir uns morgen zum Mittagessen?"

Das war noch ziemlich lange hin. Sie hätte am liebsten gefragt, was mit Shiva ist. Ob etwas dran ist, dass die halbe Gemeinschaft über ihn und Shiva tuschelte und ihr alle mitleidige Blicke zuwarfen. Sie tat es nicht. Unabhängig von ihrem Beziehungsstatus wollte sie sich Snorre gegenüber immer respektvoll verhalten. Er verdiente es. Aber eigentlich verdiente das jeder Mensch.

„Ja, in Ordnung. Dann also bis morgen." Sie konnte sich nicht beherrschen, ihn noch einmal zu berühren. Zu warm hatte seine Berührung geschmeckt. Sie strich ihm über den Arm und ging.

Den Rest des Abends verbrachte sie im Gemeinschaftshaus. Mit Anja, Ron und Anne spielte sie Doppelkopf, trank ein paar Gläser Bier, bis ihr fast die Augen zufielen und sie in ihr Haus ging.

Ganz ließ es sich nicht vermeiden, dass ihre Gedanken wieder zu Snorre und Shiva wanderten. In letzter Zeit waren Snorre und sie beide eher mit sich selber beschäftigt, als mit dem Anderen. Victoria fragte sich, ob sie diese Tendenz hätte aufhalten können. Hätte sie ab und an mitgehen sollen zum Meditieren? Es war wirklich nicht ihre Welt. Dazu liebte sie es zu sehr, sich zu bewegen und war vielleicht auch zu unruhig dafür. Aber hätte sie dem, Snorre zu Liebe, nicht eine Chance geben sollen? Aber warum sollte es ihre Beziehung nicht verkraften, eigene Wege zu gehen, eigenen Interessen zu folgen? Konnten sie nicht dennoch Nähe leben und außerdem ihr Interesse und Respekt vor dem Anderen bewahren? Bisher war ihre Beziehung so unkompliziert, dass Victoria kaum einen Gedanken daran verschwendet hatte. Nun wusste sie nicht, ob das gut gewesen war.

## 13.

Obwohl es Sonntag war, stand Victoria früh auf, um im Büro etwas zu arbeiten. Sie wollte sich beschäftigen, weil es wenig Sinn machte, über Snorre weiter nachzugrübeln. Später würde sie ihn treffen und dann vielleicht Genaueres erfahren. Sie hoffte, er wäre nicht so wie die anderen Männer, die endlos herumeierten, nicht mit der Sprache rausrückten und so die Frauen zum Handeln zwangen, weil sie selber zu feige waren, klar Farbe zu bekennen. Den Vormittag über ordnete sie die Posteingänge aus dem Intranet mit Bedürfnissen und Bedarfen vom Laden und einigen Handwerksbetrieben, die Feldarbeiter brauchten Kartons, es musste Ton bestellt werden, sie brauchten Kinder T-Shirts, Alteisen und einiges mehr. Victoria wusste gar nicht, wo sie den LKW am Montag zuerst hinschicken sollte.

Kurz vor dem Mittagessen wollte sie bei Elisa vorbeisehen, um ihr mitzuteilen, dass Dr. Kahli eine Krankenschwester herschicken würde.
Zu ihrer Verwunderung fand sie sie auf der Veranda ihres Hauses.
„Hallo Elisa", fragte sie, „Geht es Dir besser?"
„Natürlich nicht", antworte Elisa, doch ihre Augen und ihre frische Gesichtsfarbe teilten Victoria etwas anderes mit.
Victoria lächelte. „Natürlich. Ich habe mit Dr. Kahli gesprochen. Er schickt für Deine Freundin eine Krankenschwester. Wie findest Du das?"
„Naja, wenn sie nicht die ganze Zeit in meinem Haus hockt und unnütze Dinge tut, ist es vielleicht keine so schlechte Idee."

„Ich wollte morgen Abend zum Duero-Gemeinschaftstreffen mitkommen, damit die Gemeinschaft informiert ist, beziehungsweise ihr Einverständnis abgibt und Dienstag informiere ich dann die anderen Koordinatoren. Ich bin … ein wenig besorgt und ich dachte mir, wenn viele die Entscheidung mittragen, wird es für alle leichter."
„Du meinst wohl für Dich leichter", korrigierte sie Elisa", „Du bist immer so überaus korrekt, Vicky. Sei mal ein bisschen lockerer."
Victoria fühlte sich irgendwie erwischt, obwohl sie zweifelsohne Recht hatte. Doch dann lachte Elisa: „Mit meiner Gemeinschaft rede ich morgen selber. Mit Deinen Koordinatoren kannst Du reden. Diese Arena verkraftet mein Gesundheitszustand derzeit nicht."
„Vergiss nicht, dass Du auch eine Koordinatorin bist."
„Ich weiß, meine Liebe, ich weiß. To be absent, is not to be outside."

Elisas besserer Gesundheitszustand verlieh auch ihr neuen Schwung. Dynamisch radelte sie Snorre entgegen. Alle würden sie beobachten, doch das spielte keine Rolle. Es ließe sich ohnehin nichts geheim halten, auch wenn eine Live-Show in Echtzeit natürlich etwas anderes war als das Gemunkel. Immerhin war es niemals bösartig. Wenn die Leute tratschten, dann liebevoll und sie bemühten sich darum, fair und gerecht zu sein.

Snorre war bereits da. Sicher hatte auch er mitbekommen, dass sie unter Beobachtung standen. Gleich als er sie sah, stand er auf, kam ihr entgegen, hauchte ihr einen Kuss auf die Wange, nahm ihr galant das Fahrrad aus der Hand, um es in einen Ständer zu schieben, geleitete sie zu einen Platz und begann damit über Belanglosigkeiten zu plaudern, während er ihr Essen auf den Teller häufte, ihr die Karaffe

mit dem Wasser reichte und wenig später auch die Anderen ins Gespräch miteinbezog.
Victoria fühlte sich wie in einem Film. Es fühlte sich nicht echt an. Sie musste unbedingt mit Snorre alleine sein.
Nach einem Hafermilchjoghurt, den es zum Dessert gab, fragte Snorre: „Wie wärs, wenn wir uns ein wenig hinlegen. Eine Mittagspause wäre jetzt genau das Richtige?"
Victoria wurde rot, als wäre sie ein Schulmädchen. Anne konnte ein Kichern nicht ganz unterdrücken und es schien als wären plötzlich alle anderen Gespräche verstummt und jeder hielte die Luft an. Snorre genoss es unverkennbar und lächelte siegessicher.
„Ja", eine hervorragende Idee."

Kaum hatten sie ihr Haus betreten, war alles wie vorher. Mit jedem Kleidungsstück, aus denen sie sich auf dem Weg zum Schlafzimmer von ihren erhitzen Körpern schälten, kehrte das alte Vertrauen, die Liebe, das Begehren zurück.
„Du hast mir gefehlt", säuselte Snorre in ihr Ohr, während sie schon fast vereint auf das Bett sanken. Fast begrub er sie mit seinem kräftigen Körper unter sich, doch sie konnte gar nicht dicht genug bei ihm sein und presste sich an ihn, ohne verhindern zu können, dass sich ihr Unterleib heftig bewegte und ihr schon bald der wohlige Schauer durch ihren schweißnassen Körper fuhr. Oje, dachte sie, jetzt hatte sie Snorre verloren. Der grinste: „Na, du hast es ja heute eilig. Lust auf eine kleine Fortsetzung?"
Sie hätte ihm ihr „Ja" am liebsten entgegengeschrien. Von ihr aus könnten sie in die Endlos-Schleife gehen, sagte aber gespielt unterwürfig: „Deine Wünsche sind meine Befehle."
„Dann fangen wir am besten gleich damit an, bevor Du es Dir anders überlegst."
Er setze sich hin, zog sie auf sich und begann, während er immer noch in ihr war, ausführlich mit ihren Brüsten zu

spielen. Victoria überkamen wohlige Wellen wunderbarer Gefühle. Sie streckte sich ihm entgegen, fühlte sich wie eine Göttin der Lust.

Später, während Victoria erschöpft auf dem Rücken liegend ihre Atmung wieder beruhigte, ergriff Snorre das Wort: „Na, da haben mir die Anderen ja ganz schön eingeheizt, ich solle auch ja nett zu Dir sein. Ich hoffe ich habe den Auftrag zu ihrer Zufriedenheit ausgeführt."
War das etwa alles nur Theater? Hatte der Rest ihrer kleinen Gemeinschaft aus Mitleid mit ihr auf Snorre eingewirkt, er solle ja wieder lieb zu ihr sein und Shiva vergessen?
Doch bevor Victoria einen ihrer verbalen Giftpfeile abschießen konnte, kam ihr Snorre zuvor. „Oh, es hat mir großes Vergnügen bereitet."

„Was ist den dran an den Gerüchten über Dich und Shiva?" fragte Victoria, nun wieder hellwach.
„Shiva ist eine Blume", sagte Snorre mit verträumtem Blick. Auf Victorias fragenden Ausdruck hin, fuhr er fort: „Shiva ist eine bemerkenswerte Person. Ich glaube, es ist wichtig für mich, ihr zu begegnen. Sie ist so ... spirituell, jenseits von dieser Welt, so schön. Ich bin sogar ein wenig verliebt."
Snorres Augen begannen ganz glasig zu leuchten und ein Lächeln breitete sich auf seinem Gesicht aus.
Wenn Victoria nicht schon gelegen hätte, wäre sie jetzt umgekippt. Aber jetzt musste sie schnell denken und eine gute Antwort finden, wenn sie Snorre halten wolle. Er hat sie mit soviel Ehrlichkeit konfrontiert, dass das auch eine Form der Wertschätzung war. Außerdem hatte er gerade mit ihr geschlafen und nicht den Eindruck gemacht, als wolle er damit aufhören. So fragte sie: „Was hast Du vor?", und bemühte sich darum, ihre Stimme nicht so klingen zu lassen, als wäre sie kurz vor einem Zusammenbruch.

„Ich weiß es nicht, Victoria. Es tut mir gut, Shiva zu sehen. Dich liebe ich. Du musst für Dich entscheiden, ob Du es aushältst."

Victoria ahnte schon, dass sie das nicht tun würde. Aber schon gar nicht käme sie mit dem Verlust von Snorre klar. Und vielleicht war seine Liebe zu ihr wertvoller als ein wenig Verliebtheit in Shiva. Man konnte keinem erwachsenen Menschen, den man respektierte, verbieten, sich mit einem Anderen zu treffen, wenn dieser ihm wichtig war. Sie wollte Snorres Freiheit und sie wollte Snorres Liebe. Es war eine so aufrechte Liebe, wie sie sie noch niemals erlebt hatte. Vielleicht war das der Preis dafür. Er liebte sie nicht weniger, nur weil es jetzt Shiva gab.

„Schläfst Du mit ihr?", eigentlich wollte Victoria diese Frage nicht stellen, doch dann ist sie ihr herausgerutscht.

„Ich schlafe nicht mit Shiva. Das würde unser Chi zerstören."

Wieder schluckte Victoria.

„Unser Chi hingegen wird durch den Sex gestärkt", ergänzte er.

Victoria merkte, dass er all das genauso meinte, wie er es sagte. Und trotz dieser offensichtlichen Fakten, die darauf hinzudeuten schienen, dass ihre Beziehung vor dem Ende stand, fühlte sie sich gewärmt in Snorres Nähe, akzeptiert in ihrem So-Sein und auch ein wenig stolz, dass dieser aufrechte starke Mann sie liebte.

„Ich liebe Dich Snorre und ich respektiere Deine Wünsche und danke Dir für Deine Ehrlichkeit. Ich weiß nicht, ob ich es aushalte. Das wird die Zeit zeigen."

Noch einmal fanden sie in dieser Nacht zueinander. So intensiv und so komprimiert, dass Victoria meinte, Snorre niemals aufgeben zu können und wenn er zehn andere Frauen hätte.

## 14.

Vor der nächsten gemeinsamen Koordinatorensitzung suchte Victoria noch einmal Elisa auf.

„Hallo Elisa, wie geht es Dir?" fragte Victoria ehrlich interessiert, doch Elisa winkte ab: „Wie soll es mir schon gehen. Keine Besserung in Sicht, aber wenn meine Freundin kommt, wird es zwar schwierig werden, doch immerhin kann ich so noch mal etwas Nützliches tun."

„Hast Du gestern mit Deiner Gemeinschaft gesprochen? Sind sie einverstanden?"

„Ja, natürlich. Es hat geholfen, dass ich von der Krankenschwester berichten konnte, die ab und zu kommt. Und natürlich habe ich ein wenig untertrieben, was ihre Erkrankung betrifft. Es wäre sicher gut, wenn Du Deinen Koordinatorenfreunden nicht sagst, dass ich vorhabe, ein Hospiz zu eröffnen."

„Ja, in Ordnung, ich freue mich, Deine Freundin kennenzulernen. Und ich hoffe so sehr, sie hat hier noch eine schöne Zeit ... mit Dir."

Das „noch" war ihr so rausgerutscht. Rasch verbesserte sich Victoria: „Ich meine vielleicht bleibt sie eine ganze Weile hier."

„Ja, ja, in Deinem Alter habe ich auch noch an das ewige Leben geglaubt. Aber wir leben nicht ewig."

„Das nächste Mal wenn ich komme, bringe ich Dir eine Tüte Lebensfreude mit." Victoria umarmte ihre Freundin und machte sich auf zum Gemeinschaftshaus.

Auf den Weg dorthin sah sie Snorre wie er mit Shiva, tief in ein Gespräch vertieft, am Feldrand entlangging. Sie hatte ihn seit der vorletzten Nacht nur einmal kurz beim Lunch gesehen und wusste immer noch nicht, wie sie sich verhalten sollte und hatte erst einmal beschlossen, nicht darüber nachzudenken. Jetzt gab ihr der Anblick der beiden einen gehörigen Stich. Zum Glück waren sie nicht so dicht bei ihr, dass sie hätte anhalten müssen, um ein paar freundliche Worte mit ihnen zu wechseln. Das hätte sie jetzt vor der Sitzung mit den Koordinatoren ganz sicher nicht ertragen. So genügte es, dass sie ein lautes „Hi" rief, winkte, sich ein Lächeln abrang und weiterradelte, etwas schneller und somit adrenalinsenkender als zuvor. Sie wollte verhindern, sich aggressiv zu verhalten, stattdessen freundlich und kooperativ sein.

Als sie ankam, war sie tatsächlich angenehm erschöpft. Enrico und Sofia saßen bereits am Tisch und freuten sich offenbar darüber, dass Victoria so entspannt wirkte. Gerade wollte sie den Beiden mitteilen, dass sie Recht hätten und sie zusammenarbeiten mussten, da erschienen Aylin und Jeremy. So blieb ihr kaum etwas anderes, als diese Botschaft vor allen kundzutun: „Also ich wollte mich für meine harsche Wortwahl letztes Mal entschuldigen. Es ist richtig. Wir sollten konstruktiv sein und uns gegenseitig unterstützen ... und uns vertrauen."
„Ok", sagte Aylin, die wie gewohnt die Moderation übernahm. Sonst sagte keiner etwas, aber das hatte sie auch nicht erwartet. Die anderen wollten nicht nur Worte hören, sondern auch Taten sehen. Immerhin schenkte ihr Enrico ein herzerwärmendes Lächeln.

Sie tauschten sich über die Neuigkeiten in ihren Ressorts der letzten Woche aus und kamen schließlich zu dem Tagesordnungspunkt „Verschiedenes".
Unerwartet ergriff Sofia das Wort, während Aylin sie aufmunternd anblickte: „Am Donnerstag Vormittag ist eine Sitzung mit anderen Unionsdelegierten, also der Cadore-

Vereinigung, der nächst höheren Gemeinschaftsebene über Bella Vista. Ich kann da nicht hin. Ich wollte für ein paar Tage in die Normal-Zone und Aylin hat da auch keine Zeit. Ich wollte fragen, ob mich jemand vertreten kann.

„Perfekt", dachte Victoria. Sie konnte sich bei den anderen Liebkind machen und gleichzeitig endlich mal mit Menschen aus anderen Unionen über deren finanzielle Situation sprechen.

„Klar, mach ich gerne", sagte Victoria. „Was ist da zu besprechen?"

„Hier ist die Tagesordnung". Sofia schob ihr ein Blatt zu. „Ich habe eines der Elektroautos reserviert. Mit dem Rad ist es doch ein wenig weit." Victoria nickte. „Gibt es aus unserer Union etwa einzubringen?"

„Ja", meine Aylin, „vier unserer fünf Gemeinschaften sprechen sich komplett gegen jegliche Tierhaltung bzw. Nutztierhaltung aus. Also auch nicht zur Gewinnung von Wolle oder für den Ackerbau. Außerdem kannst Du ein paar Teebeutel mitnehmen, die unsere Experimentiergruppe zusammengemischt hat für den Verkauf in der Safe-Zone. Vielleicht möchten sie die Idee aufgreifen. Im Übrigen sollten wir mal das Design der Verpackung etwas aufpeppen lassen. Sieht etwas, hm, langweilig aus."

Aylin zog eine Packung aus der Tasche und stellte sie auf den Tisch. Es war die „Just do it" Mischung im blassgelben Faltkarton. Enrico meinte, Aylin hätte recht. Er könnte sich darum kümmern, wenn die anderen einverstanden sind.

„Wo lassen wir eigentlich die Verpackungen produzieren?", fragte er.

Es gibt da eine kleine Fabrik in der Free-Zone. Die stellen eigentlich alle Kartons her, die wir so brauchen. Aus Altpapier und mit ökologisch vertretbarem Farbaufdruck."

Und zu Victoria: „Was im Lager fehlt oder was wir zuviel haben, solltest Du natürlich auch noch ansprechen. Da hast

Du ja selber einen Überblick drüber. Am besten Du nimmst die Listen mit."

Nun wollte Victoria ihr Anliegen vorbringen: „Eine Freundin von Elisa hat angefragt, ob sie eine Weile bei uns wohnen kann. Sie hat Krebs. Im Endstadium und sie möchte gerne noch etwas Zeit mit Elisa verbringen. Ich habe schon mit Dr. Kahli gesprochen. Er schickt uns eine Krankenschwester und die Duero-Gemeinschaft hat auch schon ihre Zustimmung signalisiert."
„Dann spricht ja eigentlich nichts dagegen?", stellte Aylin fest und schaute in die Runde. Manche nickten, manche schwiegen, aber niemand hatte einen Einwand. Das wäre auch unüblich gewesen. So weit es ging, entschieden die kleinsten Einheiten über ihre Belange selber.
Auch hier verschwieg Viktoria die Spende von 100.000 Euro. Eigentlich hatte beides auch nur wenig miteinander zu tun. Sie freute sich, Elisa mitteilen zu können, dass es auch seitens der Koordinatoren ein Einverständnis gab.

Erst nach dem Treffen kam sie dazu, auf die Tagesordnung des Koordinatorentreffens der Cadore-Vereinigung zu schauen. Das Treffen fand um 9.00 Uhr in der Gemeinschaft Antelao statt. Das war in der Tat nicht gerade um die Ecke und sie bräuchte mit dem Elektroauto sicher eine halbe Stunde dorthin. Sie las: „1. Begrüßung und Feststellung der Beschlussfähigkeit, 2. Anträge aus den Unionen 3. Vorbereitung des Parlamentstreffens, Einreichung eigener Anfragen und Anträge, 4. Umverteilung von Gütern. Ende der Sitzung 12.30 Uhr." „Also gut", dachte Victoria, „das ist wohl zu bewältigen."

Die Begegnungen mit Snorre waren, sofern sie sich beim Essen sahen, herzlich, freundlich, aber auch oberflächlich. Er schien irgendwie ein wenig den Gentleman zu spielen, um nicht den Zorn ihrer Mitbewohner auf sich zu ziehen. Sie taten so, als wäre alles in Ordnung zwischen ihnen, aber Victoria wusste immer noch nicht, ob es das war. Sie hoffte, Snoore am Abend nach der Gemeinschaftsbesprechung der Tajo-Gruppe alleine zu sehen – und zu berühren.

Tatsächlich erschien Snorre gut gelaunt zur Abendbesprechung. Er drückte ihr einen Kuss auf den Mund. Victoria fragte sich, wie er das wohl mache, einerseits so extrovertiert zu sein und andererseits so oft zu meditieren, ernst zu sein und vollkommen gelassen. Zumindest war seine Laune, seit er einen näheren Kontakt zu Shiva hatte, oft so ansteckend fröhlich, dass er die meisten Anderen damit ansteckte und Charme aus ihm heraussprudelte wie Champagner aus einer gut durchgeschüttelten Flasche. Insgeheim musste Victoria zugeben, dass sie Snorres Aufmerksamkeiten genoss und somit Shiva eigentlich dankbar sein musste.

An dem abendlichen Gemeinschaftstreffen wurde über das Gerücht diskutiert, die Safe-Zone wollte ihr Gebiet erweitern und die Normal-Zone beanspruchte plötzlich auch wieder mehr Land. Was denn an dem Gerücht dran sei, wollten sie von Victoria wissen. Ob sie vertrieben werden könnten.
„Ich habe auch von den Gerüchten gehört, doch ich weiß nicht, was dran ist. Es scheint Begehrlichkeiten zu geben, was den Boden betrifft, doch die bestehenden Zonen sind natürlich in ihrer Existenz gesichert. Allerdings", fügte sie hinzu, „sieht es bei uns nicht so gut aus, was unsere finanziellen Verhältnisse betrifft."
So. Nun war es raus. Sie konnte das nicht länger verschweigen, nicht den Menschen, denen sie so nahe stand. Aber da sie nach wie vor nicht wusste, wie die Höhe der Schulden zu bewerten war, musste sie es vorsichtig formulieren. Jetzt wartete sie gespannt auf eine Reaktion.

„Wie schlimm ist es denn?", fragte Thorben, der ältere Mann, der auch ihr Sprecher war.
„Ich kann es nicht beurteilen, wie schlimm es ist. Die anderen Koordinatoren meinen, es wäre nicht so massiv und ich solle mir keine Sorgen machen. Aber ich bin mir nicht so sicher. Ich versuche, in der nächsten Zeit mehr in Erfahrung zu bringen."
Thorben nickte und auch die anderen Mitglieder schienen mit ihrem Vorgehen einverstanden zu sein.
Anja meinte, sie könnten in der kommenden Woche noch einmal darüber sprechen. Vielleicht wüssten sie dann mehr.
Damit war das Thema erst einmal beendet. Schneller als sie dachte.
Nachdem noch ein kleinerer Streit wegen Marias Kindern beigelegt war, die eines der Teebeete versehentlich zerstört hatten, gingen die Meisten.
Snorres gute Laune schien ihn verlassen zu haben. In der zweiten Hälfte des Abends hatte er sich nicht mehr beteiligt und Victoria musste annehmen, sie war vorhin nur die unfreiwillig Mitwirkende eines Schauspiels gewesen. Setzten die anderen ihn so sehr unter Druck? Snorre war eigentlich nicht der Typ, der so etwas zuließ.

Später verabschiedete er sich herzlich von ihr, mit dem Hinweis, er wolle ein wenig alleine sein. Natürlich war Victoria enttäuscht. Sie wurde nicht schlau aus seinem Verhalten.

## 15.

Zwei Tage später stieg Victoria, das erste Mal seitdem sie hier war, in das kleine Elektroauto, um zu der Cadore-Unionszusammenschluss-Besprechung zu fahren. Dazu musste sie einmal quer durch Grand Paradiso fahren. Es sah hier ein wenig anderes aus als in Bella Vista. Diese Union war zweifelsohne etwas älter, nicht ganz so perfekt designt, doch dafür ursprünglicher und gewachsener. Es gab hier etwas größere und höhere Häuser, vieles wirkte komprimierter. Diese Gemeinschaft war tatsächlich auch etwas größer: Über 600 Menschen lebte hier.

Das Gemeinschaftshaus von Antelao war ohne Schwierigkeiten zu finden. Sie hatte sich schon gedacht, dass es sich im Zentrum der Union befände. Es war ein schmuckloses Haus aus Beton, welches allerdings Weinreben umrankten, wodurch es deutlich ansehnlicher wurde. Auch das Dach des einstöckigen Hauses war begrünt. Ihr fiel auf, dass die Menschen auch hier den ihr zur Verfügung stehenden Platz besser nutzen und nicht so verschwenderisch mit Wiesenflächen füllten wie in Bella Vista.

Ein Schild wies sie in die erste Etage zum Besprechungsraum. Drei Frauen und ein Mann waren bereits da und plauderten freundlich miteinander.
„Hallo", begrüße Victoria die Anwesenden, „Ich bin Victoria, Koordinatorin der Union Bella Vista. Sofia, die eigentlich an der Sitzung teilnehmen wollte, ist verhindert. So bin ich eingesprungen."

„Ja, schön, dass Du da bist", sagte eine der Frauen und stellte sich auch gleich vor: „Ich bin Gesine. Willkommen. Ich würde vorschlagen, wir warten auf die anderen und dann machen wir eine Vorstellungsrunde. Wie lange lebst Du schon in der Nature-Zone?"
„Erst ein paar Monate".
„Oh, das ist ja noch nicht so lang."
„Ja, stimmt", gab Victoria zu, „aber dafür bin ich mit ganzem Herzen hier."

Nachdem alle gekommen waren, stellten sich alle kurz vor. Gesine, die auch die Moderation übernahm, schlug ein zügiges Tempo an, achtete gleichzeitig darauf, sorgfältig vorzugehen und nicht das Gefühl des Gehetztseins aufkommen zu lassen.

Victoria beobachtete die Mitglieder genau, um eine Entscheidung darüber zu treffen, ob sie das Schuldenproblem hier offen ansprechen konnte. Bereits nach zehn Minuten entschied sie sich dafür. Die meisten machten einen verantwortungsbewussten Eindruck und schienen dazu in der Lage zu sein, Probleme lösen zu können.

Sie waren immer noch beim ersten Tagesordnungspunkt: „Anträge aus den Unionen". Victoria ergriff das Wort: „Meine Gemeinschaft möchte gerne wissen, ob an den Gerüchten, die man sich über die Verteilungskämpfe von Land erzählt, etwas dran ist und welche Konsequenzen das hat."

„Ja", sagte Veit, „das wird auch bei der Sitzung des Parlaments in drei Wochen ein Thema sein. Es ist richtig. Die Begehrlichkeiten nach Land sind wieder größer geworden. Früher haben wir ja Land um die kleineren Dörfern herum hinterher geschmissen bekommen, weil da niemand wohnen wollte. Es zog ja alles in die Städte. Das ist immer noch so.

Gleichzeitig möchte die Safe-Zone eine weitere Stadt bauen und die großen Agrarkonzerne wollen mehr Land haben. Sogar in der Normal-Zone wird überlegt, Städte, wie die Chinesen das auch machen, komplett neu auf dem Land aufzubauen. Wir wollen natürlich auch weiter wachsen und wie es aussieht, müssen wir uns diesem Wettbewerb stellen und außerdem mit Platz und Land deutlich sparsamer umgehen."

„Was ist, wenn eine Gemeinschaft zu viele Schulden macht? Besteht dann die Gefahr, Land auch wieder zu verlieren?", stellte Victoria eine weitere Frage.
„Wir haben so etwas wie einen Bestandsschutz. Es ist eher die Frage, ob wir weiter wachsen können. Wir haben noch immer viel Zulauf und könnten sofort noch zwei Unionen aufmachen. Aber, wer weiß schon, wie es weitergeht. Wenn wir zu viel Schulden machen, ist es schon denkbar, dass wir früher oder später Gebiete zurückgeben müssen." Veit war deutlich unwohl bei dieser Vorstellung und auch die anderen sahen betroffen aus.
Victoria sah ihren Verdacht bestätigt, dass der finanzielle Zustand mit ihrer Existenz im direkten Zusammenhang stand.

„Wie sieht es denn finanziell in der gesamten Nature-Zone aus?" stellte Victoria nun die entscheidende Frage.
„Auch das wird auf der Parlamentssitzung besprochen", sagte Veit, „es beschäftigt sich hier niemand gerne damit. Wir haben ja schließlich innerhalb der Zone das Geld abgeschafft. Bis vor kurzem war das auch tatsächlich kein wichtiges Thema. Man machte eben Schulden und hat sich darüber nicht weiter den Kopf zerbrochen. Vieles waren auch Investitionen, etwa in Maschinen oder Sonnenkollektoren, Windkraftwerke und so."

„Bitte", wandte sich Victoria nun an alle Koordinatoren, „lasst uns mal Runde machen wie viel Schulden es bei uns sind."

„Warum willst Du das so genau wissen", fragte Ilka, eine junge Frau, eher interessiert, denn unfreundlich nach. „Ich mache mir Sorgen. Ich lebe noch nicht lange hier. Es ist wunderschön. Ich möchte hier weiterleben und ich glaube, wie wir mit der Natur und miteinander umgehen, das ist richtig. Der respektvolle Umgang miteinander in kleinen überschaubaren Gemeinschaften im Einklang mit der Natur. Es ist gut so." Vielleicht wäre es gut, überlegte Victoria, wenn sie mit den harten Fakten den Anfang machte: „Wir haben fast 500.000 Euro Schulden, obwohl wir schon seit sieben Jahren bestehen. Von Anfangsinvestitionen kann also keine Rede sein, auch wenn sicher das ein oder andere kaputt geht und ersetzt oder repariert werden muss."

„Ohh", machte Selina, eine schlanke Frau in Victorias Alter. Das ist in der Tat eine Menge. Bei uns sind es so etwa 80.000."
Sie machten tatsächlich eine Runde und am Ende waren alle bestürzt. So schlimm wie in Bella Vista war es nur noch in zwei weiteren Unionen, doch kamen sie insgesamt auf gut 5 Millionen Euro, was die gesamte Cadore-Gemeinschaft mit ihren sieben Unionen betraf.

Ein Mann, Dorian, der jetzt sehr ernst schaute, meldete sich zu Wort: „Es kann nicht sein, dass wir uns in Abhängigkeit der Banken begeben. Wir wollten zeigen, wie es geht, frei zu sein von Geld, unsere Zufriedenheit unabhängig davon zu gestalten. Und nun gehört das meiste, was wir besitzen, der Bank."

„Wenn ihr Wohlwollen uns gegenüber aufhört, können wir einpacken und wer Anderes bekommt unser Land", ergänzte Veit.

„Jetzt meldete sich auch Gina, eine ältere Frau zu Wort: „Wir haben in der Normal-Zone immer noch viele Unterstützer und es gibt auch eine Menge Leute, die uns Geld und andere Dinge spenden."
„Veit erwiderte: „Ich will da nicht betteln gehen. Unabhängigkeit war uns immer wichtig."

Sie diskutierten eine ganze Weile über Gründe, Lösungsmöglichkeiten und die Bewertung ihrer finanziellen Situation. Schließlich meinten sie, es wäre gut, eine Art Schuldenbremse einzuführen. Auf welcher Ebene des stattfinden sollte, darauf konnten sie sich nicht einigen. „Die Gemeinschaft steht für alle ein", so lautete die Meinung von Veit, Selina, Ilka und Gesine. Gina, Ida, Dorian und Kai wiederum meinten, Schulden ließen sich so nicht in den Griff bekommen, die einzelnen Unionen müssten ihre Schulden selber in den Griff bekommen. Auf der Parlamentssitzung würden sie beide Vorschläge einbringen und sehen, wie die Mehrheit darüber befand. Vielleicht wäre auch eine Urabstimmung notwendig.

Erschöpft berieten die Koordinatoren in trüber Stimmung den Rest der Tagesordnung: Eine Union hatte eine Menge Papier gespendet bekommen, eine andere Holz und die Union Amita brauchte unbedingt Hilfe, weil sie ein neues Gewächshaus bauen wollte. Die Nutztierhaltung wurde fast überall komplett abgelehnt und eine Union hatte Probleme mit Mäusen in ihren Lagerräumen.

Auf dem Rückweg war Victoria zwar froh, dass ihre Bedenken endlich ernst genommen wurden, gleichzeitig war sie genau darüber enttäuscht. Insgeheim hatte sie doch noch die Hoffnung gehegt, sie möge sich geirrt haben. Sie hätten genug Geld und es bestünde keine Gefahr für die Nature-Zone. Auf jeden Fall wollte sie an der Parlamentssitzung teilnehmen. Von jeder Union waren zwei Koordinatoren teilnahme- und stimmberechtigt, von jeder Gemeinschaft die zwei Sprecher und wer sonst noch dabei sein wollte, konnte einen Antrag stellen, der meist auch bewilligt wurde. In diesem Gremium, was zweimal im Jahr stattfand, wurde auch beschlossen, wie eine Entscheidung getroffen werden sollte: Das Gremium konnte sie selber treffen oder es wurde zu einer Urabstimmung aufgerufen oder sie wurde nach unten an die Unionen gereicht, wo sie das Thema diskutieren sollten, um dann ihre Beschlüsse wieder zurück auf die Parlamentsebene zu geben, die dann so weit es ging berücksichtigt wurden.

Bei der letzten Sitzung war sie natürlich nicht dabei gewesen, noch hatte sie sich darüber informiert. Sie war frisch angekommen und wollte nichts mit Politik zu tun haben. Sie hatte ja gerade erst ihre Flucht ins Private angetreten. Aus ihrer kleinen Tayo-3-Gemeinschaft waren ihres Wissens nur Thorben und Snorre dabei gewesen. Ist auf dieser Sitzung irgendetwas passiert, was Snorre dazu bewogen hatte, sich zurückzuziehen?
Den Rest des Tages hatte sie frei. Bevor sie eine Runde Joggen ging, wollte sie bei Elisa vorbeischauen. Vielleicht war die Freundin bereits da. Nach einem kurzen Abstecher ins Gemeinschaftshaus, in dem sie ihr verspätetes Mittagessen einnahm, radelte sie zu Elisa.

Ihre Freundin war tatsächlich da. Noch bevor Victoria an die Tür von Elisas Häuschen klopfte, hörte sie verschiedene Frauenstimmen. Man konnte meinen, fast fröhliche Frauenstimmen. Nachdem sie hineingebeten wurde, sah sie drei Frauen an dem kleinen Tisch mit Spielkarten in der Hand sitzen.

Elisa begrüßte sie: „Ah, hallo Victoria. Schön Dich zu sehen. Das ist meine Freundin Sonja". Sie wies mit ihrem Kopf zu ihrer rechten Seite. „Und das ist Carla. Unsere neue Krankenschwester." Damit wies sie mit ihrem Kopf zu ihrer Linken. Wir spielen Rommee. Hast Du Lust eine Runde mitzuspielen?
Einen Augenblick überlegte sie. Dann entschloss sie sich, das Angebot anzunehmen.
„Ja, klar. Für ein paar Runden bin ich dabei."
Das ist schön, dachte sie. In der Safe-Zone wäre es undenkbar gewesen, irgendetwas spontan zu machen. Jede Minute wurde geplant, um möglichst viel an Produktivität oder Vergnügen aus der zur Verfügung stehenden Zeit herauszuholen. Alles war zum Event geworden.
Sie hatte als Kind mit ihrer Mutter und Tante zuletzt Rommee gespielt, meinte aber, sich an die Grundzüge noch zu erinnern.

Die Frauen waren in guter Stimmung und wirkten, als würden sie sich schon länger kennen. Sonja hatte streichholzkurzes graues Haar. Vermutlich waren sie ihr in Folge einer Chemotherapie ausgefallen. Ihr Tempo war deutlich langsamer, als das der anderen beiden Frauen. Bekam sie Morphium? Zumindest wirkte sie nicht wie eine Frau, die ihr Leben in naher Zukunft beschließen wollte, stelle Victoria beruhigt fest. Es war die richtige Entscheidung. Hier ging es ihr ohne Zweifel besser als in einer überfüllten Palliativstation eines Krankenhauses, mit doch eher gestressten Krankenschwestern. Carla war fast in dem gleichen Alter wie Elsia und Sonja. Sie musste über fünfzig sein, machte aber einen kompetenten und gleichzeitig mütterlichen Eindruck. Victoria würde später bei Dr. Kahli anrufen, um sich zu bedanken.

„Was macht Dein Schatz?" fragte Elisa in ihrem typisch leicht ironischen Tonfall. Allzu viel hatte sie ihr nicht von Snorre erzählt, doch Elisa war ziemlich gut darin, sich Informationen zu beschaffen, wenn sie es darauf anlegte. Aber vermutlich wollte sie nur ein wenig Smalltalk machen und vermeiden, dass sie ihre aktuellen Sorgen wegen ihrer finanziellen Situation ansprach.

Dementsprechend antwortete sie leichthin: „Einen besseren Mann hätte ich nicht finden können. Er ist wunderbar."

„Ja, Du solltest ihn mal mitbringen, wenn Du mich mal wieder besuchen kommst."

„Ich werde ihn fragen", versprach sie, aber lieber wäre es ihr, wenn sie ihn mal wieder allein erwischen würde.

Nach einigen überwiegend verlorenen Partien verabschiedete sich Victoria und wünschte den Damen noch einen schönen Tag. Sie war sich sicher, dass sie den auch haben würden.

Später beim Essen war Snorre da. Er hatte sich zwar nicht neben sie gesetzt, doch war er freundlich und zuvorkommend zu ihr, doch wirkte das alles nicht so richtig echt. Sie musste unbedingt mit ihm reden. Die letzte Nacht, die sie miteinander verbracht hatten war doch schön und voller Leidenschaft gewesen. Was war bloß los?

Es war Snorre, der sie wenig später um ein Treffen bat. Fast förmlich war er zu ihr gekommen, hatte ein freundliches Lächeln aufgesetzt und gefragt, ob sie nach dem Essen ein wenig Zeit für ihn hätte. Sie könnten sich auf der Wiese in der Nähe des Gemeinschaftshauses treffen. Ein öffentlicher

Raum? Victoria sank das Herz zu Boden. Das konnte nichts Gutes bedeuten.

Die Erdbeeren, die zum Nachtisch gereicht worden waren, hatten ihren Geschmack verloren und die Luft, von der sie eben noch warm und behaglich eingehüllt wurde, wirkte plötzlich stickig und roch schal. Sie hatte sich eben noch mit Thorben über die gute Ernte in diesem Jahr unterhalten, nun versuchte sie, das Gespräch in aller Freundlichkeit zu beenden, was ihr nicht so recht gelang. Sie wurde einsilbig, war ganz offensichtlich mit den Gedanken nicht bei der Sache, bis Thorben sagte, sie solle mal losgehen. Er hatte sie dabei leicht am Arm berührt. Es war schön zu spüren, dass es Menschen gab, die Anteil nahmen, von denen sie gemocht wurde und die ihr helfen würden, wenn sie Hilfe bräuchte. Das alles lag in Thorbens Geste.

Als sie auf der Wiese waren, schlug Snorre vor, ein Stück zu gehen und begann zu sprechen: „Victoria, du weißt, wie sehr ich Dich schätze, wie sehr ich Dich mag und wie gerne ich mit Dir zusammen bin." Fast hätte sie gesagt, er könne sich die netten einleitenden Sätze sparen, die ohnehin ihren Schmerz nicht lindern konnten, für das was ihnen folgen würde, doch sie sagte nichts, hörte nur weiter zu.

„Es ist im Moment wichtig für mich, mich auf mich selber zu konzentrieren. Du weißt, dass ich begonnen habe zu meditieren. Ich lese viel über Spiritualität und den Buddhismus. All das ist wie eine Offenbarung für mich. Doch es harmoniert nicht damit, eine weltliche Beziehung zu haben."
„Du meinst eine sexuelle Beziehung", fiel sie ihm ins Wort, weil sie nicht wollte, dass er sich hinter zweideutigen Formulierungen versteckte.

„Ja", bestätigte Snorre, „ich meine eine sexuelle Beziehung, aber ich meine auch das Anhaften an einen anderen Menschen. Es ist jetzt wichtig für mich loszulassen. Es ist wichtig aufzuhören, sich selbst mit dem Körper zu identifizieren und sich selbst von dem Körperbewusstsein zu trennen. Shiva hat mir geraten, Sex zu machen, um es aus den Kopf zu bekommen, um sich eben dadurch weniger darauf zu konzentrieren. Sex könne sogar ein Weg zur Erleuchtung sein, weil er natürlicherweise dem Nichtstun und der Meditation nahe kommt. Aber, ich glaube, es ist nicht mein Weg und ich möchte eine Weile ganz bei mir sein.

„Es entspricht nicht der menschlichen Natur, alleine zu sein", sagte Victoria und bereute es gleich darauf wieder. Hatte nicht jeder das Recht, so zu leben, wie er es für richtig hielt? Snorre nun mit einem Allgemeinplatz zu kommen, nur ihrer egoistischen Bedürfnisse wegen, war erbärmlich. Aber gerade jetzt brauchte sie doch Snorre so sehr. Jetzt wo so vieles andere so schwierig war.

Trotzdem war es besser, sich gleich für den Einwurf zu entschuldigen, anstatt von Snorre zurechtgewiesen zu werden: „Sorry, natürlich musst Du das tun, was für Dich jetzt richtig ist. Es ist nur vieles schwierig für mich im Moment."

„Die Dinge loszulassen bedeutet nicht, sie loszuwerden. Ich respektiere Deinen Wunsch. Auch wenn ich für eine Weile in eine andere Gemeinschaft ziehen werde."

So, das war es also, dachte Victoria. Er wollte wegziehen, nicht mehr in ihrer Nähe essen und schlafen und Sein. Die nächste Frage musste sie stellen, obwohl es nicht gut war. Sie würde sonst ständig darüber nachgrübeln. „Wirst Du bei Shiva wohnen?"

„Nein", sagte Snorre. Ich werde in Ebro wohnen, Shiva wohnt in Cinca. Aber wir werden uns natürlich sehen und miteinander reden und meditieren. Wir können uns auch ab und zu sehen. Aber nicht so wie bisher. Zumindest erst einmal nicht. Ich will lernen, das loszulassen, was ich am liebsten behalten möchte."

Victoria wollten die Tränen in die Augen schießen. Das war unfair. Nichts hatte sie falsch gemacht. Immer war sie darauf bedacht, nicht nur an sich, sondern auch an Snorre zu denken. Ihre Beziehung war gut. Und jetzt war es trotz alledem vorbei.

„Ich werde Dich für immer lieben", fuhr Snorre fort. „Ich werde auch alles andere lieben. Das meint Liebe ohne Anhaftung. Es ist eine unterschiedslose Liebe. Lass mich diesen Weg mit Deinen Segen gehen. Vielleicht gibt es eines Tages einen neuen Weg für uns."
Ja, vielleicht, dachte Victoria. Vielleicht ist es nur ein Spleen und Snorre wird wieder in die Welt zurückkehren.
„Die Dinge loszulassen bedeutet, dass man sie sein lässt", sagte Victoria, um ihn zu beeindrucken und längst war ihr klar, dass seine Entscheidung unverrückbar feststand, würde sie ihm nun ihren Segen geben oder diesen verweigern. Aber ihre Beziehung hatte es verdient, dass sie im Guten auseinandergingen.

Es sah so aus, als wolle er sie umarmen, doch das würde sie jetzt nicht aushalten. Es gab nichts mehr zu sagen und nichts mehr zu tun. Victoria drehte sich um und ging zu ihrem Haus, während sich ihr Herz immer mehr zusammenzog, verdorrend wie eine Qualle, die man an Land geworfen hatte, ihrer Schönheit und Vitalität beraubt.

## 16.

Einige Tage durchlebte Victoria wie in Trance, wie ein Roboter, ein Automat, ein lebloses Wesen, erledigte ihre Pflichten mehr schlecht als recht, sank immer wieder, wenn sie allein in ihrem Haus war, zu Boden und ließ ihren Tränen freien Lauf.

Dann beschloss sie, dass damit nun genug war. Sie begann wieder zu joggen und ließ es zu, dass all ihre lieben Mitbewohner sie trösteten und ablenkten. Jede ihrer Türen stand ihr zu jeder Zeit offen. Und sogar Lenja und Enrico nahmen sich mit ihrer Flirterei etwas zurück, wenn sie in der Nähe war. Ihre Freundin besann sich darauf, wie man sich als gute Freundin benimmt, wenn der Liebeskummer zugeschlagen hat. Das Leben würde weitergehen. Es ging immer weiter. Auch wenn die Welt farbloser, weniger klangvoll war, stattdessen ihr Körper mit bleierner Anziehungskraft in Bodennähe gehalten wurde, dass jeder Schritt nur mit Anstrengung zu bewältigen war.

Sie hatte den Transport der Ernte zu organisieren. Es war Hochsaison, die Ernte war im vollen Gange und der LKW war von Morgens bis Abends im Einsatz. Den Transport der Lebensmittel zu den Gemeinschaftshäusern hin, für den eigenen Verbrauch, hatte sie sogar schon über Lastenfahrräder organisiert, um die beiden Fahrerinnen zu entlasten.

Gerade als sie fertig damit war und eine andere Aufgabe in Angriff nehmen wollte, klingelte das Telefon. „Hallo, hier spricht Frau Doktor Barsch. Spreche ich mit Victoria Licht?"

Seit Monaten hatte sie niemand mehr bei ihrem vollständigen Namen angesprochen. Verwundert bestätigte Victoria, dass sie am Apparat sei und fragte was sie für die Anruferin tun könne.
„Ich bin eine Freundin von Herrn Dr. Kahli. Ich arbeite im Krankenhaus. Auf einer Palliativstation. Wir haben hier einen akuten Mangel an Betten und Dr. Kahli sagte, ich solle ruhig mal bei Ihnen nachfragen, ob Sie einen Patienten bei sich aufnehmen können. Schwester Carla wäre damit einverstanden, sich auch um ihn zu kümmern und es würde ihm wirklich gut tun. Er spricht ständig davon, wie gerne er aufs Land ginge. Er sei in ländlicher Umgebung aufgewachsen. Nun ist er in einem Krankenhaus in der Stadt. Zudem steht sein Bett die meiste Zeit auf dem Flur."
„Oh", machte Victoria, „das ist sicher furchtbar für ihn. Was hat er denn?"
„Acquired Immune Deficiency Syndrome."
„Also AIDS", stellte Victoria fest.
„Ja", antwortete Frau Doktor Barsch. „Er ist 49 Jahre alt, ein Anwalt, der früher große Fälle vertreten hat. Es ist ein netter Mann. Er hatte als Teenager einen Unfall und eine kontaminierte Bluttransfusion erhalten. Die Medikamente haben ihm lange ein lebenswertes Leben beschert. Dann haben sich zunächst unbemerkt Resistenzen entwickelt. Sie wissen doch, dass eine Ansteckung bei gewissen Vorsichtsmaßnahmen ausgeschlossen ist?
„Natürlich. Wie krank ist er?"
„Er hat das Non-Hodgkin-Lymphom entwickelt, also Lymphdrüsenkrebs, ist ziemlich abgemagert und hat Probleme mit der Luft- und Speiseröhre. Es gibt Tage, da geht es ihm besser, an anderen schlechter. Wir können ihre Union als Außenstelle unserer Palliativstation definieren und Ihnen dann das Ihnen zustehende Geld überweisen."
Victoria versprach der Ärztin, möglichst rasch mit den anderen Koordinatoren und ihrer Gemeinschaft zu sprechen

und ihr dann die Entscheidung mitzuteilen. Snorres Haus war zur Zeit frei. Aber es zog sich ihr Herz zusammen bei dem Gedanken, nun würde wer anders dort leben und vermutlich auch sterben. Es hatte so etwas Endgültiges. Trotzdem nahm sich Victoria vor, sich für den Mann einzusetzen. Sie konnte nicht verhindern, dass ein Satz der Ärztin in ihr nachklang: „ein Anwalt, der früher große Fälle vertreten hat."

Vor dem Mittagessen wollte Victoria noch auf einen Sprung im Laden vorbeisehen. Dieses alte lästige Bedürfnis nach Konsum in Krisenzeiten wollte befriedigt werden. Vielleicht fände sie etwas nicht allzu Unnützes, was dieses Bedürfnis stillen konnte und gleichzeitig so unbedeutend war, es auch wieder nicht zu erfüllen. Sie wollte diesem antrainierten Konsummuster nicht mehr folgen. Vollständig gelöst hatte sie sich aber auch nicht davon, wie sie beschämt feststellen musste. Als Vorwand für das illegitime Bedürfnis hatte sie ein Buch dabei, welches Snorre, ob absichtlich oder nicht, bei ihr liegengelassen hatte und das sie wieder in den Bücherschrank stellen wollte: „Zen und die Kunst ein Motorrad zu warten". Einmal hatte sie kurz darin geblättert. Der Ich-Erzähler hatte über die verschiedenen Arten einen Berggipfel zu erklimmen meditiert: *„Dem ungeübten Beobachter erscheinen vielleicht ichbezogenes und ichloses Bergsteigen als ein und dasselbe. Der ichbezogene Bergsteiger ist wie ein falsch eingestelltes Gerät. Er setzt seinen Fuß einen Augenblick zu früh oder zu spät auf. Er ist hier und doch nicht hier. Er lehnt sich auf gegen das Hier, ist unzufrieden damit, möchte schon weiter oben sein, doch wenn er dann oben ist, ist er genauso unzufrieden, weil eben jetzt der Gipfel das „Hier" ist. Jeder Schritt ist eine Anstrengung."*

Danach hatte sie das Buch nicht wieder angerührt. Jedes Wort entsprach der Wahrheit. Sie meinte, keine andere Wahl zu haben, als im ichbezogenen Modus noch einige Berge erklimmen zu müssen. Nach der nächsten Verlosung, wenn sie vielleicht im Gewächshaus landete, würde sie sich das Buch noch einmal vornehmen.

Gleich als sie über die Schwelle des Ladens trat, den Mund schon geöffnet zu einem freundlichem „Hallo", erstarrte sie und schloss ihn sogleich wieder. Sofort stellte sich ihr Körper auf Flucht oder Angriff ein, als würde ein Löwe vor ihr stehen. Doch es war Shiva. Sie stand vor dem Bücherregal, den Kopf leicht zur Seite geneigt, um die Titel zu lesen, das schwarze Haar wellte über Schulter und Rücken, das schöne Gesicht in vollkommener konzentrierter Harmonie. Will stand in der Nähe von Shiva, fast bewegungslos und starrte sie an. Er schien ihr Eintreten nicht bemerkt zu haben.

Victoria wusste nicht, was sie machen sollte. Das was sie machen wollte, würde hässliche Blutflecken hinterlassen. So begann sie erst einmal wieder damit, ihre Atmung aufzunehmen. Das war wohl sehr naiv zu glauben, sie würde Shiva nicht mehr begegnen, nur weil ihr Snorre aus dem Weg ging.

Mit der Atmung löste sich ihre Körperspannung ein wenig und das Buch: „Zen und die Kunst ein Motorrad zu warten" ging zu Boden. Als wären sie Schauspieler in einem Film, der nach Betätigen der Stopptaste nun wieder weiterlief, wand Will den Blick von Shiva ab, zu ihr hin: „Hallo Victoria, schön Dich zu sehen."

Anstatt den Gruß zu erwidern starrte sie immer noch Shiva an. Shiva richtete ihren Kopf auf, fixierte sie wie eine Katze und setzte sich geschmeidig in ihre Richtung in Bewegung. Viel zu dicht blieb sie vor ihr stehen. Victoria konnte ihren Duft einatmen, die Gelassenheit und Güte in ihren Augen erkennen, obwohl sie nichts davon wollte.

„Hallo Victoria", tönte sie mit ihrer schönen warmen Altstimme. „Wir sind uns schon einmal begegnet."
Mehr als ein „Ja" brachte Victoria nicht heraus. Shivas Sein hatte sie verzaubert. Sie fühlte sich leicht und konzentriert, ganz im Hier, als wäre die Zeit stehengeblieben.

Nach ein paar Sekunden ließ Shiva Victorias Blick los, sah nach unten: „Zen und die Kunst ein Motorrad zu warten. Ein wunderbares Buch. Es hat mir soviel gegeben. Ich habe es in San Francisco im Zen Center gelesen. Dort ist ganz in der Nähe der Sohn des Autors erstochen worden. Genau wie sein Vater ein paar Jahre zuvor in London. Wie hat es Dir gefallen?"

„Ich habe es nicht … Ich konnte es nicht lesen", verbesserte sich Victoria, unfähig, in der Gegenwart von Shiva zu lügen.

Sie wollte in Shivas Nähe bleiben und gleichzeitig nichts lieber als sich von ihr entfernen. Aber was konnte Shiva schon dafür, dass Snorre sie nicht mehr liebte? Was konnte eine Blume dafür, dass sie so wunderbar duftete?

Und dann sagte Shiva etwas, was Victoria nicht verstand: „Die Liebe ist immer da." Und zu Will: „Bis bald Will."

Das Bedürfnis zu konsumieren war nur noch sehr rudimentär vorhanden, so war es auch für sie das Richtige zu gehen: „Bis bald Will" und überließ damit dem Angesprochenen das Buch aufzuheben, in das Regal zurückzustellen, bis es sich Victoria eines Tages wieder holen würde.

Am Abend stand die wöchentliche Koordinatorensitzung an. Gemeinsam mit Elisa hatte sie versucht, Jeremys Aktivitäten unauffällig im Auge zu behalten. Doch gab es nur hier und da ein paar Kleinigkeiten, die zu beanstanden wären. Mal hatte er zu teuer eingekauft oder zu günstig verkauft, doch waren die Beträge nicht hoch genug, als dass es sich gelohnt hätte das anzusprechen. Dennoch traute sie ihm nicht. Die Medikamente hatte er zwar zurückgeben können, doch hatten sie eine gewaltige Stornogebühr leisten müssen. Das hatte er immerhin von sich aus berichtet.

Die Atmosphäre war kühl, doch jeder gab sich Mühe, konstruktiv zusammenzuarbeiten. Sie mussten besprechen, wer von ihnen an der Parlamentssitzung teilnähme. Victoria würde das gerne tun, doch Jeremy bestand darauf, die Vertretung für Sofia zu übernehmen, die erwartungsgemäß kein Interesse zur Teilnahme zeigte. Aylin wäre natürlich dabei. Victoria wollte nicht schon wieder einen Streit beginnen. Es blieb ihr aber noch die Möglichkeit, über ihre Gemeinschaft teilzunehmen oder einen Antrag zu stellen. Jede der Gemeinschaften durften ebenfalls zwei Abgesandte entsenden.

So nüchtern wie möglich berichtete Victoria von ihrem Treffen mit den Delegierten des Cadorezusammenschlusses. Zum Schluss fasste die noch einmal den entscheidenden Punkt zusammen: „Die meisten anderen sind sich durchaus des Ernstes der finanziellen Lage bewusst. Allein unser Unionszusammenschluss hat 5 Millionen Euro Schulden. Einige machen sich Sorgen um unsere Existenz. Das Parlament muss einen Weg finden, die Schulden zu reduzieren."

„Victoria", ergriff Jeremy das Wort, „deine Sorgen in Ehren, doch muss man sich wirklich nicht verrückt machen. Du solltest Dir mal die Staatsverschuldung in der Normal-Zone ansehen. Dagegen sind unsere Schulden ein Witz."

„Das ist richtig", bestätigte Victoria, „doch besteht kaum die Gefahr, dass sie Land verlieren und ihre Art zu leben aufgeben müssen."

Aylin meldete sich zu Wort: „Wir müssen das jetzt nicht diskutieren. Wir wissen schon, dass ihr da eine unterschiedliche Meinung habt. Lasst uns über die Dinge

sprechen, die hier zu klären sind." Enrico und Sofia nickten und auch Victoria sah das ein. Sie stellte fest, dass sich die Atmosphäre zwischen Aylin und Jeremy offenbar etwas abgekühlt hatte.
Wieder standen Ausgaben an. Eine der Kühltruhen im Lagerhaus war ausgefallen, außerdem wurde Holz benötigt, um notwendige Instandhaltungen an den Häusern durchzuführen.

Nun war es Zeit, die Sprache auf den AIDS-kranken Mann zu bringen. Jeremy und Aylin verzogen das Gesicht, obgleich sie zu jung waren, um viel über die Erkrankung zu wissen. Vermutlich wollten sie sich nicht zuviel Leid und menschlichen Verfall in die Zone holen. Doch als Victoria vom unverschuldeten Entstehen der Krankheit sprach und die Möglichkeit der Kostenerstattung andeutete, gaben sie ihr Einverständnis.

„Was ist eigentlich mit Elisa?", fragte Enrico, der zusammen mit Elisa für den Außenkontakt zuständig war.
„Es kann schon sein, dass sie erst einmal nicht arbeitsfähig ist", sagte Victoria und schloss an: „Wenn Du möchtest, kann ich einen Teil ihrer Arbeit übernehmen." Fast hätte sie hinzugefügt, wenn es nicht gerade Kontakte zur Safe-Zone sind, doch das dürfte sogar Enrico inzwischen klargeworden sein, dass ihr dies nicht möglich war.
„Ja, das wäre nett", sagte Enrico erleichtert und ließ eines seiner bezaubernden Lächeln sehen. „Es geht um das Design der neuen Verpackungen für den Tee. Es gibt da einen Künstler aus der Free-Zone, der das machen könnte. Aber ich ... habe da einfach im Moment, da so viel in der Landwirtschaft zu tun ist, keine Zeit für so etwas."

Victoria ahnte, dass mehr dahinter steckte als ein Zeitproblem, sonst wäre die Begründung flüssiger erfolgt, auch wenn Enrico zweifelsohne Recht hatte. Es gab im landwirtschaftlichen Bereich viel zu tun.

„Kein Problem", erwiderte Victoria, „gib mir die Telefonnummer von dem Typen, ich kümmere mich darum. Das brachte ihr einige verwunderte Blicke ein, hatte sie doch zu Beginn ihrer Tätigkeit verkündet, keine Kontakte nach „Außen" haben zu wollen. Für sie war es zweifelsohne besser, sich zu beschäftigen, um sich von ihrem Liebeskummer abzulenken. Sport und Arbeit waren seit jeher die besten Mittel, wieder in das Leben einzusteigen. Und dazu war sie entschlossen.

## 17.

Gleich am nächsten Morgen wählte sie die Telefonnummer auf dem Zettel, den Enrico ihr gegeben hatte. Nachdem ein Mann ein „Ja" in die Leitung geknurrt hatte, bemühte sich Vitoria darum, etwas wärmende Freundlichkeit in ihre Stimme zu legen: „Hallo, hier spricht Victoria aus der Nature-Zone. Wir bräuchten ein neues Design für eine Teeverpackung. Man hat mir gesagt, Sie seien der richtige Ansprechpartner?"

„Ein Design für eine Teeverpackung? Der Mann hatte kaum ihren Satz zu Ende wiederholt, da brach er in schallendes Gelächter aus. Tief, laut und durchdringend. Der Typ am anderen Ende der Leitung musste schrankähnliche Ausmaße haben.

„Das kann jedes Kind. Sogar Leute, die ihre Zeit mit Reden, Teetrinken und Reden verbringen."

Victoria wusste, dass sie es nicht konnten. Zumindest nicht so gut wie ein Künstler. Es sollte professionell sein. Nur so konnte ihr Tee einen guten Preis erzielen. Langfristig würde es sich natürlich lohnen, etwas Geld für ein beeindruckendes Design auszugeben. So verlegte sich Victoria aufs Schmeicheln: „Matheo", der Name stand neben der Nummer auf dem Zettel und Victoria konnte ihn so aussprechen, als fließe er wie Honig in ein heißes Getränk. „Sie sind doch ein Künstler Und Sie wollen doch Kunst in den Alltag der Menschen bringen. Es ist ein ... besonderer Tee." Fast hätte sie ein flehentliches „Bitte" hinterhergeschoben, aber soweit wollte sie dann doch nicht gehen.

„Verstehen Sie etwas von Kunst?" fragte der Mann, anstatt auf Ihre Worte einzugehen.

Als Jugendliche hatte sie mal überlegt, Kunst zu studieren, sich dann aber für Psychologie entschieden. Und mangels Talent war sie anschließend dazu übergegangen, Kunst zu konsumieren statt zu produzieren. In der Safe-Zone hatte sie immer mal wieder Ausstellungen besucht und auch begonnen, ein paar Kunstobjekte zu sammeln. Allerdings hatte sie sich eher auf plastische Kunst konzentriert: Skulpturen aus Stein. Sie liebte Peggy Wauters, die wunderschöne Frauen-Skulpturen geschaffen hatte, halb- oder unbekleidet auf hohen Stühlen sitzend lassiv und stark, die filigranen Figuren von Luise Kött-Gärtner, hatte aber auch eine wunderschöne Figur aus Holz von Itamar Jobani gehabt. Wehmütig dachte sie an diese Schätze zurück, die jetzt vermutlich ihr Sohn unter Preis verkauft hatte. „Kunst ist etwas für Träumer und Verrückte", pflegte er zu sagen, wobei er beide Gruppen als gleich überflüssig ansah.

„Ich schätze Kunst. Ich hatte mal eine bescheidene Sammlung kleiner Skulpturen. Nichts besonders. Aber ich mochte sie. Ich liebe das Plastische, die Möglichkeit, die Skulpturen aus unterschiedlichen Blickwinkeln betrachten zu können, ihre ganz besondere Lebendigkeit, das Einfangen eines Augenblicks für die Ewigkeit."
„Es wird ja nicht nur die Wirklichkeit eingefangen. Kunst verwandelt sie. Die Realität transformiert in zuvor nicht gedachte und gefühlte Dimensionen", ergänzte Matheo.
„Gleichzeitig bleibt sie ein Spiegel für die Seele, für die erträumten oder nichtgelebten Spuren des Ichs", ergänzte Victoria.
„Durch diese Begegnung mit dem eigenen verfremdeten Ich kann es neuen Mut schöpfen und sich von der Realität entfernen, um ihr neu zu begegnen", ergänzte Matheo.
„Dieser Dreiklang der Begegnung schafft eine Lücke im alltäglichem Dasein, die nur gelingt, wenn man sich der Kunst absichtslos nähert", ergänzte Victoria.

„Wunder geschehen nur, wenn man bereit dazu ist, aber man kann sie niemals erzwingen", ergänzte Matheo.
„Dieses sinnliche Vergnügen, was einem beim Betrachten von Kunst überkommt, ist wie ...", ergänze Victoria.
„... ist wie Sex", ergänzte Matheo.
Victoria schwieg erschrocken, weil sie spürte, wie nah ihr dieser Mann gekommen war und wie Recht er mit seiner letzten Aussage hatte. Er sprach weiter: „Ich möchte Dich kennenlernen, Victoria, und Dir meine Werkstatt zeigen ... und dann in Ruhe über Deine Teeverpackung sprechen."
Victoria hörte sich selber „Ja, das wäre schön" sagen. Bevor sich ihr Denken wieder so richtig einschalten konnte.
„Ich rufe Dich an. Bis bald."
„Bis bald."
Verwirrt legte sie den Hörer aus der Hand. Hatte sie da gerade geflirtet?

Es wurde höchste Zeit, zum Treffen mit den Landwirtschaftsleuten zu radeln. Enrico würde sie dort treffen. Vermutlich war er schon eine ganze Weile auf den Feldern oder im Gewächshaus.
Das Organisationsteam hatte sich schon um den Tisch gesetzt, auch Enrico war wie vermutet bereits anwesend.
„Hallo Victoria, wir überlegen gerade, ob wir die Spargelernte noch etwas strecken oder den Rest jetzt abernten und verkaufen", sagte Jasmin, die neben Bernd saß, um sie in Bild zu setzen. „Hast Du die Preisentwicklung im Kopf?"
„Nicht genau. Aber da die Erdbeeren etwas verzögert reif wurden und die Kombination von frischen Erdbeeren und Spargel unschlagbar ist, würde ich den Spargel nach und nach ernten. Ich vermute, die Preise werden stabil bleiben."
Jasmin, die offenbar die Moderation des Treffens übernommen hatte, schaute in die Runde, ob jemand Einwände hat.

„Wir sollten darauf achten, die Erdbeeren just in time zu liefern. Victoria, wie Du richtig bemerkt hast, sind viele jetzt noch nicht reif, aber einige schon", wurde Victoria vorsichtig von Bernd korrigiert. „Außerdem ist der Mangold langsam so weit. Ihr könnt den Verkauf von etwa 20 Kisten pro Woche für die nächsten vier Wochen in die Wege leiten. Die Ernte der Frühkartoffeln läuft planmäßig."

„Wir hatten eine ganze Menge Kiefernholzbretter bestellt, um Reparaturen durchzuführen. Die müssten diese Woche noch ankommen. Braucht Ihr auch welche?" fragte Victoria, nachdem sie zum Ausdruck gebracht hatte, wie großartig sie die Frühkartoffeln fände, die sie gestern gegessen hatte. Ein Seitenblick zu Enrico ließ sie wieder sachlicher werden. Hatte sie übertrieben? Warum nur war ihr Energielevel angestiegen, dass sie kaum aufhören konnte zu reden?

Etwas später fand sie sich neben Enrico herradelnd auf dem Weg zu ihrer Gemeinschaft wieder. „Schau nur", sagte sie, „die Johannisbeeren sind auch schon fast reif. Wir könnten davon Marmelade kochen und sie verkaufen."
„Ja, ich glaube, das wurde letztes Jahr auch schon gemacht. Ich werde mir mal den Vorgang im Computer ansehen", erwiderte Enrico und nach einer Pause: „Ist alles in Ordnung mit Dir?"
Wie alle anderen war er natürlich über die Trennung von ihr und Snorre informiert.
„Habe ich noch nicht genug Trauerzeit eingehalten?", fragte sie bissiger zurück, als sie eigentlich wollte.
Erschrocken guckte er sie an: „Entschuldige. Ich möchte wirklich wissen, wie es Dir geht. Es sollte kein Vorwurf sein."
„Lass uns einfach unseren Job machen. Okay?" Auch wenn sie versucht hatte, diese Worte freundlich klingen zu lassen, war doch deutlich geworden, dass sie keine

freundschaftlichen Beziehungen zu Enrico wünschte. Oder wollte sie ihm zu verstehen geben, dass sie seine Solidarität bei den Streitigkeiten im Koordinationsteam vermisst hatte, er einfach seinen Weg gegangen war und sich nicht hatte auf eine Seite ziehen lassen. Es war genau das, was richtig war. Also konnte sie ihm schlecht einen Vorwurf daraus machen.
„Ja, natürlich", sagte Enrico, „bis bald."

Nach dem Mittagessen hatte Victoria nichts Besonderes vor, aber zu viel Energie um sich einen ruhigen Nachmittag mit einem Buch zu gönnen. Es wäre jetzt eine gute Idee, die lang aufgeschobene Inventur des Lagers anzugehen, in den düsteren menschenleeren Regalreihen herumzustöbern, um nicht an Menschen zu denken, und auch, um dieses merkwürdige Telefongespräch vom Vormittag zu vergessen.

Bewaffnet mit einem Ausdruck einer Liste der Gegenstände die sich im Lager befinden sollten, und einem Stift machte sie sich auf den Weg. Schon nach der Durchsicht der ersten Regalmeter stellte sie erfreut fest, dass sie mehr besaßen als vermutet. Die meisten Kisten und Kartons waren korrekt beschriftet, auch wenn sie keine logische Ordnung entdecken konnte. Viele der entsprechenden Posten fanden sich aber nicht auf der Bestandsliste wieder. Es waren außerdem eine ganze Menge Sachen zu finden, die nicht ihren Nachhaltigkeitskriterien entsprachen. Die offenbar vor deren Verabschiedung in die Zone gelangt sind. Etwa 100 Sonnenbrillen aus Plastik. Die trug hier kein Mensch. Man versuchte Plastik so weit wie möglich zu vermeiden, setzte sich stattdessen einen Hut oder eine Sonnenkappe auf dem Kopf.
Außerdem fand sie einen Karton mit Badehosen, eine Kiste Shampoos, acht Radiowecker, Konservendosen mit Gemüse: Mais, Erbsen und Möhren, mit einem seit zwei Jahren abgelaufenen Mindesthaltbarkeitsdatum, einen Stapel

Plastikeimer, Bürsten, leider auch aus Plastik. Sie würde Jenny und Ulrike bitten müssen, all das zum nächsten Recyclinghof zu bringen.

Es war immerhin auch einiges Nützliches dabei: Besen, Scheren, Kochtöpfe, Kartenspiele mit Werbeaufdruck, jede Menge Gartenwerkzeuge: Hacken, Spaten, Heckenscheren, Bettwäsche, Kerzenhalter aus Eisen, die ihr gefielen, Militärdecken jede Menge Kleidung, Bücher und Geschirr.

In der hintersten Ecke fand sie drei Paletten Salz. Es musste hier kürzlich hergebracht worden sein. Es war keinerlei Staub auf den verschweißten Säcken zu sehen, am Boden waren Fußspuren in den Staub gedrückt. Sie seufzte. Es wäre sicher gut, noch einmal mit Wasser und Seife wiederzukommen.

Ein Drittel der Bestände hatte sie gesichtet. Nun knurrte ihr Magen und sie hatte nicht nur Hunger, sondern auch das dringende Bedürfnis nach Sonnenlicht. Sie schnappte sich die Kerzenhalter, um sie gerecht auf Laden und Schmiede aufzuteilen, die sie vielleicht einschmelzen konnten und lud sie auf den Gepäckträger ihres Fahrrads.

Wie würde Matheo wohl aussehen? So, wie seine Stimme klang?

Vielleicht würden ihr ein paar harmlose Spinnereien dabei helfen, Snorre zu vergessen. Sie hatte ihn seit ihrem letzten Gespräch nicht mehr gesehen. Diesen perfekten Mann. Zu jeder Mahlzeit vermisste sie ihm schmerzhaft, obwohl sie sich zwang, jeden Gedanken an ihn wegzudrücken, wie einen nicht erwünschten Telefonanruf. Manchmal gelang es, manchmal nicht. Sobald sie sich nicht ablenkte, war dieser dumpfe Schmerz da. Seit dem Gespräch mit Matheo hatte er sich immerhin ein wenig zurückgezogen.

Merkwürdigerweise empfand sie seit der Begegnung mit Shiva im Laden keinen Groll mehr ihr gegenüber. Sogar ihre letzten Worte spendeten ihr Trost: „Liebe ist überall." Sie spürte, dass dies eine tiefe Wahrheit war und es an ihr lag, ob sie sich dieser universellen Kraft öffnete oder nicht.

## 18.

Als sie ein paar Tage später mit dem Fahrrad zum Unionsgemeinschaftshaus aufmachte, sah sie auf halber Strecke, wie ein Leichenwagen sich entfernte. „Oh mein Gott, nicht Elisa. Lass es nicht Elisa sein", ging es ihr wie eine Endlosschleife durch den Kopf. Durch den Schreck angespornt verdoppelte sie ihr Tempo und kam schließlich atemlos bei Elisas Haus an. „Elisa", Elisa", rief sie noch bevor sie die Tür erreichte. Sie riss die Tür auf und sah Elisa, die in ihrem Bett saß und sie ansah: „Meine Güte Victoria, was ist denn in dich gefahren?"

„Du lebst", hauchte Victoria. Sie konnte nicht anders, als sich auf das Bett zu setzen und sich in Elisas Arme zu werfen. Das tiefe Schluchzen war unmöglich zu unterdrücken.

„Schon gut, Kleine. Ich bin ja da. Hab' schon gehört, dass es nicht so gut für Dich läuft."

Das ließ Victoria noch mehr Tränen vergießen. Eine Weile weinte Victoria und Elisa schwieg, bis Victoria klar wurde, wer in dem Leichenwagen gelegen haben musste und dass es eigentlich nicht sie war, die Trost bedurfte sondern Elisa. Ihre Freundin war gestorben. Wie konnte sie nur so egoistisch sein?

„Elisa", begann sie zu sprechen, „es tut mir leid. Es war Sonja, oder?"

„Ja, es war Sonja. Es ist gut, so wie es ist. Es ist Sonja schlechter gegangen. Die Schmerzen haben zugenommen und sie war meist benebelt vom Morphium. Sie hat den Tod nicht als Feind gesehen. Und sie ist in Frieden gegangen."

„Aber", sagte Victoria fassungslos, „Wir saßen hier doch noch am Tisch und haben Karten gespielt."

„Wen der Tod im Visier hat, den holt er sich auch. Da nutzt es auch nichts, so zu tun als wäre alles in Ordnung. Sonja hat gesagt, es war die richtige Entscheidung hier herzukommen. Bitte Victoria. Schau nach vorne. Du bist lebendig und du hast soviel Kraft und das Herz am richtigen Fleck, um Dinge zum Guten hinzuwenden."

Durch das unerwartete Lob fühlte sich Victoria ein wenig besser. „Dann gehe ich mal wieder die Welt retten", wagte sie sogar einen Scherz und umarmte ihre Freundin und haucht ihr ins Ohr: „Auch Du wirst gebraucht."

Wieder auf den Weg zum Gemeinschaftshaus stellte sie erschrocken fest, dass sie erst einen Tag zuvor die notwendigen Zustimmungen für den Aufenthalt hier für den an Aids-Erkrankten Mannes in Snorres Haus erhalten hatte. Vermutlich würde er schon heute hier ankommen. Vielleicht wäre es gut, bei Lenja vorbeizuschauen, damit sie ihn begrüßen konnte. Dass sie sich ihr anschließen würde, war jenseits ihrer Vorstellung.

Gerade betrat sie das Büro, da klingelte das Telefon.
„Hallo, hier spricht Victoria", meldete sie sich eine Spur genervt. Sie hätte jetzt lieber erst mal einen Tee getrunken. Am besten „Sweet Harmony".
„Hallo", erklang eine basstönende Männerstimme aus dem Hörer.
Victoria erkannte ihn sofort. Sie hatte nicht damit gerechnet diese Stimme so schnell wiederzuhören. Eine Spur Freude kam in ihr auf, als sie sich an ihr letztes Telefongespräch erinnerte.
„Ich dachte, wir machen heute Abend das, was wir neulich vereinbart hatten", sagte die Stimme am anderen Ende der Leitung und als er Victorias Schweigen bemerkte, erklärte er,

als wäre sie begriffsstutzig: „Ich zeige Dir meine Werkstatt und wir sprechen über die Verpackung. Heute Abend."
„Heute Abend?", echote Victoria. Sie wusste selber nicht, warum ihre Intelligenz, ihr Sprachvermögen und ihre Sozialkompetenz sie plötzlich zu großen Teilen verlassen hatten. In ihrem Inneren hatte sich schon ein „Ja" herausgebildet. Es war ja auch kein Date und deshalb völlig unangebracht, wie ein verliebter Teenager zu reagieren. Es war ein geschäftliches Treffen. Und es war gut, sich zu beschäftigen. Doch die Situation machte ihr auch Angst. Auch die Free-Zone machte ihr Angst. Sie hatte ihr immer schon Angst gemacht. Auch wenn sie noch nie da war, sie nur von Hören-Sagen kannte.

„Oder hast Du es Dir anders überlegt?" fragte Matheo nun fast ein wenig barsch.
„Nein, ich komme gerne. Ich weiß nur nicht, wie ich hinkommen soll."
„Du fährst mit dem Zug in unsere Zone. Ich hole Dich dann am Bahnhof ab. Sagen wir um sechs?"
Im Kopf überschlug sie rasch, ob die Zeit realistisch sei. Sie brauchte etwa zwei Stunden dorthin, wollte bis dahin noch bei Lenja vorbeischauen und für die Koordinatorensitzung am nächsten Abend ein paar Papiere vorbereiten.
„Ja, klappt. Erkennen wir uns?"
„Was hast Du denn an?", fragte er. Es hörte sich fast sachlich an, wäre da nicht dieser belustigte Unterton in seiner Stimme.
„Eine Jeans", sie merkte gerade, dass die Beschreibung wohl auf nahezu jede zweite Frau zutreffen würde und ergänzte rasch „ ... und ein gelbes T-Shirt", weil das eines der außergewöhnlichsten Kleidungsstücke war, die sie besaß.
„Gut, Victoria. Dann bis später."
„Ja, ich freue mich", antworte Victoria wahrheitsgemäß, verschwieg aber die andere Hälfte: Die Bedenken die

langsam in immer größerer Zahl wie Zombies in der Nacht aus allen Richtungen ihres Gehirns und ihrer Seele hervorkrochen.

Sie konnte sich doch nicht ganz allein mit einem wildfremden Mann treffen, über den sie fast nichts wusste. Sie konnte doch nicht einfach so in die Free-Zone fahren, wo es gefährlich war, und wo sie eigentlich vorhatte, die Nature-Zone nie wieder zu verlassen.
Nur eine kleine Flamme des Vertrauens stand dem gegenüber. Die Stimme, die so angenehm klang, das Gefühl, diesen Mann schon lange zu kennen.

Erst nach Minuten wurde ihr klar, wie unnütz diese Gedanken waren. Sie hatte sich entschieden und sie würde jetzt nicht den ganzen Tag damit verbringen, das Für und Wieder gegeneinander abzuwägen. Es ging schließlich nur um das Cover von Teeschachteln, die ihnen verdammt nützlich sein werden.

Ein wenig Bewegung würde ihr gut tun. Victoria schwang sich auf ihr Fahrrad und radelte zu Lenja, während sie im Kopf einen Zeitplan ausarbeitete, die Zugverbindung checkte und schließlich wusste, wann sie unter der Dusche stehen sollte. Die vielen Zweifel, bösen Einflüsterungen, die zahlreichen Gefahrenmeldungen, die in ihre Gedanken dringen wollten, unterdrückte sie sorgfältig. Einzig ihr Gefühl stützte sie dabei, dass dies das Richtige war.

Dennoch war sie nicht naiv und würde Lenja von ihrem Vorhaben erzählen, einschließlich der Telefonnummer und des richtigen Namens von Matheo. Falls ihr etwas geschähe, konnte man so immerhin den Tathergang rekonstruieren, auch wenn sie nicht wusste, wie gut die Chance dafür in der Free-Zone war, in diesem nahezu rechtsfreien Raum.

Sobald Lenja ihre Freundin sah, umschlang sie sie freudig.
„Victoria, wie schön Dich zu sehen. Setz Dich doch, Ich mache uns einen Tee."
Dankbar ließ sich Victoria auf einen der bequemen Holzstühle sinken, die auf der Veranda des Gästehauses standen."
„Nanu", wunderte sich Victoria laut, als Lenja mit einem Tablett mit Tee und ein paar Keksen erschien, „sind keine Gäste da?"
„Doch, zur Zeit wohnt eine junge Frau hier. Carolin. Sie ist zwar erst seit zwei Tagen hier, wollte aber unbedingt schon die verschiedenen Arbeitsbereiche kennenlernen und sich auch selbstständig darum kümmern. Ich bin also quasi arbeitslos", lachte Lenja.
„Na dann habe ich einen neuen Auftrag für Dich." Sie erzählte Lenja von Peter und bat sie, Snorres Haus vorzubereiten und den AIDS-Kranken zu begrüßen. Ihm vielleicht ein wenig etwas über ihre Gemeinschaft zu erzählen und schauen, was er noch kann und wie ihm sein Aufenthalt hier so angenehm wie möglich gestaltet werden konnte.
Natürlich würde Lenja gerne die angesprochenen Dinge erledigen. Sie erzählte Victoria von ihren Plänen, mit Enrico zusammenzuziehen. Ihre älteste Tochter, Emma, wollte nach Ebro ziehen. Dorthin, wo Snorre jetzt auch wohnte, und ihr Haus sei dann für sie drei zu groß.
„Na klar", scherzte Victoria, „der Umzug hat natürlich rein ökonomische Gründe."
„Natürlich nicht."

Es wurde Zeit, sich zu verabschieden und Zeit, ihre weitere Bitte vorzutragen: „Lenja, ich fahre heute Abend in die Free-Zone. Ich werde dort mit einem Künstler sprechen, der ein paar Kartons gestalten soll. Es ist wichtig, weil wir so

vermutlich ein wenig mehr Geld verdienen können. Du kannst Dir sicher vorstellen, dass ich ein wenig Angst habe."
„In die Free-Zone? Alleine? Du musst verrückt geworden sein. Das ist gefährlich."
„Schon gut. Ich weiß das. Ich habe mich trotzdem dafür entschieden."
„Dann nimm Dir jemanden mit. Vielleicht Will aus dem Laden oder Kadir oder ..."
„Schon gut Lenja. Ich fahre alleine. Ich möchte Dich nur darum bitten, diesen Zettel hier aufzubewahren. Da steht drauf, mit wem ich mich treffe und eine Telefonnummer. Ich verlass mich darauf, dass Du mich rächst, falls mir etwas zustoßen sollte." Es sollte sich wie ein Scherz anhören, doch das Tempo von Victorias Sprechgeschwindigkeit war dafür eindeutig zu langsam. Das verlieh ihren Worten eher einen unbeabsichtigten Ernst.

Bevor Lenja noch etwas erwidern konnte, drückte sie ihr den Zettel in die Hand, umarmte sie, flüsterte ihr ins Ohr, dass sie ganz sicher sei, es würde alles gut gehen und dass sie sich am nächsten Tag wiedersehen würden. Vermutlich beim Frühstück und dann könnten sie zusammen Peter besuchen.

Die Lust auf den Papierkram war ihr vergangen. So machte sie sich gleich auf den Weg in ihre Gemeinschaft. Es würde bald Mittagessen geben. Und dann würde sie vielleicht einfach mal nichts tun.

## 19.

Im Zug war eine Internetstation eingerichtet. Victoria wollte es nicht, tat es aber dennoch. Sie gab den Namen Matheo Frasio in die Suchmaske ein. Es erschienen eine ganze Menge Treffer und ein Foto, bei dessen Anblick ihr Herz einen Moment aufhörte zu schlagen. Sie glaubte, auf den schönsten Rocker der Welt zu blicken. Lässig stand er neben einer Skulptur, die selbst auf dieser unprofessionellen Aufnahme eine Ästhetik und Vollkommenheit ausstrahlte, die selten war. Es handelte sich um einen gefallenen Engel, zumindest wirkte die Skulptur auf Victoria so. Dieser Engel aus Bronze oder bronziert saß erschöpft, nachdenklich, in sich gekehrt, halb resigniert auf seinem Sockel, fast so, als hätte er gerade einen wichtigen Auftrag vermasselt, als hätte er nicht nur Gott enttäuscht, sondern auch sich selber.
Der kräftige, etwa vierzigjährige Mann neben der Skulptur auf dem Foto wirkte überhaupt nicht so, als hätte er dieses filigrane Gebilde erschaffen, doch beim näheren Betrachten entdeckte sie schmale feingliedrige Hände. Doch sonst? In den Lederklamotten wirkte der muskulöse Mann eher wie der Leader eines Motorradclubs.

Ein wenig las sie in der Vita des Mannes und kam sich dabei vor wie eine Spionin. Jetzt wurde ihr auch klar, weshalb er so gelacht hatte, als sie ihn darum bat, eine Teeverpackung zu gestalten. Matheo war ein angesehener Künstler und dieser Auftrag so weit unter seinem Niveau, als hätte man einen Professor für Linguistik dazu aufgefordert das Alphabet aufzuschreiben. Wie ist ihre Zone bloß zu seiner Telefonnummer gekommen?

Zumindest brauchte sie sich keine Sorgen mehr um ihre Sicherheit zu machen. Eine so bekannte Persönlichkeit würde sie kaum vergewaltigen, töten und ihre Leiche anschließend im Wald verscharren. Auch wenn in der Free-Zone nicht alle Gesetze galten, so wurden Gewaltverbrechen genauso geahndet wie anderswo. Zumindest hatte sie davon gehört.

Genau um drei Minuten nach sechs fuhr der Zug in den Bahnhof ein. Schon auf den letzten Stationen vor der Free-Zone waren immer mehr schillernde Individualisten oder dunkel gekleidete Einzelgänger in den Zug gestiegen. Mit ihrer Jeans, dem dezent gelben T-Shit, ihrem langweiligem Haarschnitt, dem Mangel jeglicher Accessoires, von der braunen Stofftasche einmal abgesehen, kam sie sich blass und unscheinbar vor. Vermutlich würde sie die einzige Frau sein, die sich ungeschminkt in der Free-Zone bewegte. Allein daran hätte er sie erkennen können. Es war merkwürdig und sie kam sich ohne jegliches Make-up eigentümlich nackt vor, aber sie stand zu ihrer Zone. Sie würde sich also nicht durch diesen Karneval hier einschüchtern lassen.

Als sie ausstieg, wurde sie mit einer großen Anzahl an Reizen schier überflutet. Aus Lautsprechern tönte Rockmusik, unterbrochen von lockeren Ansagen über weitere Verbindungsmöglichkeiten, überall wimmelten verschiedenste Menschen umher, bunte Reklametafeln blinkten auf und buhlten um Aufmerksamkeit, alles war laut, bunt und hektisch. Victoria wäre am liebsten wieder zurück in das Zugabteil geflüchtet, wo es ihr relativ ruhig vorkam. Stattdessen blieb sie einfach stehen. Offenbar hatte ihr Gehirn genug damit zu tun, die vielen unbekannten Eindrücke zu verarbeiten, als dass es noch Kapazitäten für die Motorik erübrigen konnte.

Eine Weile musste sie so dagestanden haben. Die meisten Menschen waren inzwischen ausgestiegen, der Bahnsteig leerte sich merklich, auch wenn immer noch so viele Menschen hier waren, wie sie sie gewöhnlich nicht in einer ganzen Woche sah.
Der Mann, den sie sich auf der Internetseite im Zug angesehen hatte, schritt wie ein Eisbrecher, der die Menge teilte, auf sie zu: Matheo. Er sah genauso aus. Nur eben in echt: Sein muskulöser Körper steckte in Rockerkleidung: Lederhose, Kutte, Motorradstiefel. Das markante Gesicht wirkte fast ein wenig ungepflegt, zumindest hatte es seit Tagen keinen Rasierapparat gesehen. Es wirkte aber nicht absichtlich so, wie bei den Männern in der Safe-Zone, die mit ihrem gepflegten Drei Tage Bart kokettierten, sondern eher so, als hätte er es einfach vergessen, sich zu rasieren.

Noch immer funktionierte ihr Körper nicht. Aber immerhin gelang es ihr, ein wenig zu lächeln. Er tat das Gleiche. Inzwischen trennten sie nur noch ein paar Meter. Doch in seinem angedeuteten Lächeln glaubte sie auch, so etwas wie Spott zu entdecken. Und plötzlich war ihr ihr Anliegen peinlich. Mit einer derartigen Berühmtheit über Teeschachteln zu sprechen, war völlig verfehlt. Warum zum Teufel hatte er dieses Treffen vorgeschlagen? Wollte er sie brüskieren? Sich auf ihre Kosten und ihr Zuhause lustig machen? Ihr seine Werkstatt zu zeigen, war mehr Ehre, als ihr gebührte.

„Hallo Victoria", sagte er, als er sie erreicht hatte. Es klang freundlich.
„Hallo Matheo", erwiderte sie, bemüht, den gleichen freundlichen Tonfall zu treffen, sich ehrlich Mühe gebend, ihre letzten Gedanken erst einmal beiseite zu schieben.
„Meine Werkstatt ist ein paar Kilometer weiter weg. Komm."

Völlig überraschend, dennoch so, als wäre es eine gewohnte Routine, nahm er ihr ihre Tasche ab, die weder groß noch schwer war, drehte sich um und schritt, den Exit-Schildern folgend, über den mit Zigarettenstummeln und Fastfood-Verpackungen übersäten Asphalt des Bahnsteigs.

Ihre Sorge angestarrt zu werden, weil sie so anders aussah, erwies sich als unbegründet. Es herrschte eine spürbare Atmosphäre der Freiheit und Akzeptanz, so wie es früher einmal in Berlin war. Sie hätte nackt herumlaufen können und niemand hätte sich nach ihr umgedreht. Es war ein wohltuend vorurteilsfreier Raum.

Ihre Bewegungsfähigkeit war zu großen Teilen zurückgekehrt Weil sie die vielen intensiven Sinneseindrücke nicht verarbeiten konnte, starrte sie auf Matheos Rücken: Auf ein Emblem eines ihr unbekannten Motorradclubs. Es waren Vögel darauf zu sehen, die über eine naturbelassene Landschaft flogen. Auch als sie den Ausgang erreichten und den Bahnhof verließen, war es kaum weniger unübersichtlich: Auf der Straße standen dicht an dicht mehr oder weniger ramponierte Autos, manche Autofahrer hupten ungeduldig, so weit sie blickte, sah sie fünf- oder sechsstöckige Häuser, übersäht mit Leuchtreklamen, im Erdgeschoss waren Geschäfte untergebracht, hauptsächlich Klamottenläden oder Fastfood-Restaurants, Piercing-Studios, Discotheken.

Menschen drängelten sich in die eine oder andere Richtung, manche standen herum mit Pommes oder einem Burger, einer Zigarette oder einer Flasche Bier in der Hand, Frauen in kurzen Röcken und tief ausgeschnittenen T-Shirts hielten nach Freiern Ausschau, auch einige junge Männer in engen Lederhosen und schwarzen Netz-T-Shirts waren offenbar mit der gleichen Absicht zu sehen. Es stank. Victoria musste den Impuls unterdrücken, sich die Nase zuzuhalten, konnte kaum einen Brechreiz unterdrücken. Es war eine Mischung aus Zigarettenrauch, abgestandenem Bier, Abgasen, Schweiß, verschiedenen Essensgerüchen, Urin und einigem mehr. Alles machte einen entsetzlichen Lärm. Schon nach diesen wenigen Minuten, in denen sie in der Free-Zone war, fühlte sie sich gestresst und völlig erschöpft.

Neben dem Motorrad, welches Matheo ansteuerte, stand ein junger schmächtiger Mann, wohl nicht älter als sechzehn Jahre, mit zwei Motorradhelmen in der Hand. Matheo gab ihm etwas Kleingeld, woraufhin der Junge die Helme übergab und verschwand. Einen davon reichte er ihr: „Hier, der müsste Dir passen. Mit dem Motorrad kommen wir einigermaßen durch den Verkehr."
Als er in ihr erschrockenes Gesicht sah, fügte er hinzu: „Es ist doch in Ordnung für Dich? Ich bin ein guter Motorradfahrer."
Es war gute zwanzig Jahre her, dass sie das letzte Mal als Sozius auf einem Motorrad saß. Damals war sie mit ihrem damaligen Freund an die See gefahren. Nachdem sie ihre anfängliche Angst überwunden hatte, fand sie es sogar angenehm. Aber sich durch dieses Chaos zu winden, erschreckte sie. „Meine Güte", dachte sie, „Was bin ich für ein Weichei geworden." Beherzt griff sie nach dem Helm, sagte: „Ja, wird schon gehen", und rang sich ein Lächeln ab.
Matheo lächelte einen Moment zu lange zurück. Sein durchdringender Blick mit dieser Spur von Spott haftete auf ihr, dass ihr ein kühler Schauer über den Rücken fuhr, obgleich es ziemlich heiß war.

Tatsächlich war es nicht so schlimm, wie sie befürchtet hatte. Sobald das Motorrad das Bahnhofsgelände hinter sich gelassen hatte und etwas schneller als im Schneckentempo vorwärtskam, weckte der Fahrtwind ihre Lebensgeister. Die erzwungene Nähe zu diesem ihr nahezu unbekannten Mann gefiel ihr merkwürdigerweise, das Durcheinander um sie herum, wirkte eher lebendig, der Gestank und die Geräusche waren durch den Helm gedämpft. Fast fühlte sie sich angenehm aufgeregt. Wie lange hatte sie schon kein Abenteuer erlebt? Wie sehr hatte sie geglaubt, Abenteuer wären nichts für Leute über vierzig?

Nach zehnminütiger Fahrt hielten sie in einer Sackgasse. Matheo half ihr vom Motorrad hinunter, holte ihre Tasche aus einer der am Motorrad montierten Transportboxen heraus und ging schweigsam auf einen der Hauseingänge zu. Offenbar war er kein Mann der vielen Worte. Victoria war es Recht. Sie hatte genug damit zu tun, die vielen neuen Eindrücke zu verarbeiten. Durch einen Durchgang und eine weitere Tür gelangten sie in einen unverhofft großen Raum, fast eine Halle.

Auf das, was sie jetzt sah, war sie nicht vorbereitet. Die Halle war voller Engel, die in verschiedensten Arten und mit unterschiedlichen Materialien hergestellt worden waren. Teils auf riesigen Bildern gemalt mit Acrylfarben, teils hingen sie von der Decke, hergestellt aus einem leichten Material, vielleicht aus Pappmachee, überall auf Sockeln mit Figuren darauf aus Bronze oder Holz. Manche Werke waren fertig, andere halbfertig, bei wieder anderen erahnte man die Idee. Diese Vielfalt und Präsenz der Kunstgegenstände raubte ihr den Atem. Sofort erkannte sie deren künstlerischen Wert. Kurz danach, dass es sich bei all den Engeln, wie auch bei der Abbildung der Figur aus dem Internet, um gefallene Engel handelte. Einige weiblich, andere männlich, ein Teil mit Flügeln, andere nicht, manche bedrohlich, andere fast unscheinbar.

„Es ist überwältigend", flüsterte sie. Ich möchte sie alle sehen. Ich möchte mir alle genau ansehen."
„Nur zu", sagte Matheo, über ihre Reaktion offenbar erfreut, „ich hole uns etwas zu trinken."

Eine gute Stunde musste sie damit zugebracht haben, Matheos Werke zu betrachten. Das hingehaltene Glas Wasser trank sie nahezu unbewusst, ohne den Blick abwenden zu können. Ein Skizze auf einem der Arbeitstische hatte sie gefangengenommen: Ein Engel, kopfüber, scheinbar im freien Fall vom Himmel auf die Erde oder in die Hölle, zeigte ein schmerzverzerrtes Gesicht, mit weit aufgerissenen Augen, als wüsste er nicht, was mit ihm geschieht. Bei genauerem Hinsehen entdeckte sie im Hintergrund noch viele weitere Engel: Hinabstürzend ohne Halt, die mächtigen Flügel waren nutzlos geworden.

Sie hatte sich immer noch nicht sattgesehen, da trat Matheo neben sie. „Komm, ich habe etwas zu essen vorbereiten lassen."
Widerstrebend folgte sie ihm, nach wie vor tief beeindruckt von seinen Werken. Er führte sie in einen kleinen Patio, eine kleine, grüne Oase inmitten grauer hässlicher Wände, mit alten dreckigen Fenstern. Auf dem mit blauen Fliesen ausgelegten Boden stand ein Tisch mit einer weißen Tischdecke, gedeckt wie in einem guten Restaurant. Daneben und drum herum farblich geordnete Blumentöpfe in verschiedenen Lilatönen mit Lavendel, Clematis, Iris, Gladiolen, Wicken, Veilchen in allen möglichen Größen, weiß und lila blühend, darum ein wenig Rasen, zwei Bäume und ein schäbiger Schuppen, ein Haufen mit Altmetall. Es war eine merkwürdige Mischung zwischen Verwahrlosung und Ästhetik. Im Hintergrund war Klaviermusik zu hören, die Victoria als Bachs Wohltemperiertes Klavier identifizierte.

Galant rückte Matheo ihr den Stuhl zurecht und gleich darauf erschien ein junger Mann, der zwar nicht aussah wie ein Kellner, doch genau diese Rolle übernahm. Er hatte ein schlichtes schwarzes T-Shirt an, eine Jeans und Turnschuhe. In den Händen ein Tablett mit einer Schüssel Salat. Auf Victorias fragenden Blick hin stellte Matheo ihn vor: „Das ist Oliver, ein Schüler von mir. Zusätzlich kümmert er sich ein wenig um den Haushalt."

„Hallo Oliver", sagte Victoria. Der nickte, deutete ein Lächeln an und fragte, ob er Victoria Wasser einschenken dürfe, nachdem er den Salat auf den Tisch gestellt hatte. Nicht ohne eine gewisse Eleganz häufte er Victoria und Matheo Salat auf ihre Teller und zog sich dann in das Haus zurück. Das Verhalten war ihm offenbar antrainiert worden.

„Die Engel, die gefallenen Engel sind … mir fehlen die Worte … sind faszinierend. Ich bin beeindruckt. Sie sind herausragend, ausdrucksstark, so menschlich und gleichzeitig fern von dieser Welt. Wie bist Du darauf gekommen?"

„Sie sind wie wir", antwortete Matheo mit ernstem Gesicht, doch an seinen Augen erkannte sie die Freude darüber, dass sie seine Arbeit zu schätzen wusste. Und fuhr fort: Kunst ist doch immer ein Spiegel. Man erkennt eine spezielle Seelenschicht wieder, erblickt sich auf einer tiefen nichtsprachlichen Ebene."

„Wir sind wie gefallene Engel, weil wir zu schwach sind für das richtige Leben, für die Ansprüche, die an uns gestellt werden oder die wir an uns selber stellen", sagte Victoria zwischen zwei Gabeln Salat.

„So ungefähr."

Victoria merkte selber, dass ihrer Interpretation die Intensität und Gewalt fehlte, die in den Bildern und Skulpturen so zum Ausdruck kam, doch konnte sie es nicht besser formulieren. Nur das eine Wort fiel ihr ein: Höllensturz. Das käme dem näher.

„Es ist viel mehr, viel intensiver. Ein Höllensturz. Schlimmer als der Tod."
„Ja", bestätigte Matheo, „ein Höllensturz. „Eine unverzeihliche Tat, manchmal ein unverzeihlicher Gedanke. Die Bibel gibt ein paar Gründe an. Die wichtigsten sind Streben nach Gottgleichheit, Stolz, Willensfreiheit und natürlich Lust."

Victoria erinnerte sich gut an ein paar Bilder mit schönen Frauen oder Männern, die ganz offenbar unter ihrer unverkennbaren sexuellen Lust litten, dieser ausgeliefert waren, dem Drang nach Befriedigung nicht nachgeben konnten und sich so in eine erbarmungslose Dunkelheit stürzten.

Matheo ergänzte: „Es ist der alte Kampf zwischen dem Guten und den Bösen. Die gefallenen Engel haben ihn verloren."

Oliver war wieder zu ihnen getreten, räumte die Salatteller ab, goss Wasser nach und fragte, ob er den nächsten Gang servieren dürfe. Mit einem Nicken bejahte Matheo die Frage und sagte zu Victoria: „Ich habe ein leichtes Gemüsecurry zubereiten lassen und einen frischen Pinot Grigio dazu ausgewählt. Ich hoffe es ist Dir recht?"
„Aber ja, natürlich. Danke, dass Du meine Essgewohnheiten berücksichtigst. Es ist ein wunderschöner Abend."
„Es ist schön, dass Du mein Gast bist", erwiderte Matheo lächelnd.
Hast Du all diese selber Werke erschaffen? Ich meine, es sind so viele und sie sind so vielseitig: Bilder, Skulpturen aus unterschiedlichen Materialien."
„Jeder Künstler ist auch ein Besessener. Ein Getriebener. Aber Manches lasse ich auch von meinen Schülern ausarbeiten."

Schon jetzt wünschte sich Victoria, dieser Abend möge nie vergehen. Es war wie ein Traum, inmitten dieser Blumen mit einem so intelligenten und höflichen Mann zu speisen, dessen ganze Aufmerksamkeit unverhofft und unverdient ihr zu Teil wurde. Sie schämte sich wegen ihrer Sicherheitsmaßnahmen und auch über ihr eigentliches Anliegen.

Inzwischen hatte Oliver das Curry abgeräumt, was hervorragend geschmeckt hatte und ein Erdbeersorbet serviert. Er hatte auch immer wieder Wein nachgegossen, doch schien es so, als hätten sowohl Matheo als auch sie selber darauf geachtet, dass es nicht zuviel wurde. In dieser Gesellschaft, dieser zauberhaften, fast magischen Umgebung wäre ein Mangel an Klarheit durch Alkohol so gewesen, als würde man die lichte Küste der Ägäis mit einer zu dunklen Sonnenbrille betrachten, als würde man ein Konzert von Beethoven unter Wasser hören oder Liebesschwüre über das Telefon vermitteln. Es war Fest für die Sinne genug.

Als hätte Matheo ihre Gedanken gelesen, sagte er: „Lass uns über die Teeverpackung sprechen." Er sagte es ganz ernst. So als wäre es ein angemessenes Thema, ein angemessener Auftrag für diesen Mann, der Engel so darstellen konnte, dass sie direkt in die Seele fielen und der sicher weder einen Mangel an Aufträgen, Geld, Ruhm oder irgendetwas hatte.

Fast schon lag ihr die Entschuldigung auf der Zunge, eine Bitte, sich nicht mit so etwas profanen wie Teeverpackungen zu beschäftigen, als ihr klar wurde, dass Matheo sie und ihr Anliegen tatsächlich ernst nahm. Er hatte seinen Kopf leicht schräg geneigt, seine Gesichtszüge wirkten weich, sein Blick ruhte in den ihren.

So begann sie ihm von ihrem Teeprojekt zu erzählen, erwähnte, dass sie Geld bräuchten und dies eine gute Möglichkeit wäre. „Nun", schloss sie, „unsere Verpackungen müssen die Leute in der Safe-Zone natürlich ansprechen. Dort zählt die Verpackung ja bekanntlich mehr als der Inhalt. Wir können so etwas nicht. Es gibt bei uns kaum Leute, die künstlerisch begabt sind. Zumindest nicht auf diesem Niveau." Fast hätte sie hinzugefügt: Und die so kultiviert sind wie Du.

Schmerzlich wurde Victoria bewusst, wie sehr sie Kultur vermisste: Konzerte, Museumsbesuche, Gespräche über herausragende Artikel aus der Zeitung. Bei ihnen in der Nature-Zone ging es eigentlich immer nur um deren eigenes kleines Glück: Um das eigene, das der Gemeinschaft, das der Zone. Zufriedenheit ergab sich aus einer mehr oder weniger handwerklichen Arbeit und dem warmen Strom der ständigen liebevollen menschlichen Kontakte.

„Immerhin haben wir für die Teemischungen schon Namen erfunden", ergänzte Victoria ihren Vortrag. Matheo hatte ihr zugehört, ab und zu genickt. Dieser massige Mann, der wie ein Rocker aussah, zeigte in ihrem Gespräch soviel Einfühlungsvermögen, dass es Victoria nicht mehr peinlich war, über Teeverpackungen zu sprechen, dass sie sogar die Angst vor einer Absage verlor.

„Was habt ihr Euch für Namen ausgedacht?"
Victoria lächelte und zählte die spleenigen Ideen von Kadir und seinem Team auf: „Spiritual wings: Pfefferminze, Lindenblüten und Brombeerblätter, „Sweet Harmonie": Fenchel, getrocknete Apfelstückchen und Kamille „Just do it": Zitronenmelisse, Erdbeerblätter, Holunderblüten und Rosmarin. Die Jungs haben so viel Spaß daran, dass ich

glaube, dies ist erst der Anfang. Wir werden noch die ganze Welt mit unseren Teemischungen beglücken."
Auch Matheo lachte. Dann versenkte er seine dunkelblauen Augen in die ihren: „Du kannst mir bei dem Design helfen."
Fast hätte Victoria laut aufgelacht. Sie hatte weder jemals mit einem Pinsel noch mit einen Klumpen Ton etwas Ästhetisches zustande gebracht. Alles sah später schlimmer aus als vor ihrer Behandlung. „Oh, ich bin künstlerisch völlig unbegabt. Bestenfalls bin ich eine halbwegs annehmbare Kunstbetrachterin."

„Victoria", jetzt sah Matheo ernst aus. Seine Augen fixierten sie, dass ihr abwechselnd heiß und kalt wurde, „Jeder Mensch ist ein Künstler. ... Lass dich fallen."

„Lerne Schnecken zu beobachten. Pflanze unmögliche Gärten", ergänzte Victoria.

„Lade jemand Gefährlichen zum Tee ein", ergänzte Matheo.

„Mache kleine Zeichen, die "Ja" sagen und verteile sie überall in deinem Haus", ergänzte Victoria.

„Werde ein Freund von Freiheit und Unsicherheit", ergänzte Matheo.

„Freue dich auf Träume", ergänzte Victoria.

„Weine bei Kinofilmen", ergänzte Matheo.

„Schaukel so hoch du kannst mit einer Schaukel bei Mondlicht", ergänzte Victoria.

„Pflege verschiedene Stimmungen", ergänzte Matheo.

„Verweigere "verantwortlich" zu sein", ergänzte Victoria.

„Tu es aus Liebe", ergänzte Matheo.

„Mach viele Nickerchen", ergänzte Victoria.

„Gib Geld weiter. Tu es jetzt. Das Geld wird folgen", ergänzte Matheo.

„Glaube an Zauberei", ergänzte Victoria.

„Lache viel", ergänzte Matheo.

„Bade im Mondlicht", ergänzte Victoria.

„Träume wilde, phantasievolle Träume", ergänzte Matheo.

„Zeichne auf die Wände", ergänzte Victoria.
„Lies jeden Tag", ergänzte Matheo.
„Stell dir vor, du wärst verzaubert", ergänzte Victoria.
„Kichere mit Kindern", ergänzte Matheo.
„Höre alten Leuten zu", ergänzte Victoria.
„Öffne dich, tauche ein, sei frei", ergänzte Matheo.
„Segne dich selbst", ergänzte Victoria.
„Lass die Angst fallen", ergänzte Matheo.
„Spiele mit allem", ergänzte Victoria.
„Unterhalte das Kind in dir", ergänzte Matheo.
„Du bist unschuldig", ergänzte Victoria.
„Baue eine Burg aus Decken", ergänzte Matheo.
„Werde nass", ergänzte Victoria.
„Umarme Bäume", ergänzte Matheo.
„Schreibe Liebesbriefe", schloss Victoria.

Dieses Gedicht von Joseph Boys hatte sie als Jugendliche geliebt. Es war wie ein Versprechen an das eigene Ich. Es erzählte über den eigenen Wert, die Möglichkeit sich in die Welt zu tragen und Resonanz zu finden, von Freiheit, Liebe und Unerschrockenheit.

Dieses Gedicht hatte sie begleitet und ihr Mut gemacht. Es war wie ein Mantra gewesen. Sie hatte es jeden Tag aufgesagt, in der Hoffnung, dadurch würde sie sich verändern und dann irgendwann, irgendwie war es doch in Vergessenheit geraten. Sie war abgebogen, hatte einen anderen Weg genommen. Aber jetzt war es in seiner ganzen schönen Kraft wieder da.

Matheo hatte offenbar genau das verwirklicht. Vielleicht hatte er es genauso oft wie sie rezitiert. Er aber hatte damit weitergemacht bis es sein Leben durchdrang, ihm Flügel wachsen ließ.

Eine Weile schwiegen sie, beide in Gedanken vertieft. Matheo nahm das Gespräch wieder auf: „Lass uns überlegen, wie wir die Verpackungen gestalten. Dieser Moment der Intimität schien vorüber zu sein. Hatte er Matheo erschreckt? Wollte er sich deswegen wieder sachlicheren Themen zuwenden?

Auch Victoria hatte bemerkt, wie sich ihr Blut aus der Peripherie herausgezogen hatte und zum Herzen strömte, es mit warmer Energie versorgte. Sie schluckte, sammelte sich.

„Vielleicht Ornamente, japanische Symbole", ihre Stimme klang schon fast wieder normal.

„Ja, red weiter, was für Symbole. Denk an „Sweet Harmonie"."

„Ich sehe einen Buddha vor mir. Vollständig entspannt, vielleicht auch so eine Art Wimmelbild, wie sie früher auf Haferflockenpackungen zu finden waren. Nur eben edler und schöner. Vielleicht ein Band um die Packung herum, wie ein Geschenkband."

Immer klarer wurde das Bild des kleinen Kartons. Verwundert über ihren eigenen Einfallsreichtum hielt Victoria inne.

„Ich kann es sehen", sagte Matheo. „Welche Farben siehst Du?"

„Eher gedeckte Farben: Schwarz, dunkelgrün, dunkelblau. Vielleicht ein sehr angenehmes lila."

"Was ist mit „Let's go"?"
„Das gleiche Design. Ein Wimmelbildband um die Schachtel herum. Ebenfalls mit Symbolen. Als Hauptsymbol vielleicht ein versetztes Yin-Yang-Zeichen. Der Hintergrund ein Gelb? Nein, ich bleibe bei den dunklen edlen Farben. Eher ein gedecktes rot, fast schon ein braun."

„Wie stellst Du Dir den Schriftzug vor?", fragte Matheo weiter.

Die Schrift sollte in dem gleichen Ton gehalten sein. Ein paar Nuancen heller oder dunkler. Keine verspielte Schrift, eine mit Kraft, dennoch elegant. Sie sollte nicht zu viel Platz einnehmen."

„Spiritual Wings", fuhr sie ohne weitere Aufforderung fort, „würde ich umbenennen in „Dragon wings". Dazu also kleine fliegende feuerspeiende Drachen."

„Wunderbar", sagte Matheo. „So machen wir's."

„Du wirst die Schachteln für uns gestalten?", fragte Victoria, die ihre Verwunderung weder verbergen wollte noch konnte.

„Ja, das will ich."

Er begründete seinen Entschluss nicht. Victoria vermutete, es steckte mehr dahinter als ein Gefallen, weil er sie so sympathisch fand. Aber was?

Nachfragen wollte sie nicht. Womöglich konnte das seine Entscheidung revidieren. So murmelte sie nur ein: „Danke, es bedeutet uns viel."

„Komm, ich bringe Dich zum Bahnhof. Unsere Züge fahren zwar die ganze Nacht durch, doch ich glaube, dein Anschlusszug zu Deiner Zone tut das nicht."

„Oh", sagte Victoria.

Den Rückweg verbrachte Victoria nahezu gedankenlos. Zunächst genoss sie die Fahrt auf dem Motorrad, die Nähe zu Matheo. Auch die Lichter, der Dreck, die Lautstärke, der Gestank, die vielen merkwürdigen Menschen erschienen ihr weniger bedrohlich, fast aufregend. Sobald Matheo das Motorrad auf dem Bahnhofsvorplatz abgestellt hatte, kam ein Junge auf sie zu, es war aber ein anderer als zuvor, grüßte Matheo mit einem Nicken und nahm ihnen die Helme ab und postierte sich neben dem Motorrad.

Der Zug stand bereits am Gleis. Eile war geboten. Matheo ergriff ihre Hand: „Es hat mich gefreut, Dich kennenzulernen." Fast hörten sich seine Worte zu förmlich an, doch war da wieder dieses angedeutete spöttische Lächeln."

„Ich danke Dir für den schönen Abend. Und dafür, dass Du uns hilfst. Auf Wiedersehen, Matheo."

„Auf Wiedersehen, Victoria."

Die Zugfahrt ging spurlos an ihr vorbei. Sie verfiel in unbewusste Gedankenströme, denen sie sich willig hingab, keinerlei Interesse daran irgendetwas davon ins Bewusstsein zu holen.

Mit dem Fahrrad ging es nicht minder unbewusst durch die warme Nacht, zu ihrem Haus, in ihr Bett und dort tobten sich ihre Eindrücke in wilden Träumen aus.

## 20.

Victoria konnte noch nicht lange geschlafen haben, als sie vom lauten Klopfen an der Tür geweckt wurde. Müde quälte sie sich aus dem Bett, die Spur der Träume noch im Gehirn, doch sobald sie mit beiden Beinen auf dem Boden stand, waren sie verschwunden. Lenja stand vor der Tür, schaute sie mit besorgtem Gesicht an.
„Du hast es überlebt." Lenja schloss ihre Freundin in die Arme. „Ich habe mir Sorgen gemacht. Du bist nicht zum Frühstück gekommen."
„Schon gut", beruhigte Victoria ihre Freundin, „Ich bin hier gut wieder angekommen. Und wir bekommen wundervolle Teeschachteln von einem großen Künstler."
Victoria lächelte, als sie an Matheo dachte. Was für ein Mann.
„Aber das ist ja großartig", freute sich Lenja „Komm, zieh Dir was an, wir gehen zum Gemeinschaftshaus, da kannst Du frühstücken und dann schauen wir, ob Peter angekommen ist.
Jetzt war es Victoria, die ihre Freundin an sich zog und drückte: „Du bist die beste Freundin der Welt."

Peter war noch nicht da. Lenja verkündete, das Haus etwas für seine Ankunft vorzubereiten. Sie schickte Victoria weg, nachdem sie ihren verstörten Gesichtsausdruck gesehen hatte. Vor Snorres altem Haus zu stehen, hatte sie mehr aufgewühlt, als sie gedacht hatte. „Vic, ich mach das schon. Geh nur. Du hast in Deinem Büro sicher genug zu tun."
„Ja, danke", hauchte Victoria, „ich komme später noch einmal vorbei."

„Machs einfach, wie es für Dich richtig ist. Wir sehen uns beim Mittagessen."

An den meisten Nachmittagen wurden alle Bewohner der Union, die sonst nichts Wichtiges zu tun hatten, zur Obsternte herangezogen. Das Obst der vielen Nutzbäume, die an den Wegen und auf den Wiesen standen: Aprikosen, Kirschen, Pflaumen. Auch an den Sträuchern waren die meisten Beeren reif: rote und schwarze Johannisbeeren, Stachelbeeren, Erdbeeren. Himbeeren. Einen Teil davon würden sie frisch verkaufen, einen anderen selber verzehren und einen dritten verwerten: zu Marmelade verkochen, einwecken und Einiges würde auch für den Winter in den Tiefkühltruhen landen.

Heute sollten Beeren geerntet werden. Victoria war froh, aus ihrem Büro heraus und in Bewegung zu kommen. In drei Tagen würde die Parlamentssitzung stattfinden. Sie wollte die Gelegenheit nutzen, sich umzuhören, wie das Interesse daran war. Zufälligerweise machte sie sich zunächst mit Anja an einem Strauch mit schwarzen Johannisbeeren zu schaffen.

„In drei Tagen ist die Parlamentssitzung", leitete Victoria das Gespräch ein, „wirst Du Dir die Übertragung anschauen? Oder hinfahren?"

„Ich?", Anja lachte. „Ich war vor zwei Jahren einmal da. Mein Bedarf an der großen Politik ist damit erst einmal gedeckt. Es gehen natürlich zwei Tajo-Leute hin. Thorben ist dabei und Angelika aus Tajo 1 glaube ich. Vielleicht sehe ich mir die Übertragung im Unionshaus an."

„Vermutlich wird es spannend werden", erwiderte Victoria, „gerade jetzt, wo es um finanzielle Schwierigkeiten geht. Es müssen Entscheidungen getroffen werden, wie wir damit umgehen wollen. Die betreffen dann jeden."

„Ja, ich weiß. Man muss aber dafür geschaffen sein. Ich bin nicht so. Ich kümmere mich gerne um unsere kleine Gemeinschaft. Ich besuche Kranke und bringe ihnen etwas zu essen vorbei, ich arbeite gerne. Es gefällt mir sogar, Beeren von den Sträuchern zu zupfen. Aber das ... diese stundenlangen Diskussionen mit so vielen Leuten."
„Ich finde als Sprecherin unserer kleinen Gemeinschaft machst Du Deinen Job hervorragend", versuchte Victoria noch einen Anlauf.
„Für mich ist das eher ein sozialer, denn ein politischer Akt", erwiderte Anja. Es ist wie ein Gespräch am Familientisch. Alle machen zusammen Pläne für die Zukunft. Jeder wird gehört. Du hast also einen Antrag zur Teilnahme gestellt?"
„Ja, ich werde hinfahren. Ich bin schon ganz aufgeregt."

Die meisten Menschen, mit denen Victoria sprach, sagten Ähnliches wie Anja. Es war entmutigend. Sie hatte sich ein größeres Engagement erhofft: Wildes Interesse, Kampfgeist, basisdemokratisches Pflichtgefühl. Dann erinnerte sie sich daran, dass sie vermutlich selber Parlamentssitzungen gemieden hätte. Bevor sie Koordinatorin wurde, hatte sie sich stets nur um ihre kleinen überschaubaren Bereiche gekümmert und eisern daran festhalten. Hatte sie sich verändert? Oder gab es einfach Menschen, die für Politik nicht geschaffen waren? War sie so ein Mensch? Oder war sie nun, wo sie gezwungenermaßen mit diesen Dingen beschäftigt war, quasi erweckt worden? Es wäre gut, erst einmal Thorben aufzusuchen und mit ihm darüber zu sprechen.

Immer wieder, selbst während sie mit anderen sprach, hatte sie flashbacks vom gestrigen Abend, die mal erwärmten, mal ihr einen wohligen Schauer über den Rücken jagten. Immer noch staunte sie über ihre Kreativität, was sie allein der Anwesenheit von Matheo zuschrieb. Würde er davon etwas umsetzen? Würde er überhaupt die Verpackungen gestalten? Oder waren es nur leere Worte? Würde sie ihn wiedersehen?

Sie fand Thorben vor einem Stachelbeerstrauch hockend. Er arbeitete jetzt in der Tischlerei. Die Handwerker nahmen sich aber meist für die Erntetage frei.
„Thorben, ich habe gerade mit ein paar Leuten über die Parlamentssitzung gesprochen. Du bist dabei oder?"
„Ja, ich bin dabei. Warum guckst Du so betrübt?"
„Die Sitzung ist wichtig. Es gibt vieles zu besprechen und zu entscheiden. Jeder könnte hinfahren und sich da einbringen. Aber ... die meisten sind nicht interessiert daran. Nicht einmal an der Übertragung."
„Victoria, ich freue mich über Dein Engagement. Schön, dass Du mitkommst. Urteile nicht so hart über Deine Mitmenschen. Es ist auch ein Ausdruck von Zufriedenheit, wenn man sich nicht für die große Politik und die großen Entscheidungen interessiert. Ich denke, die Menschen vertrauen ihren Vertretern. Und die Übertragungen in den Unionshäusern sind dann am Ende doch ganz gut besucht. Auch wenn es für viele so eine Art Kaffeeklatsch und Familientreffen ist."
„Wie denkst Du über die große Politik?", wollte Victoria wissen. Sie hatte Thorben eher als bodenständig erlebt und nur mäßig interessiert an weitreichenden Fragestellungen. Aber vielleicht hatte sie sich geirrt?
„Für mich ist diese Zone wie ein Kind. Sie darf sich entwickeln und verändern, aber ich will nicht, dass sie sich zu weit von ihrem Wurzeln entfernt oder gefährdet wird."
„Vermutlich wird es eine Abstimmung darüber geben, wie mit den Schulden umzugehen ist, die wir angehäuft haben."
„Ja, ich weiß."
„Welchen Weg hältst Du für den besten?"

„An den Ausgaben können wir nicht besonders viel sparen. Die Einschnitte würden uns zu stark beeinträchtigen. Dann bliebe also nur die Einnahmen zu erhöhen. Wir haben einen ökologischen und sozialen Vorbildcharakter. Wenn die Welt weiter bestehen soll, müssen wir offiziell deutlich mehr unterstützt werden. Das ist zu erwirken."
Ein wenig erschrak Victoria über Thorbens Worte: „Wir können uns doch nicht nur auf andere verlassen. Die Normal-Zone ist inzwischen so mit der Wirtschaft verquickt. Die können gar keine vernünftigen Entscheidungen mehr treffen."
„Wir müssen sie eben überzeugen."

Der Strauch war abgeerntet. Thorben wandte sich um. „Wir werden heute Abend auf unserer Gemeinschaftssitzung noch einmal darüber sprechen. Ich bin euer Sprecher. Ich habe zwar auch eine eigene Meinung, aber ich respektiere die Meinung der Gemeinschaft und werde sie angemessen vertreten."

An den großen Kübeln, in die sie die Beeren sortiert nach Güteklassen hineingaben, traf Victoria Lenja: „Hi, Vic, du siehst ja immer noch aus wie ein Geist. Ich dachte, Du hättest Dich gestern Abend amüsiert?"
„Hab' ich auch. Es ist eben nur ziemlich spät geworden. Ist Peter inzwischen angekommen?"
„Ja, alles super. Ist ein netter Mann und total dankbar, dass er hier sein darf. Unsere neue Krankenschwester ist ja echt ne Wucht. Irgendwie hat sie es hinbekommen, dass Peters Bett auf der Veranda steht, trotz all dieser Kabel und Maschinen, mit denen er verbunden ist."
„Dann haben wir also eine gute Tat getan?"
„Auf jeden Fall. Was hast Du so lange in der Free-Zone gemacht? Ist es wirklich so verstörend dort?"

„Das kann man wohl sagen", sagte Victoria und beschrieb ihrer Freundin das Übermaß an Sinneseindrücken, den Gestank, den Lärm, den Dreck. Von Matheo erzählte sie nicht viel. Sie war noch nicht bereit, den tiefen Eindruck, den er bei ihr hinterlassen hatte, zu teilen.

Bevor Victoria zum Abendessen ging, zwang sie sich, zu Snorres altem Haus zu gehen. Es verwirrte sie zu spüren, wie schwer es ihr fiel und wie wenig sie mit Snorre abgeschlossen hatte. Nach wie vor vermisste sie seinen Atem auf ihrer Haut, seine warme Stimme, sein Lächeln, wenn sie sich zum Essen im Gemeinschaftshaus trafen, seine Geduld, mit der er ihr so vieles erklärte, was sie ohne ihn niemals verstanden hätte. Ihn verloren zu haben, hatte etwas in ihr zerstört. Es war wie eine Naturkatastrophe oder ein Gewaltverbrechen, was unerwartet und unverschuldet über einen hereingebrochen war. Sie wusste, dass das Leben eben so war. Es aber zu erfahren, zeigte, dass jede gefühlte Sicherheit eine Illusion war.

Je näher sie dem Haus kam, desto stärker wurde das verlorene Gefühl. Sie konnte zwar das Geschehene nicht verändern, aber sie wollte bestimmen, was es mit ihr machte, auch wenn ihr klar war, dass dies ein Gefecht in mehren Etappen war. Nur weil sie ungerechterweise verlassen wurde, konnte sie nicht den Rest ihres Lebens in diesem klirrenden Schwebezustand leben. Sie brauchte das Gefühl, festen Boden unter den Füßen zu haben. War es nun eine Selbsttäuschung oder nicht.

Unverhofft fand sie Peter nicht im Pflegebett, sondern auf einem Korbsessel auf der Veranda vor. Neben ihm ein Gerät mit einer Maske dran, die er sich gerade ans Gesicht drückte. Neben Peter stand ein Mann: Eher klein, vielleicht Ende 30, mit kurzem schwarzen Haar und einer dynamischen

Ausstrahlung. Das musste Dr. Kahli sein. Victoria lächelte. Es war schön, ihn endlich persönlich kennenzulernen. Vermutlich nahm er ihr Lächeln persönlich, denn leicht irritiert aber freundlich erwiderte er ihr Lächeln, denn er konnte ja nicht wissen, wer sie war.
„Hallo", begrüßte Victoria den Gast, „Sie müssen Doktor Kahli sein. Ich bin Victoria. Wir hatte ein paar Mal miteinander telefoniert."
Sie tauschten ein paar Höflichkeiten aus. Dann begrüßte Victoria Peter. Er war ihr gleich sympathisch. Zwar war er ziemlich abgemagert, wirkte in sich zusammengefallen, was er sagte, war schwierig zu verstehen, weil er recht leise und undeutlich sprach, doch in seinen Augen fand sie ein Funkeln, was sie mochte. Früher musste er ein gutaussehender Mann gewesen sein. Auch jetzt noch waren seine Gesichtszüge angenehm weich und gleichzeitig ausdrucksvoll.

Victoria erzählte dabei von der Begegnung mit Lenja und drückte ihre Verwunderung darüber aus, dass Peter nicht im Pflegebett auf der Veranda saß.
„Naja", antworte Dr. Kahli, „die medizinische Überprüfung in allen Ehren, aber jetzt und hier geht es doch eher um Lebensqualität und da stören die ganzen Schläuche doch nur. Machen Sie sich keine Sorgen."
Aus der Tür trat Carla, beherzt und energiegeladen, so wie Victoria die Krankenschwester schon bei ihrer ersten Begegnung bei Elisa erlebt hatte. „Hallo Victoria, schön, dass Du mal vorbeischaust. Ich habe mich oben eingerichtet. Ich hoffe, es ist in Ordnung für Euch. Ich dachte, es ist besser, wenn ich in der Nähe von Peter bin und von hier aus dann ab und zu bei Elisa vorbeischaue."
„Hallo Carla, Aber natürlich ist es gut, wenn Du hier wohnst. Es ist ziemlich klein, aber man kann zurechtkommen oder?"

„Es ist schön hier. Ich überlege schon, ganz zu Euch zu ziehen. Das Einzige, was mich verrückt macht, ist die Nachttischlampe. Die scheint irgendeinen Wackelkontakt zu haben. Geht aus und an und an und aus."
„Na, wenn es weiter nichts ist. Dir kann geholfen werden."
Flugs schritt Victoria in das Haus, die schmale Wendeltreppe hinauf und trat in den Schlafraum, der zwar nicht mehr wie Snorres Schlafzimmer aussah, es dennoch war. Ihr Körper reagierte sofort. Wie von einem Eisenring umklammert zog sich ihr Herz zusammen, ihre Beine wurden weich, wollten sie nicht mehr tragen, dazu überfiel sie ein Schwindelgefühl. Wie sehr sie Snorre vermisste.
„Stell Dich nicht so an", ermahnte sie sich selber und zwang sich an die Lampe zu treten. Es gab einen kleinen Trick. Man musste das Kabel in einem bestimmten Winkel zur Lampe hin fixieren und schon funktionierte es. Sie schleppe ein paar Bücher aus einem Regal zum Nachtisch und legte sie auf das Kabel. Jetzt wollte sie so schnell wie möglich hier raus. Immer noch spielte ihr Körper verrückt und rief mit jeder Zelle Snorre herbei.

Kaum war sie an der zweiten Stufe angelangt, versagten ihre Beinmuskeln. Mit einem großen Gepolter und unter Schmerzensschreien schlug abwechselnd ihr Kopf und Leib auf die Treppenstufen auf. Dann landete sie genau vor Dr. Kahlis Füßen. Sie blickte ihm stöhnend in die Augen, dann aber hielt sie es für besser, ihre Augen zu schließen.

Als sie sie wieder aufschlug tat ihr ganzer Körper weh. Besonders in ihrem Kopf tobte ein rasender Schmerz. Irgendetwas war mit ihren Augen los. Sie sah unklar zwischen Flimmern und schwarzen Streifen eine Person, die sich über sie beugte.
„Wie geht es Ihnen, Victoria?", sagte eine Männerstimme.

Als Antwort gab sie nur ein Stöhnen von sich und versuchte gleichzeitig zu rekonstruieren, wo sie war und was mit ihr geschehen ist. Sie konnte sich nicht erinnern.
„Hallo, Victoria, können Sie mich hören?", jetzt klang die Stimme deutlich lauter und besorgt.
„Was ist passiert?", brachte sie mühsam flüsternd hervor.
„Sie hatten es sehr eilig die Treppe herunterzukommen."
„Wo bin ich?"
„Sie sind in den Haus, in dem wir Ihren Gast Peter einquartiert haben."
„Snorres Haus", dachte Victoria, sprach es aber nicht aus. Obwohl sie ruhig dalagt, drehte sich alles. Ihr war übel. Sie versuchte, die einzelnen Schmerzherde zu lokalisieren. Auf jeden Fall tat ihr Kopf weh, der Knöchel des rechten Fußes, der linke Arm, vom Ellenbogen ausstrahlend und ihr Rücken auf Höhe des Kreuzbeins.
„Ich bin wirklich kein Freund von raschen Krankenhauseinweisungen; aber Sie nehme ich lieber mit."
Erschrocken stieß Victoria ein: „Nein, bitte nicht", aus. „Ich …". Dann wurde die Übelkeit so übermächtig, dass sie sich erbrach.
Sie spürte Hände, die sie stützten, Hände, die sie auszogen und säuberten, untersuchten, alles wie hinter einem Schleier.

Als sie die Augen das nächste Mal wieder öffnete, schien es dunkel draußen zu sein. Die kleine Nachttischlampe brannte, auf dem zuführenden Kabel ein Stapel Bücher. Oje, daran konnte sich Victoria erinnern.
Eine Stimme war zu hören. Sie konnte nicht genau verstehen was sie sagte, doch es schien die Stimme von Lenja zu sein: „Liebes, bist Du wach? Wie geht es Dir? Kannst Du mich hören?"
„Ja, … ich … Lenja?"
„Ja, ich bin es. Du Arme. Ich bin gleich hergekommen, als ich von Deinem Sturz gehört habe."

Vage erinnerte sich Victoria daran, dass Dr. Kahli ihr mit Einweisung ins Krankenhaus gedroht hat.
„Bin ich im Krankenhaus?"
„Nein, immer noch in Snorres Haus. Dr. Kahli meinte, Du seiest nicht transportfähig. Er kommt morgen wieder und will dann entscheiden, wie es mit Dir weitergeht. Er hat Dir ein Schmerzmittel gegeben.
Immer noch zogen Schmerzwellen durch ihren Körper.
„Aber kein besonders Gutes", sagte Victoria.
„Du kennst ihn doch. Immer so wenig Medikamente wie möglich. Schmerz ist etwas Gutes, hat er gesagt. Aber er hat eine Flasche mit dem Mittel dagelassen, falls Du etwas möchtest."
„Was hab ich denn?"
„Um ehrlich zu sein, Du siehst ziemlich übel aus. Hätte nie gedacht, dass so ein bisschen Treppe solche Auswirkungen haben kann. Also, Du hast eine Menge Blutergüsse, ein Schädel-Hirn-Trauma, einen verstauchten Knöchel, vermutlich eine Wirbelsäulenstauchung und eine Prellung am linken Ellenbogen."
„Oh."
„Mach Dir keine Sorgen. Es ist nichts wirklich Schlimmes dabei. Versuch einfach, noch ein wenig zu schlafen."
Wieder spürte Victoria ein Schwindelgefühl und Schmerzen, hauptsächlich im Kopf. Insofern war es wohl das Beste, Lenjas Vorschlag zu folgen.

## 21.

Durch Victorias Körper zog eine Welle Schmerz. Sie schaute sich um. Carla saß neben ihrem Bett und las. Victoria wollte „Hallo Carla" sagen, brachte aber nur ein geflüstertes „Car" heraus.
„Guten Morgen, wie geht es Dir? Dir muss alles wehtun. Komm, trink einen Schluck Wasser."
„Behutsam hob die Krankenschwester ihren Kopf ein wenig an und flößte ihr etwas von der klaren Flüssigkeit ein.
„Dr. Kahli kommt in etwa einer Stunde. Er hat gesagt, Du dürftest Dich auf keinen Fall bewegen. Dein Gehirn braucht Ruhe. Wir machen jetzt ein bisschen Katzenwäsche, dann hole ich Dir etwas zu essen."
Langsam realisierte Victoria, was es bedeutete, bettlägerig zu sein. Einen Moment dachte sie an all die Arbeit, die nun liegenblieb, an die wichtige Abendsitzung ihrer Gemeinschaft, die bevorstehende Parlamentssitzung und hundert andere Dinge, die zu erledigen waren. Nachdem sie willig eine halbe Portion Haferbrei mit ein paar Erdbeeren gegessen hatte, verabschiedete sich Carla: „Ich kümmere mich jetzt um Peter. Wenn Du etwas brauchst, schlag an die Schale. Die liegt links neben Dir. Beweg Dich nicht. Okay?"

Ohne den Kopf zu bewegen tastete sie nach der Schale. Als sie sie berührte sah sie sie, ohne, dass sie hinschauen brauchte. Es war Snorres Klangschale. Das hübsch bestückte Kissen war nicht dabei, wohl aber der Schlägel.
Tränen schossen ihr in die Augen. Sie sah Snorre vor sich, wie er mit einer großen Zärtlichkeit die kleine Klangschale zum Schwingen gebracht hatte, ihr sphärische, tief in die

Seele eintauchende Klänge entlockte, die sie beruhigten und entspannten, bis sie einschlief.

Victoria spürte wie die Tränen ihr Gesicht benetzten, ohne dass sie einen Ton herausbrachte. Es war ein sehr stilles, verzweifeltes Weinen. Es gab so viel, was in der letzten Zeit schiefgelaufen war. Wie sehr hatte sie sich von ihrer ruhigen, glücklichen Gelassenheit entfernt, die sie vollständig ausgefüllt hatte, als sie noch nicht zur Koordinatorin gelost worden war: Die Beziehung zu Snorre war zerbrochen, sie befand sich mit den meisten ihrer Koordinatorenkollegen in einer Art kalten Krieg, ihre Freundinnen Lenya und Elisa sah sie immer seltener und mit immer weniger Ruhe, sie hatte Sterbende in die Zone geholt, um ihre finanzielle Situation zu verbessern, ihre Tochter vermutlich nun ganz verloren, sie machte Geschäfte mit einer Zone, die einfach unakzeptabel war und genoss es sogar, sie erledigte ihre Arbeit mit einer beschleunigten Verbissenheit, als wäre sie immer noch in der Safe-Zone. So vieles drehte sich ums Geld, obwohl sie es doch hier abgeschafft hatten.

Überhaupt war sie wieder mit erhöhtem Tempo durch das Leben gerast, um auch ja überall zu sein, alles richtig zu machen, nahm sich weder für sich noch für andere Menschen Zeit, meinte, sie müsse sich um alles selber kümmern, hetzte von einer Besprechung zur nächsten, telefonierte, koordinierte, sortierte, bewegte, instruierte, ohne zu merken, was sie tat, ohne über die Art ihres Tuns einen Gedanken zu verschwenden. Sie war Meisterin im Verdrängen unpassender Gedanken geworden.

Das war nicht das Leben, was sie wollte. Sie konnte nicht einmal die Schuld ihrem Koordinatorenlos geben. Sie selber bestimmte ja, wie sie die Rolle ausführte. Sie hatte die Hektik zugelassen, sie hatte das Gift in das Koordinatorenteam gebracht und sie hatte Snorre davongejagt, weil es natürlich mit einem Menschen wie ihr nicht zum Aushalten war. Eigentlich hatte sie ihn in der letzten Zeit ihrer Beziehung nur benutzt, um durch ihren Sex und seine Anteilnahme ihre Stimmung aufzufrischen, damit sie weiter funktionieren konnte. Sie hatte ihn missbraucht als eine Art Tankstelle, sich viel zu wenig um ihn gekümmert, ihn nicht mehr als Person wahrgenommen. Jeder wäre geflohen. Ihm konnte sie keinen Vorwurf machen. Sie hatte also versagt.

Nun lag sie festgetackert in diesem Raum, der ihr soviel Freude gebracht hatte und gleichzeitig Ort ihres materialisierten Egoismus war. Es wirkte wie ein weiterer Vorwurf, dem sie sich nicht entziehen konnte.

Dr. Kahli hatte sie nicht hereinkommen gehört. Plötzlich war er da. Er musste gespürt haben, dass sie nicht nur wegen ihres Unfalls und der Schmerzen weinte. Ohne ein Wort zu sagen, nahm er ihre Hand. Lange saßen sie so da. Irgendwann versiegten ihre stillen Tränen, auch wenn die Selbstvorwürfe, das Selbstmitleid und das Gefühl, alles falsch gemacht zu haben, nicht mit den Tränen aufhörte.

Ihre Blicke trafen sich. Unausgesprochen fragte Dr. Kahli Victoria, ob sie über ihr Leid sprechen wolle. Fast unmerklich ließ sie den Kopf ein paar Millimeter von links nach rechts drehen, was ihr sofort eine neue Schmerzwelle einbrachte.

„Wie geht's Ihrem Körper, Victoria?"
„Es tut alles weh", flüsterte sie.
„Versuchen Sie, ihre Schmerzen präziser zu beschreiben", forderte er sie auf.
Victoria ging systematisch alle Körperpartien von oben bis unten durch und erstattete Bericht. Dann untersuchte er sie.

„Es gibt zwei größere Probleme, die eine genauere Untersuchung im Krankenhaus rechtfertigen." Victoria wurde bleich. Unbeirrt fuhr Dr. Kahli fort: „Ich kann nicht beurteilen, wie stark das Schädel-Hirn-Trauma ist. Ebenso vermute ich eine Wirbelsäulenstauchung, die ich ohne technische Hilfsmittel auch nicht recht beurteilen kann. Aber …", nun lächelte er ein wenig, „die Behandlung bleibt die Gleiche: Strenge Bettruhe. Es ist also ihre Entscheidung."
„Ich bleibe hier", sagte Victoria fast ein wenig überstürzt. In die Normal-Zone in ein Krankenhaus zu gehen, war völlig jenseits ihrer Vorstellung. Nur eine sehr leise Stimme in ihr meinte, es wäre gut, etwas Abstand zu gewinnen.

„Also gut. Ich möchte ein paar Regeln mit Ihnen vereinbaren: Für drei Tage bleiben Sie komplett hier liegen. Sie gehen nicht einmal zur Toilette. Danach schauen wir, wie es Ihnen geht. Vermutlich werden Sie dann noch eine weitere Woche überwiegend liegend zubringen. Ich werde Ihnen so wenig Schmerzmittel wie möglich geben. Ihr Körper zeigt Ihnen, was gut für Sie ist und durch zu viele Medikamente wird das Bild nur verfälscht. Allerdings müssen wir im Rücken eine Muskelentspannung erreichen. Wenn Sie einverstanden sind gebe ich Ihnen deswegen eine Spritze."
„Ja, in Ordnung", sagte Victoria leise.

Dr. Kahli sagte noch, er könne nur jeden Tag zweimal eine halbe Stunde Besuchszeit erlauben. Wichtig wäre es, dass sie sich ausruhe, zur Ruhe komme. Mit Unfällen sei nicht zu scherzen. Sie seien eine Warnung des Unbewussten. Sie zwingen dazu innezuhalten und das eigene Leben in seinem Denken, Worten und Taten zu reflektieren. Um eine Veränderung wird man nicht herumkommen.
Natürlich wusste Victoria, wie Recht Dr. Kahli hatte. Aber was konnte sie ändern?

Dr. Kahli verabschiedete sich, versprach, am nächsten Tag wiederzukommen und ließ sie allein. Durch die Spritze ließen auch ihre Kopfschmerzen nach. Für einen Moment fühlte sie sich fast angenehm erschöpft.

Ein paar Stunden später mussten die Kopfschmerzen sie wieder geweckt haben. Victoria war allein. Auf dem Nachttisch stand eine Schüssel Obstsalat und ein wenig trockener Kuchen. Für sie allerdings unerreichbar. Sie hatte Angst, sich aufzurichten und damit womöglich ihre Schmerzen zu verschlimmern. Sie wollte auch nicht die Klangschale anschlagen, um damit Carla zu rufen. Warum eigentlich nicht? Eine Weile grübelte sie darüber nach, ohne zu einer Entscheidung zu gelangen. Es war, als hätte ihr Gehirn in einen zähen, langsamen, düsteren Modus geschaltet, der immer wieder die gleichen Schleifen drehte ohne jegliche Konstruktivität.

Zwischendurch wurde sie immer wieder von Schuldgefühlen und Versagensvorwürfen heimgesucht, durchdrungen von Anklagen an das Schicksal, welches sie in diese ausweglose Situation durch das Los gebracht hatte. Dr. Kahli sagte, sie sollte etwas verändern. Aber was konnte sie verändern? Wieder strömten Tränen über ihr Gesicht und versickerten im Kopfkissen.

Sie hörte, wie Carla die Treppe hinaufkam und wie sie dann registrierte, was mit ihr los war. „Victoria, ist doch schon gut." Ganz nach bester Krankenschwestermanier, wurde Victoria, gehalten, getröstet, gefüttert, der Kopfkissenbezug wurde gewechselt, ihr wurde eine Bettpfanne unter die Bettdecke geschoben und gesagt, es werde alles gut. Sie einigten sich darauf, es mit einer halben Kopfschmerztablette morgens, mittags und abends zu versuchen, dann wären noch genug Schmerzen da, um sie in der Ruheposition zu belassen, aber nicht so viel, dass der

Schmerz sie verrückt machte. Noch ein wenig verbesserte sich ihre Stimmung, als Lenja zu ihrem zehnminütigen Besuch kam. Dann war sie wieder allein.

Die folgenden Grübeleien verliefen ein wenig fruchtbarer: Es war nicht gut, ihren Schmerz wegen Snorres Trennung zu verdrängen und auch nicht, ihn oder sich selber allein dafür die Schuld zu geben. Sie musste lernen, ihren Egoismus zurückzufahren, ihre Mitmenschen mehr in den Blick zu bekommen und damit aufhören, die meisten für Trottel zu halten. Sie wollte wieder echtere Begegnungen mit Zeit und beidseitigem ehrlichen Interesse. Lenja war trotz allem immer noch bei ihr. Vielleicht wäre es ein guter Anfang, sich um Lenja und Elisa zu kümmern. Auch Elisa hatte, auch in ihren schlimmsten Aktionsphasen, stets zu ihr gehalten und war immer für sie dagewesen. Sie musste auch ihre Art zu arbeiten verändern. Das, was sie tat, konnte sie zwar nur im geringen Maß beeinflussen, aber sie konnte es auf eine andere Art machen. Und sie musste diese Arbeit als das anerkennen, was sie war. Eine Arbeit. Sie war nicht ihre Arbeit. Sie war ein Mensch mit einem Recht auf Freizeit und zahlreichen anderen Interessen.

Am Nachmittag kam Elisa. „Elisa", sagte Victoria, deren Stimme fast wieder normal klang, nur ein wenig langsamer und leiser, „ich freue mich, Dich zu sehen."
„Na, ich wollte doch mal sehen, wie Du aussiehst, wenn Du krank im Bett liegst. Die Leute erzählen sich die reinsten Horrorgeschichten."
„Oh", machte Victoria nur, da sie zuvor gar nicht daran gedacht hatte. Vermutlich war sie reichlich mit blauen Flecken übersät. „Und, bist Du mit meinem üblen Zustand zufrieden?", fragte sie.

„Ein wenig langweilig in der Farbgebung: Nur blaue und rote Flecken, aber in ein paar Tagen werden wohl noch grüne und gelbe dazukommen."
„Ich werde mich bemühen. Wie geht es Dir?"
„Besser als mir zusteht. Ich bekomme demnächst wohl eine neue Besucherin."
„Oh", machte Victoria wieder.
Die zehn Minuten waren um. Als nächstes kam Anne, dann Anja aus ihrer Gemeinschaft. Sie brachten ihr eine Schüssel Rote Grütze mit, die Victoria sogar selbstständig essen konnte.

Der nächste Tag war der Tag der Parlamentssitzung. Die würde sie weder life noch mittels Übertragung mitbekommen. Es war undenkbar, in das Gemeinschaftshaus zu gehen und da bei ihnen alles über Kabel funktionierte, war es auch nicht möglich, ein Kabel von dort zu Snorres Haus zu legen. Die Distanz war zu groß. Trotz ihrer Vorsätze weniger intensiv zu arbeiten, interessierte es sie, was dort beschlossen wurde.

Während der Besuchszeit am Nachmittag bekam sie einen unerwarteten Besucher: Oliver. „Hallo, Matheo schickt mich. Ich sollte Dir etwas zeigen. Aber ... ich weiß nicht, ob ... in Deinem Zustand ...", stammelte Oliver, der sichtlich bestürzt aussah.
„Die Teeverpackungen?", fragte Victoria und gleich erschien ein Lächeln auf ihrem Gesicht, als sie sich an diesen wunderschönen Abend mit Matheo erinnerte.
„Ja. Möchtest Du die Entwürfe sehen?"
„Sie sind schon fertig? Aber, ja", erwiderte Victoria, eine Spur zu ungeduldig.
Carla hatte ihr erlaubt, während der Besuchszeit ein paar Kissen unter ihren Kopf zu legen. So konnte sie ihren

Besuchern in die Augen sehen und musste nicht an die Decke starren, während sie mit ihnen redete.

Aus einem alten Plastikrucksack fischte er eine Verpackung heraus, die sorgfältig in Seidenpapier eingeschlagen war. „Warte, ich packe sie aus."
Dann hielt er ihr die erste hin. „Dragon wings". Das erkannte sie sofort. Victoria nahm sie in die Hand. Sie war genauso, wie sie sie in ihrer Vorstellung gesehen hatte. Nur viel, viel schöner. Der schwarze Karton hatte eine matte, fast samtene Oberfläche. Einmal um dem Karton herum im ersten Drittel waren gelbe, rote und orange kleine kräftige, feuerspeiende, fliegende, kauernde Drachen zu sehen, manche auch außerhalb dieses Bandes, als wären sie daraus ausgebrochen. Die flogen vereinzelt über die ganze Packung. Daneben stand in gedeckt oranger Schrift: „Dragon wings". Untereinander. Nicht gedruckt, sondern ebenfalls gemalt. Das S wurde von einem weiteren Drachen dargestellt. Victoria konnte nicht aufhören, die Schachtel anzustarren. Es war ein Meisterwerk. Unten in einer Ecke sah sie seinen Namenszug: Matheo Frasio. Er hatte die Verpackung sogar signiert. Das alleine schon würde die Verkaufszahlen nach oben schnellen lassen.

Oliver hielt ihr eine weitere Schachtel hin. Unwillig legte sie „Dragon Wings" zur Seite, um begierig die nächste anzuschauen.

Es war „Sweet Harmony". Die Schachtel war aus dunkellila Karton gefertigt. Kleine Buddhafiguren, meditierend im Lotossitz, überwiegend in dunkelblau und dunkelgrün gehalten, schmückten in einem ähnlichen Band um die Schachtel herum die Verpackung. Victoria sah genauer hin und stellte fest, dass jede Figur ein klein wenig anders war, als die andere. Eine ganze Weile schaute sie sie an. Aber die Besuchszeit wurde knapp.

„Zeig mir die Dritte. Bitte", sagte Victoria zu Oliver, der bisher nichts weiter gesagt hatte. Wohl aber schien er sie zu beobachten.

Eine weitere Schachtel wurde aus dem Rucksack gezogen. Sie war rostbraunrot. Auf diesem Schmuckband waren versetzte Yin-Yang-Zeichen zu sehen. Eine Hälfte rot, die andere ein farbiges Grau mit einer mondähnlichen Struktur. Der Schriftzug „Let's go" war ein paar Nuancen dunkler, in einer Schrift, die sich anscheinend bewegen wollte, aber Victoria konnte sich nicht erschließen, wie dieser Effekt zustande kam.

Ein Seufzen entfuhr Victoria. „Sie sind wunderschön. Ich weiß nicht, wie ich Matheo dafür danken kann."
„Also bist Du mit dem Design einverstanden?", fragte Oliver überflüssigerweise, aber offenbar tat er das, was ihm gesagt wurde.
„Aber ja. Sie sind perfekt. Ich liebe sie. Ich werde mein ganzes Haus damit dekorieren."
„Ich nehm' sie wieder mit. Die Leute in der Fabrik brauchen sie als Vorlage. Wie viel sollen die denn machen?"
„Wie schade. Ich hätte sie so gerne hierbehalten. Bitte Oliver, kannst du dafür sorgen, dass so schnell wie möglich zumindest eine Schachtel zu mir kommt?"
„Ich spreche mit Matheo", versprach Oliver und wollte die Schachteln wieder in das Seidenpapier einschlagen.

Ein paar Minuten konnte Victoria das noch hinauszögern, indem sie laut über Zahlen sprach und währenddessen noch einmal jede einzelne „ihrer" Schachteln berührte und betrachtete. „Erst einmal einhundert von jeder Sorte. Wir können im Moment nicht mehr Geld investieren. Aber es werden sicher bald mehr werden. Bitte richte Matheo meinen allerherzlichsten Dank aus. Ich werde es auf jeden

Fall auch noch persönlich tun, aber ich habe gerade kein Telefon in der Nähe. Sobald ich mich wieder bewegen kann, wird er der erste sein, den ich anrufe."

Statt wie von Dr. Kahli aufgetragen, dachte sie in den nächsten Stunden nicht über ihr Leben nach, reflektierte nicht ihre zahlreichen Unzulänglichkeiten und produzierte auch keine Veränderungsideen. Sie träumte einfach im Halbschlaf von Buddhas, tanzenden Yin-Yang-Zeichen, von freundlich fauchenden Drachen, die über verzauberte menschenlose Landschaften flogen, sich auf Blumenwiesen trafen, in Canyons hinabstürzten und wieder in den Himmel stiegen und sinnlos glücklich waren.

## 22.

Ihr Gesundheitszustand besserte sich kontinuierlich. Dr. Kahli äußerte sich zufrieden mit dem Verlauf und erlaubte ihr am dritten Tag, gemeinsam mit Carla, die Toilette aufzusuchen. Es wird ihrem Kreislauf guttun und sie wollen ja auch keinen Muskelabbau provozieren, hatte er gesagt, aber weitere Fußmärsche verboten.

Thorben ließ sie über Carla fragen, ob es in Ordnung wäre, wenn er sie besuche. Victoria war schon klar, warum er sich für dieses vorsichtige Vorgehen entschieden hatte. Wenn sie ihn erst einmal sähe, würde sie auch alles über die gestrige Parlamentssitzung erfahren wollen. Wenn sie seinen Besuch ablehnte, konnte sie sich weiter auf sich selber konzentrieren, Aufregung vermeiden und damit beginnen, ein paar ihrer Vorsätze umzusetzen.

Aber sie war zu neugierig und bat Thorben herein. Hallo Vic", begrüßte er sie, nachdem er sich auf einen Stuhl an ihr Bett gesetzt hatte. „Ich erzähle Dir gerne, was bei der Parlamentssitzung gestern geschehen ist. Es ist aber auch in Ordnung, wenn Du das im Moment nicht hören möchtest. Es ist wirklich in Ordnung."
„Ich weiß", sagte Victoria. „Ich möchte es gerne wissen. Fang am besten mit den Beschlüssen zu den Schulden an. Wenn mich dann noch mehr interessiert, frage ich Dich."
„Also gut. Wie Du Dir vorstellen kannst, gab es eine lebhafte Diskussion über beide Anträge. Viele wollten das solidarische Finanzsystem aufrechterhalten, weil wir ja eine Gemeinschaft sind, andere meinten, eine größere finanzielle Eigenverantwortung wird zum besseren Haushalten

anhalten. Nur so kann effektiv gespart werden und somit unsere gesamte Zone erhalten bleiben, weil wir dann unabhängig von anderen wären und nicht durch die vielen Schulden erpressbar. Am Ende wurde sich auf einen Kompromiss geeinigt: Die Unionszusammenschlüsse sind finanziell eigenverantwortlich. Also jeweils fünf oder sechs Unionen. Wenn es allerdings besondere Notlagen gibt, hilft man sich auch weiter gegenseitig, allerdings wird der zahlungsunfähigen Gemeinschaft ein Finanzvorstand zur Seite gestellt. Zumindest will eine große Mehrheit ernsthaft Schulden abbauen und unabhängig sein. Dieser Beschluss ist allerdings ein vorläufiger. Er soll in den kleinen Gemeinschaften diskutiert werden, dann per Urabstimmung verifiziert werden. Dazu braucht es eine Zweidrittelmehrheit. Wenn das nicht geschieht, wird neu diskutiert."

„Bist Du enttäuscht, dass es so gelaufen ist? Du hast ja eine andere Lösung favorisiert", fragte Victoria nach.

„Ich sehe inzwischen die Notwendigkeit ein und kann mit diesem Kompromiss gut leben. Wir werden dann künftig enger mit dem Unionzusammenschluss arbeiten. Neben dem Koordinatorenteam soll es ein Sprecherteam geben, das sich dann um politische Fragen kümmert, Anträge entgegennimmt und selber welche für die Abstimmungen vorlegt."

Ja, das hört sich doch gut an", sagte Victoria, erleichtert darüber, durch diese Regelung noch weniger Entscheidungen im Koordinatorenteam treffen zu müssen. Durch die zutiefst demokratischen Prozesse über die gewählten Sprecher mit den ständigen Rückversicherungsschleifen zu jedem einzelnen, würde das Koordinatorenteam noch stärker als bisher Beschlüsse umsetzen, Aufgaben abarbeiten, Prozesse koordinieren.

„Ich hoffe, ich habe Dich mit diesen Mitteilungen nicht allzu sehr gestört. Es ist jetzt erst einmal wichtig, dass Du wieder gesund wirst", sagte Thorben und Victoria nahm eine ungewohnte Besorgnis in seiner Stimme wahr. Sie wusste nur nicht, ob sie ihr oder der Union galt.
„Thorben, ich danke Dir für Dein Kommen und die Informationen. Für mich ist es eine gute Nachricht. Es ist so gut, dass es Menschen wie Dich gibt."
„Oh, Dein Unfall hat Dich anscheinend etwas sentimental gemacht. Das kenne ich ja noch gar nicht an Dir."
Victoria schluckte. Thorben bemerkte es und sagte schnell: „War nur ein Scherz. Du bist schon gut so, wie du bist."

Thorbens zehn Minuten Besuchszeit waren um. Er verabschiedete sich und Victoria nahm sich vor, in Zukunft noch ein wenig sentimentaler zu werden. Es gefiel ihr ganz gut.

Carla kam nach oben, um die nächste Besucherin anzukündigen: „Shiva lässt fragen, ob sie kurz herauf kommen kann."
In Sekundenbruchteilen brach ihre fast schon gute Laune zusammen und sie verwandelte sich wieder in ein verletztes, zurückgelassenes Geschöpf. Sie wollte Shiva nicht sehen. Sie wollte nicht an ihre Unfähigkeit, Unzulänglichkeit und ihrem zerschundenen und im Vergleich zu Shiva, langweiligen Körper erinnert werden. Sie wollte „Nein" rufen, doch sie sagte: „Ja, natürlich."

War das nur Höflichkeit oder das Verlangen trotz allem in Shivas Nähe zu sein, in ihre wohltuende Aura einzutauchen, denn sie hatte ja schon zweimal diese Erfahrung gemacht.

„Hallo Victoria", grüßte Shiva. Kaum hatte Shiva die Worte ausgesprochen, sich genähert und auf den Besucherstuhl

neben ihrem Bett gesetzt, hörten die Schmerzen in Victorias Körper auf und wurden durch eine angenehme Wärme ersetzt. „Ich habe von Deinem Sturz gehört."
„Hallo Shiva. Ja, mein Unfall", verbesserte Victoria Shiva, um deutlich zu machen, wie unschuldig sie and dem Geschehen war, obwohl sie wusste, dass es nicht stimmte und Shiva natürlich auch.
„Dein Fehltritt."
„Mein Tritt ins Leere."
„Dein aus dem Gleichgewicht kommen."
„Meine Unkonzentriertheit."
„Dein nicht bei Dir sein."
„Mein mit den Gedanken woanders sein."
„Victoria, du saust durch Dein Leben und machst immer so viele Dinge gleichzeitig, bist mit den Gedanken immer ein paar Schritte voraus. Aber die Gegenwart ist alles, was wir wirklich haben. Dein Schmerz ist nicht Dein Feind. Er ist Dein Freund. Er lässt Dich in der Gegenwart bleiben und erzwingt Aufmerksamkeit. Das Wichtige ist allerdings die Aufmerksamkeit, nicht der Schmerz. Er ist nur ein Wegweiser, ein Hilfsmittel oder eine Art Notiz. Die Aufmerksamkeit auf das Tun zu richten, ganz im Jetzt zu leben, ist das eigentliche Ziel. Deine Sinne werden Dich leiten."
Die Worte klangen zwar nach Vorwurf, aber mit Shivas Stimme eher wie ein warmer Strom der Zuneigung, der unter Umgehung von Victorias Kopf direkt in ihr Herz floss.
„Sei achtsam", fuhr Shiva fort, „liebe, Dich, liebe die Welt, tu, was Du tust richtig, sei mit dem Herzen dabei, hör auf Dein Herz, lass los. Auch wenn Du die Dinge richtig tust, musst Du nicht mit ihnen verhaftet sein. Unser Schlachtfeld liegt nicht außerhalb, sondern innerhalb von uns selbst. "

Die ganze Zeit, während Shiva gesprochen hatte, hatte sie auf die Stelle ihres Rückens gestarrt, der ihr Schmerzen

bereitete. Nun schaute sie ihr wieder in die Augen: „Auf Wiedersehen, Victoria Und gute Besserung."
„Danke. Auf Wiedersehen Shiva."

Kaum hatte Shiva den Raum verlassen, spürte Victoria immer noch ihre wohltuende Anwesenheit. Ganz so, als hätte Shiva etwas hier gelassen. Bei ihr. Etwas von ihr in sie hineingegeben. Sie merkte auch, dass ihr Rücken wieder heil war. Es waren keine Schmerzen mehr zu spüren. Ihr Kopf allerdings tat nach wie vor weh. Offenbar meinte Shiva, der Schmerz genüge, um sie auf die richtige Spur zu bringen.

Shiva war die letzte Besucherin des Vormittages. Victoria konnte wieder ihren Gedanken nachhängen. Einmal mehr erschien ihr die von Dr. Kahli begrenzte Besuchszeit als sinnvoll. Diese Stunde am Tag wurde stets voll ausgeschöpft und vermutlich wäre der Strom an Besuchern ansonsten überhaupt nicht versiegt.

Gerade als, wie in einem Nachhall, ein paar von Shivas Worten zwischen Hirn und Herz hin und herpendelten, hörte sie, wie ein weiterer Besucher das Haus betrat und nach einem kurzen Zwiegespräch mit Carla und einigen Ohs und Ahs, ausgesprochen von der Krankenschwester, wieder ging.

Ein riesiger Blumenstrauß kam von Carla getragen die Treppe herauf. „Oh", meinte Victoria, für mich?"
„Ja", lächelte Carla. Vorbeigebracht von einem sehr netten jungen Mann. Es steckt eine Karte darin. Halt die Blumen einen Moment. Ich hole eine Vase."
Victoria betrachtete die Blumen: orangefarbene, rote und gelbe Rosen, gelbe Gerbera, weißen Freesien, dazu Eukalyptus und Pistazienzweige. Sie waren wunderschön. Bevor sie die Karte aus dem Strauß zog, sog sie den Duft der

Blumen ein und war für einen Moment einfach nur glücklich.
„Liebe Victoria, ich wünsche Dir gute Besserung. Dein Matheo", las sie. Er hatte an sie gedacht. Victoria wurde ganz warm ums Herz. Die nächsten Minuten verbrachte sie mit zärtlichen Träumereien und ließ sich auch nicht davon unterbrechen, als Carla mit einer Vase den Raum betrat, ihr sachte den Blumenstrauß aus der Hand nahm und ihn in eine Vase auf einen Hocker stellte.

Am Nachmittag erschien ein Besucher mit dem sie nicht gerechnet hatte: Snorre. Er war der dritte Besucher, den sie am liebsten abgewiesen hätte, es aber, aus einem ihr nicht mit dem Verstand nachvollziehbaren Grund, nicht tat.
Ein wenig befangen, fast schüchtern und stumm stand er da, ein paar Meter von ihr entfernt, mit einer kleinen Schüssel in der Hand, den Blick zwischen ihr und dem riesigem Blumenstrauß, der eindeutig nicht aus dieser Zone kam, hin und her blickend.

Auch Victoria wusste nicht, was sie sagen sollte. Was konnte man schon zu einem Mann sagen, der einen verlassen hatte und den man immer noch liebte? Warum war er gekommen? Er musste doch wissen, dass sein Besuch nichts als weitere Schmerzen verursachen konnte. Victoria bemühte sich darum, sie abzuwehren. Auch ihr Blick ging zwischen Snorre und den Blumen hin und her. Die Blumen halfen, ihr die Fassung zu bewahren.

Offenbar besann sich Snorre darauf, dass er zu ihr gekommen war und es dementsprechend an ihm war, das Wort zu ergreifen: „Hallo Victoria, … ich … wollte nur kurz nach Dir sehen."
Kaum erklang seine Stimme, stellte sich in Victorias Körper diese wohltuende warme Vertraulichkeit ein, gegen die sie

nichts tun konnte. Als sie nichts sagte, fuhr er fort: „Ich habe Dir etwas Rhabarberkompott mitgebracht. Ich habe es selber gekocht."
Wieder flackerte sein Blick zu den Blumen. Gegen sie wirkte sein Schüsselchen mit dem Kompott mehr als armselig. Ein Sturm verschiedener Gefühle tobte durch Victorias Inneres und hinderte sie am Sprechen. Mehr als ein „Danke" brachte sie nicht heraus.
„Ich stell Dir das Kompott hier hin". Snorre näherte sich bedrohlich nah ihrem Bett, schaute währenddessen aber nicht sie an, sondern starrte stur auf die Schüssel.
Victoria musste ihre Hände unter der Bettdecke ineinander verkrallen, um zu verhindern, ihn an sich zu reißen, hemmungslos zu schluchzen und ihn zu bitten, zu ihr zurückzukommen. Er musste ihr sagen, dass alles nur ein Missverständnis war, ein Irrtum, er sie liebte und er für immer bei ihr bleiben würde.

Er sagte nichts. Natürlich nicht. Als hätte Snorre einen unerlaubten Bannkreis betreten wich er rasch wieder zurück, nachdem er die Schüssel auf den Nachtisch gestellt hatte. Jetzt, als wieder ein paar Kubikmeter Luft zwischen ihnen war, schauten sie sich einen Moment in die Augen. Victoria fiel auf, dass auch seine Hände sich festhielten, seine Finger sich durch den Druck blassten. Beide dachten an ihre gemeinsame glückliche Zeit zurück, hier in diesem Haus. In seinem Blick las Victoria Trauer und Liebe. Aber vermutlich war die letztere Interpretation reines Wunschdenken.

Nachdem Snorre gegangen war, grübelte Victoria darüber nach, warum er gekommen war. Das war eindeutig ein Nachteil an der Bettlägerigkeit. Es gab zu wenig, womit man sich ablenken konnte. All die verdrängten und ungedachten Gedanken bahnten sich in das Bewusstsein und pochten auf ihr Recht, wahrgenommen und bearbeitet zu werden.

Obwohl Snorres Besuch sie erschöpft hatte, ihren Kopfschmerz verstärkt hatte, begann sie mit dieser Aufgabe. Sie wusste ja eigentlich, wie es ging, vom destruktiven Grübeln zum konstruktiven Denken zu gelangen: Jeden Gedanken würdigen, die positive Absicht der Gedanken herausfinden und auch diese würdigen, Ziele setzen, alle Anteile integrieren, Lösungsentwürfe fantasieren und dabei darauf achten, dass sie nicht nur für einen selber gut sind, sondern insgesamt die Welt zu einem besserem Ort machen.

Das Ergebnis war wenig überraschend: Sie musste Snorres Willen akzeptieren und einen normalen Umgang mit ihm pflegen. In aller Gelassenheit, mit Respekt, in Würdigung ihrer vergangenen Liebe. Lenja und Snorre hatten es schließlich auch geschafft. Wenn noch etwas Zeit vergeht, wird es auch ihr gelingen. Diese Gedanken beruhigten sie, die Kopfschmerzen gingen zurück, so konnte Victoria ein wenig schlafen.

Ihr Zustand verbesserte sich kontinuierlich. So langsam hatte sie genug von der Einzelhaft. Sie sehnte sich nach den gemeinsamen Mahlzeiten, mit dem Fahrrad durch die Zone zu fahren und auch nach ihrer Arbeit. Inzwischen hatte Dr. Kahli ihr erlaubt, mit Peter für eine Stunde auf der Veranda zu sitzen.
Auch ihm schien es besser zu gehen. Er hatte etwas an Gewicht zugelegt, wirkte etwas aufgerichteter und sprach auch etwas lauter. Meist sagten sie in ihrer gemeinsamen Zeit nicht viel und genossen gleichzeitig die Nähe des Anderen. Neben Peter kamen Victorias Grübeleien, die mal mehr und mal weniger konstruktiv verliefen, zur Ruhe. Sie konnte ganz im Augenblick leben, ihre Sinne für die Gegenwart öffnen und den Frieden finden, den sie früher hier so oft verspürt hatte. Sie nahm sich fest vor, Peter auch nach ihrer Entlassung, die wohl unmittelbar bevorstand, zu

besuchen, um diese kostbaren Momente mit ihm zu teilen und so zu verdoppeln. Manchmal kam es ihr vor, als würde Shiva, schön, stolz und zufrieden mit ihr bei ihnen sein.

Zwei Tage später war es so weit. Victoria führte ein langes Gespräch mit Dr. Kahli. „Victoria, ich gehe davon aus, Du hast Dir ein paar Gedanken darüber gemacht, wie Du Dein Leben zukünftig gestalten willst."
„Ja, natürlich. Ich muss mich vor allem nicht für Alles, was geschieht, verantwortlich fühlen. Und offenbar ist die Welt nicht untergegangen, während ich hier nutzlos für die Gemeinschaft herumlag."
„Nein, offensichtlich nicht", lächelte Dr. Kahli. „Ich möchte aber, dass Du auch im Alltag daran denkst."
„Das wäre zweifelsohne hilfreich", erwiderte Victoria, die sich die gleichen Sorgen machte. Sie musste sicherstellen, dass sie nicht wieder in die alten Verhaltensmuster zurückfiel. Um dies zu verhindern, war ihr bisher noch nichts eingefallen.
„Ich habe mir eine ärztliche Verordnung ausgedacht: Ich erlaube nur vier Stunden Arbeit am Tag, für fünf Tage die Woche. Zunächst werden wir uns mindestens zweimal die Woche treffen. Kannst Du damit leben? Oder soll ich wieder mit einer Einweisung ins Krankenhaus drohen?"
Nicht nur Dr. Kahli machte sich Sorgen darum, sie könne in ihr altes Verhaltensmuster wieder zurückfallen. Ihre eigenen Bedenken waren sicher genauso groß. So sagte sie nur: „Gute Idee. Danke, Dr. Kahli."

## 23.

Gleich am nächsten Morgen rief Victoria bei Matheo an. Die Erinnerung an Matheo, an diesen wunderschönen Abend, den sie mit ihm verlebt hatte, hatte sie diese Szene in immer unterschiedlichen Variationen fantasieren lassen. Es hatte ihrem Gehirn geholfen, in Balance zu bleiben. Es war wie ein Wellness-Tag inmitten einer Woche voller stupider Arbeitstage. Natürlich war ihr klar, dass ihre Träumereien nicht allzu viel mit der Realität zu tun hatten, doch war es ihr nicht möglich gewesen, darauf zu verzichten. Sie hoffte, sie würde nun wieder in der Realität landen und nicht mit ihrem Traum-Matheo telefonieren.

„Hallo, hier spricht Victoria", sagte sie, nachdem sie sein ruppiges „Hallo" vernommen hatte.

„Ach, Victoria", jetzt klang er viel milder, „Wie geht es Dir?"

„Danke, ich bin schon fast wieder ganz gesund. Ich wollte mich für de Blumen bedanken. Sie waren wunderschön und ich habe mich so gefreut."

„Und ich hatte schon Sorge, du würdest sie zurückgehen lassen. In der Natur-Zone haltet ihr bestimmt nicht so viel vom konventionellen Blumenanbau."

„Nicht wirklich. Aber wenn sie eine so wohltuende Wirkung haben, kann man mal eine Ausnahme machen. Und, Matheo, die Teeschachteln. Sie sind unglaublich. Du hast Kunst geschaffen."

„Naja, das ist mein Job", sagte Matheo und Victoria konnte sein Schmunzeln durch den Hörer wahrnehmen. In der nächsten Woche müssten die Schachteln bei Euch sein."

„Oh, wie schön. Ich weiß gar nicht, wie ich Dir danken soll."

„Ich schon", sagte Matheo, würdest Du mir einen Gefallen tun?"

Victoria spürte, wie sich ihr Herzschlag beschleunigte und ein kühler Schauer ihren Rücken hinunterlief. Mutig sagte sie: „Ja, klar, was kann ich für Dich tun?"
„Am nächsten Samstag gebe ich meine Vernissage mit den fallenden Engeln in meiner Werkstatt. Es würde mich freuen, wenn Du dabei wärst."
„Aber natürlich. Ich komme gerne."
„Gut. Ich schicke Oliver zum Bahnhof. Er wird Dich abholen. Kannst Du um 11.00 Uhr dort sein?"
„Ja, ich freue mich."
„Gut bis dann."
„Bis dann."

Erst eine Weile nachdem Victoria den Hörer aufgelegt hatte und sich der Nebel der seichten, prickelnden Fantasien wieder verflüchtigt hatte, wurde ihr bewusst, was für eine Bedeutung ihre Zusage hatte: Vermutlich sind auch für Matheo die Hauptkäufer Bewohner der Safe-Zone. Und die würden ebenfalls bei der Veranstaltung sein. Ihr wurde ganz übel bei diesem Gedanken. Aber sie wollte auch Matheo so gerne diesen Gefallen tun. Er hatte so viel für sie getan. Vielleicht könnte sie sich in irgendeiner Ecke herumdrücken?

Erstaunlicherweise fiel es Victoria leichter als gedacht, sich an die Abmachung mit Dr. Kahli zu halten. Wenn die Aufgaben zu komplex wurden oder alle möglichen Menschen auf einmal etwas von ihr wollten, konzentrierte sie sich mit Anuloma Viloma, einer Wechselatmungstechnik aus dem Yoga, auf die Gegenwart und war nach drei Minuten wieder ruhig und geerdet.

Sogar an den Koordinatorensitzungen konnte sie mit mehr Gelassenheit teilnehmen. Sie hatte damit aufgehört, in Jeremys Ressort herumzuspionieren, und hoffe darauf, er würde nicht allzu viel Geld verschleudern. Das Verhältnis zwischen Jeremy und Aylin schien sich verschlechtert zu haben. Sie hatte Aylin dabei beobachtet, wie sie sich vor Beginn der Sitzung einen anderen Platz suchte und nun statt neben Jeremy zwischen Enrico und Sophia saß und jeglichen Augenkontakt mit Jeremy vermied. Auch Jeremy schien angespannt zu sein. So waren es nicht mehr Enrico und Aylin, die sich darum bemühten die Atmosphäre zu erwärmen, sondern sie und Enrico.

Die Umstellung von der zentralen Geldverwaltung zu den Unionsverbänden war bereits erfolgt. Victoria hatte einen Geldeingang von 200.000 Euro, überwiesen von einem Peter Swift, festgestellt. Wenn sie also noch ein paar Todkranke aufnähmen, wäre ihr Zusammenschluss schuldenfrei. Victoria war es zu unangenehm, diese Überlegungen laut auszusprechen. Es fühlte sich nicht richtig an, doch ihr Verstand sagte ihr immer wieder, es sei nichts Schändliches daran. Niemanden hatten sie gebeten ihnen Geld zu überweisen, keinem dazu überredet, in die Nature-Zone zu ziehen. Es war für alle eine gute Lösung. Das schale Gefühl und die Sprachlosigkeit über diese Vorkommnisse blieben dennoch.

Nach der Sitzung wollte Victoria den schönen Sommerabend noch ein wenig genießen. Sie wollte nicht direkt zu ihrem Haus gehen, sondern einen Umweg nehmen. Als sie das Gemeinschaftshaus verließ, sah sie Snorre wie zufällig in der Nähe unter einem Baum sitzen. Er wusste, dass ihr Weg an ihm vorbeiführen musste.

Es war das dritte Mal seit ihrer Entlassung, dass sie Snorre zufällig begegnet war, und nun glaubte sie nicht mehr an den Zufall. Er schien ihr aufzulauern. Die ersten beiden Male hatten sie sich lediglich gegrüßt, dann war Victoria weitergeeilt. Es schien ihr, als wolle Snorre wissen, wie sie zueinander stehen, so, wie wenn man die Hand ins Wasser hält, um die Temperatur festzustellen.

Einerseits zog es sie zu Snorre hin, andererseits wollte sie keine Nähe zu ihm. Sie wollte nicht wieder verletzt werden und für ein normales freundschaftliches Verhältnis, was sie zwar auch anstrebte, war es noch zu früh. Die Wunden waren noch nicht einmal verheilt.

Als Snorre sie sah, erhob er sich. „Hallo Vic, was für ein schöner Abend. Wenn es in Ordnung für Dich ist, begleite ich Dich ein Stück."

Es war nicht in Ordnung. Er konnte doch nicht ernsthaft erwarten, dass sie jetzt schon zu einem normalisierten, lauwarmen Verhältnis in der Lage war. Nach dem, was er ihr angetan hat, und was immer da nun mit Shiva lief. Sie hatte niemanden danach gefragt. Und wollte es auch gar nicht so genau wissen, doch rechnete sie schon damit, dass die beiden Sex miteinander hatten. Sex machten, um nicht an Sex zu denken. Aber das ging sie nichts an. Was also wollte Snorre?

„Snorre, ich möchte noch ein wenig allein sein." Diese Worte hatte er so oft benutzt. Nun tat sie es.

„Ja, natürlich, Victoria. Einen schönen Abend noch."

Er sah sie mit seinen dunkelbraunen Augen an, die ihr seine Enttäuschung über ihre Entscheidung mitteilten. Es wäre jetzt gut, diesem Blick zu entfliehen.

Scheinbar ziellos schlenderte Victoria durch Bella Vista, bemüht, darin die Sinne zu öffnen, ihr Herz und ihre Gedanken für die Schönheit der Natur. Sie fand, sie machte es gar nicht so schlecht. Immer wieder blieb sie stehen, beugte sich zu Blumen hinab, um ihren Duft einzuatmen, strich mit den Fingern über Baumrinden, bemerkte die unterschiedlichen Grüntöne des Bella Vista Panoramas.

Zufriedenheit und Gelassenheit durchströmten sie. Ja, es war gut, wenn es Zeiten zum Arbeiten, Zeiten zum Nachdenken, Zeiten zum Nichtstun, Zeiten mit Menschen und welche, in denen man alleine war, gab. Ihr fiel ein Bibelzitat ein, was sie vor langer Zeit auswendig gelernt hatte: „*Ein jegliches hat seine Zeit,*
*und alles Vorhaben unter dem Himmel hat seine Stunde:*
*Geboren werden hat seine Zeit, sterben hat seine Zeit;*
*pflanzen hat seine Zeit, ausreißen,*
*was gepflanzt ist, hat seine Zeit;*
*töten hat seine Zeit, heilen hat seine Zeit;*
*abbrechen hat seine Zeit, bauen hat seine Zeit;*
*weinen hat seine Zeit, lachen hat seine Zeit;*
*klagen hat seine Zeit, tanzen hat seine Zeit;*
*Steine wegwerfen hat seine Zeit, Steine sammeln hat seine Zeit;*
*herzen hat seine Zeit, aufhören zu herzen hat seine Zeit;*
*suchen hat seine Zeit, verlieren hat seine Zeit;*
*behalten hat seine Zeit, wegwerfen hat seine Zeit;*
*zerreißen hat seine Zeit, zunähen hat seine Zeit;*
*schweigen hat seine Zeit, reden hat seine Zeit;*
*lieben hat seine Zeit, hassen hat seine Zeit;*
*Streit hat seine Zeit, Friede hat seine Zeit.*"

Noch völlig in Gedanken und im Einklang, bemerkte sie, dass sie ganz in der Nähe von Elisas Haus stand. Das Bedürfnis, ihre Freundin in die Arme zu schließen, nahm mit jedem Schritt zu, auch wenn weder sie noch Elisa die Menschen waren, die körperkontaktsuchend einander ständig um den Hals fielen. Vielleicht war Elisa noch wach.

Überraschenderweise saß Elisa vor dem Haus auf einem Stuhl, die Füße auf einem Hocker mit einem Buch in der Hand. „Hallo Elisa, es geht Dir ganz gut, oder?" fragte Victoria erfreut.

„Den Umständen entsprechend. Ja. Ich weiß, ich hätte heute zur Koordinatorensitzung kommen sollen. Mach mir keinen Vorwurf, das habe ich schon selber erledigt. Ich komme nächste Woche. Ich versprech's. Aber es gibt noch einen anderen Grund, weswegen ich hier draußen sitze, davon einmal abgesehen, dass das Wetter so schön mild ist. Aber nimm Dir einen Stuhl und setzt Dich zu mir."
Victoria lachte. Mit so vielen Worten auf einmal hatte sie nicht gerechnet. Sie wusste gar nicht, auf welches Statement sie zuerst reagieren sollte. Von einer Umarmung nahm sie Abstand. Dazu war Elisa nicht in der Stimmung.

„Es läuft gar nicht so schlecht im Koordinatorenteam. Wir bemühen uns alle, angemessen miteinander umzugehen. Es ist anstrengend und macht keinen Spaß, ist aber immerhin effektiv. Es wird allen gut tun, wenn Du wieder dabei bist. Ich glaube Aylin und Jeremy haben ihren ersten Beziehungsstress. Aber sie bemühen sich, ihn aus den Sitzungen herauszuhalten."
„Mit Jeremy kann es nur jemand aushalten, dem andere Menschen gleichgültig sind. Aylin hatte ich nicht so eingeschätzt. Ich wette, noch vor Ablauf des Jahres ist der nicht mehr hier."
„Du übertreibst", sagte Victoria, der auffiel, dass sie im Begriff war, Jeremy zu verteidigen. Aber ungerecht konnte sie auch nicht sein. „Ich glaube, er macht inzwischen einen ganz guten Job, auch wenn ich es nicht so genau weiß, da ich ihn nicht mehr kontrolliere."
„Vielleicht hast Du Recht. Ich werde mir Morgen mal selber ein Bild machen."
„Oh", machte Victoria erstaunt, „das ist toll. Ich habe morgen Vormittag eine Besprechung mit den Landwirtschaftsleuten und schaue anschließend mal im Gemeinschaftshaus rein. Würde mich interessieren, ob ihr Beide Eure gemeinsame Arbeitszeit überlebt."

„Ich setze nicht auf körperliche Angriffe", erwiderte Elisa, „aber vielleicht wird er durch meine mentalen Angriffe zu einen Schimpansen retardieren."
Die beiden Frauen lachten bei der Vorstellung.
Als sie sich beruhigt hatten, fragte Victoria nach dem Grund dafür, warum ihre Freundin vor der Tür saß.
„Ich habe wieder einen neuen Gast", erklärte Elisa, „eine andere Freundin aus der Reha. Sie hat auch Krebs, fast überall. Es war ihr Wunsch herzukommen. Sie braucht tatsächlich noch mehr Ruhe als ich. Irgendwie ist es gemein, aber seit sie da ist, geht es mir besser. Ich hätte nicht gedacht, wie schnell sich Leid relativiert. Victoria, ich bin über mich selber erschrocken."
„Ja, das kann ich mir vorstellen." Victoria nahm die Hand ihrer Freundin in die ihre. „Es liegt ein wenig an der Psyche. Wir brauchen den Vergleich mit Anderen, um uns selbst zu verorten. Ihr Unwohlsein hat aber mit Deinem nichts zu tun. Ganz gleich welche Verbindungen Du da ziehst."
„Ich benutze ihr Leid, damit es mir besser geht und das will ich nicht."
„Ich glaube, es ist wichtig für Dich, Dich selber einzuschätzen. Es ist schwieriger, aber es klappt auch ohne Vergleiche mit Anderen. Du kannst Deinen Zustand auch mit dem vor einem halben oder ganzen Jahr vergleichen. Das könnte helfen, Dich von diesen unwürdigen Vergleichen unabhängig zu machen."
„Ja, das wäre eine Idee", überlegte Elisa laut, „ich werde es versuchen."

Victoria spürte, dass das Thema für Elisa abgeschlossen war. Auch ihr geisterten noch Gedanken durch den Kopf, die sie mit Elisa teilen und so vielleicht ordnen könnte. „Ich habe Snorre vorhin gesehen. Es schien, als hätte er mir aufgelauert. Er hat mich sogar angesprochen und wollte mich nach Hause bringen. Weiß er nicht, dass er mich damit

verletzt? Die Wunde, die er mir zugefügt hat, ist noch viel zu frisch, als dass ich zu einem normalen freundschaftlichem Verhältnis übergehen könnte."
„Er sucht Deine Nähe. Offenbar ist es ihm so wichtig, dass er bereit ist, dafür das Risiko einzugehen, zurückgewiesen zu werden. Wie hast Du reagiert?"
„Ich habe ihm gesagt, ich möchte alleine sein. Es geht nicht. Noch nicht. Soll er doch zu Shiva gehen, wenn er Nähe sucht."
„Das wird nicht klappen. Die indische Versuchung ist heimgekehrt."
„Wie bitte? Shiva wohnt hier nicht mehr?"
„Nein, offenbar war es ihr hier zu kühl. Ich habe gehört, sie ist zurück nach Indien gegangen."
„Das ist ja unglaublich. Die neue Freundin ist abgehauen und da will Snorre wieder in die Arme der Alten zurück. Wie kann er nur davon ausgehen, dass ich das akzeptiere?"
„Sicher bist Du wütend. Aber über jemanden zu urteilen, mit dem man nicht gesprochen hat, kann nicht richtig sein. Und es ist ungesund."
„Das schon", gab Victoria zu, „ich brauche aber noch ein wenig Abstand."

Es wurde Zeit, sich zu verabschieden. Nun schloss sie Elisa doch in ihre Arme. Es war gut, jemanden zu halten und gehalten zu werden.

## 24.

Tatsächlich fand Victoria Elisa im Gemeinschaftshaus, nachdem sie nach der Landwirtschaftsbesprechung dorthin gefahren war. Sie saß an einem der Computer, neben sich eine Tasse Tee und wirkte ganz zufrieden.
„Hallo, meine Liebe, wie schön, Dich arbeiten zu sehen", scherzte Victoria.
„Lieber gesund schuften, als krank im Bett liegen. Du hast übrigens Post bekommen. Ein großes Paket. Du wirst Dir doch wohl keine Klamotten bestellt haben?"
„Oh, das werden die Teeverpackungen sein. Wo, wo sind sie?"
Mit einem Kopfnicken zeigte sie in eine Ecke des Raumes. Behutsam öffnete Victoria das Paket und zog eine der zusammengefalteten Schachteln hervor. Mit wenigen Handgriffen wurde aus ihr eine wunderschöne Teeverpackung. Sie hatte eine der rostroten in der Hand: „Let's go" mit den versetzten Yin-Yang-Zeichen. Wieder wurde Victoria von deren Schönheit überwältigt. „Schau mal, sind sie nicht schön geworden?" Victoria hielt ihrer Freundin die Packung vor die Augen. Diese nahm sie in die Hand. „Ja, sehen ganz gut aus. Für die Safe-Zone was?"
„Ja, natürlich."
„Ist schon irgendwie ungerecht oder?"
„Ja, ist es. Wir wollen eigentlich ja diesen Zirkus nicht mitmachen und wenn es nach mir ginge, würde ich ein paar Packungen an arme Menschen verschenken. Aber wir brauchen das Geld."
„Was für ein blödes Argument. Du solltest ein wenig Tee verschenken."

„Vielleicht werde ich sie einfach ein wenig teurer machen und für jede verkaufte Packung verschenken wir eine. Naja, vielleicht lieber für jede fünfte. Danke Elisa."
„Gern geschehen. Und nun lass mich weitermachen. Jeremy hat mir einen Haufen Arbeit übertragen. Ich hoffe nicht, es ist eine Beschäftigungstherapie, um mich von etwas anderen abzuhalten."
„Bis bald. Ich kümmere mich um den Tee."

Es gab einiges zu tun, bevor ihr neuer Tee in den Läden der Safe-Zone zu erwerben wäre. Zunächst einmal wollte sie aber bei Matheo anrufen. Nach dem dritten Klingeln war Oliver am Apparat. „Hallo Oliver, Victoria hier aus der Nartur-Zone, ich würde gerne mit Matheo sprechen", flötete sie gut gelaunt ins Telefon.
„Ich schau mal, ob er zu sprechen ist. Er arbeitet."
Nach einer Minute hörte sie Matheos dunklen Bass aus dem Hörer: „Victoria, hallo."
„Die Schachteln sind angekommen. Sie sind einmalig, wunderschön. Das ist die eleganteste Möglichkeit, unseren Haushalt zu sanieren."
„Nun verkauf die Dinger erst einmal", lachte Matheo, „ich freue mich, Dich am Samstag zu sehen."
„Oh", machte Victoria, „das ist ja schon übermorgen." Dann gestand sie Matheo ihre Sorgen, jemanden aus der Safe-Zone zu begegnen.
„Wenn Du kommen möchtest, finden wir einen Weg. Möchtest Du kommen?"
Seine Stimme hörte sich ernst an. Aber ja, natürlich wollte sie kommen. Sie freute sich darauf. Außerdem war sie es ihm schuldig.
„Ja, das möchte ich."
„Gut, wir werden Dich ein wenig verkleiden. Kleidergröße 38 nehme ich an?"
„Ja, genau. Gut. Dann bis Samstag."

Das war ja aufregend. Victoria spürte ein Kribbeln im ganzen Körper und kam nicht umhin festzustellen, dass es ihr an angenehmer Aufregung in der letzten Zeit gefehlt hatte.

Den Verkauf des Tees, die Aufsicht über die Befüllung der Beutel und Schachteln wollte sie am liebsten selber übernehmen. Dafür brauchte sie das Einverständnis von Jeremy, der ja für den Handel mit der Safe-Zone zuständig war. Als sie das letzte Mal über ihre Teeidee im Koordinatorenkreis gesprochen hatte, hatte Jeremy gelacht und gespottet, man könne mit ein paar Teebeuteln kein Geld verdienen. Wenn sie ihr Projekt ein wenig herunterspielte und als persönliche Liebelei herausstellte, würde er sich vermutlich darauf einlassen.

Natürlich wollte sie nicht in direkten Kontakt mit der Safe-Zone treten und schon gar nicht unter ihrem Namen agieren. Sie würde ein Muster losschicken und als Ansprechpartner Elisa angeben. Jeremy würde womöglich alles verderben. Sei es mit einem zu geringen Preis oder mangelnder Sorgfalt bei der Betreuung des Projektes.

Es war Mittag geworden, also würde sie versuchen, Jeremy beim Lunch in seiner Gemeinschaft zu erwischen. Wenn sie ihre Bitte vor anderen vortrüge, fiele es ihm vielleicht noch schwerer, sie ihr abzuschlagen. Tajo 1 lag außerdem quasi auf dem Weg zu ihrer Gruppe.
Als sie ihn erblickte, schweigsam an einem der Tische sitzend, sah sie ihm seine schlechte Laune an. Mürrisch starrte er auf seinen Teller und schaufelte das Essen in sich hinein. Victoria postierte sich in sein Blickfeld, lächelte ihn freundlich an, um zu signalisieren, dass sie mit ihm sprechen wollte und ließ sich dann neben ihn auf einen Stuhl nieder. „Was ist los?" schnaubte er.

Victoria erklärte ihr Anliegen und zu ihrer Überraschung stimmte Jeremy zu. Vermutlich wollte er sie einfach so schnell wie möglich loswerden.

Die nächsten Schritte waren einfach. Sie würde den Tee in Teebeutel füllen lassen und in die Schachteln legen, Elisa würde telefonisch den Versand von drei Probepackungen ankündigen, sie würden einen Preis festlegen und sobald zu spüren war, dass ihr Plan aufging und die Packungen verkauft wurden, mehr Schachteln ordern. Tee hatten sie mehr als genug. Sie konnten die ganze Safe-Zone damit versorgen.

Nach dem Essen in ihrer Gemeinschaft ging sie zu Peter. Inzwischen ging es ihm wieder schlechter. Er war auch nicht mehr draußen, sondern lag drinnen in seinem Bett und war oft gar nicht ansprechbar. Carla saß auf einem Stuhl, ein Buch in der Hand, neben ihm. Still setzte sie sich auf einen anderen Stuhl. Peter lag im Sterben. Es war ein so netter Mann und jetzt lag er hier allein, ohne Angehörige und Freunde. Was war bloß da draußen in der Welt los?

Peter regte sich nicht. Victoria fragte Carla, ob sie seine Hand halten dürfe und die nickte. Peters Hand fühlte sich zu kalt und zu leicht an. Fast schon meinte sie, er wäre bereits tot, doch beim Beobachten seines Brustkorbs konnte sie seine langsamen unregelmäßigen Atemzüge erkennen. Immer wieder hörte er zwischendurch auf zu atmen und begann dann doch wieder. Manchmal hörte sie ein eigenartiges Rasseln bei der Atmung. „Carla, es hört sich so merkwürdig an, kann man da nichts tun?", flüsterte Victoria. „Vielleicht ein wenig Wasser?"
Carla schüttelte langsam den Kopf: „Nein, es ist nichts mehr zu tun."

„Nichts mehr zu tun, nichts mehr zu tun". Carlas Worte hallten immer wieder in ihrem Kopf wieder, während sie gleichzeitig Peters Hand hielt und sich darum bemühte, Gelassenheit auszustrahlen. Peter begann nach Luft zu schnappen, was Victoria abermals einen Schreck einjagte, doch Carla sagte leise, es sei alles gut. Sie nahm einen kleinen feuchten Schwamm und betupfte damit Peters Lippen. Peter würde sterben. Vielleicht wäre er in einer Stunde schon nicht mehr da. Konnte sich ein Mensch einfach so auflösen? Peter hatte doch nicht nur einen Körper. Er hatte eine Seele. Victoria hatte sich selten zuvor mit dem Tod auseinandergesetzt. Panik stieg in ihr auf. Peter konnte doch nicht einfach gehen. Immer noch hielt sie Peters Hand, die noch kälter geworden war, und obwohl sein Gesicht sehr blass aussah, wirkte er gelassen, gelöst, fast könnte man meinen zufrieden. Wie konnte es zu diesen Gegensätzen der Empfindung kommen. Sie, die den Sterbevorgang beobachtete und er, der starb? Müsste es nicht andersherum sein?

Carla strich nun mit sanften Bewegungen ganz leicht über Peters Arm und sprach immer wieder mit einer beruhigen Stimme zu Peter: „Alles, was geschehen ist, war gut und alles, was geschehen wird, ist gut." Zwischendurch war es still und nur die rasselnde Atmung von Peter war zu hören. Carlas Mine wurde weich. Diese patente taffe Krankenschwester schien sich zu versenken, und sie, Victoria, war Teil von Peters und Carlas Energiefeld. Leise begann Carla zu singen. Nach einer Weile erkannte Victoria „Bridge over troubled water" von Simon and Garfunkel. In der zweiten Strophe fiel sie ein. Etwas in ihr erinnerte sich an den Text: *I'll take your part, when darkness comes, and pain is all around. Like a bridge over troubled water, I will lay me down. Like a bridge over troubled water, I will lay me down. Sail on Silver Girl, sail on by Your time has come to shine. All your dreams are on their way, see how they shine. If you need a friend, I'm sailing right behind. Like a bridge over troubled water, I will ease your mind. Like a bridge over troubled water, I will ease your mind."*

Irgendwann zwischendurch musste Peter aufgehört haben zu atmen. Beide Frauen blieben noch eine ganze Weile still neben Peter sitzen. Victoria konnte an gar nichts mehr denken, doch spürte sie eine eigentümliche Ruhe in sich, eine Endgültigkeit und das Mysterium des Todes und damit des Lebens.

## 25.

Wieder fühlte sich Victoria vom Trubel des Bahnhofes völlig überwältigt, als sie in der Free-Zone ankam, und nach Oliver Ausschau hielt. Am liebsten hätte sie sich alle Sinnesorgane zugehalten, so überfordert fühlten sie sich durch all die Eindrücke. Als sie kurze Zeit später hinter Oliver auf einem Motorrad saß, ging es ihr besser. Sie hatte sich überlegt, ob sie die Einladung von Matheo wegen Peters Tod absagen sollte. Sie fühlte seitdem eine merkwürdige Leere in sich und konnte kaum damit aufhören, über den Tod und über das Leben nachzudenken, doch meinte sie zu wissen, wie sehr es Peter gewollt hätte, dass sie zu dieser Veranstaltung ginge, um sich ein wenig zu amüsieren und neue Kontakte zu knüpfen. Er war immer ein offener, freundlicher Mensch gewesen.
Manchmal hatte Victoria sogar das Gefühl, er schaue ihr zu. Wohlwollend und mit einem Lächeln. Carla hatte gemeint, es sei seine Absicht gewesen, dann zu sterben, als sie seine Hand hielt, doch Victoria wusste nicht, was sie davon halten sollte.

Vor dem Haus sah sie bereits ein paar sehr unterschiedlich gekleidete Leute stehen. Oliver führte sie, unerkannt durch einen Hintereingang, in ein kleines Zimmer, in dem ein Bett, ein Schrank, ein kleiner Tisch und ein Stuhl standen. Nichts passte zusammen. Offenbar waren die Möbelstücke zufällig hier gelandet. Sie waren nicht hässlich, manche von ihnen waren alt, andere schön oder besonders, doch harmonierten sie nicht miteinander. Vermutlich war das hier ein Gästezimmer.

Oliver wies mit einem Kopfnicken zum Schrank. „Da ist Deine neue Kleidung drin. Du kannst Dich umziehen, dann zeige ich Dir das Bad, da kannst Du ein passendes Make-up auflegen und die Perücke aufsetzen. Ich warte vor der Tür."
„Ja, in Ordnung. Vielen Dank, Oliver."

Als sie wieder alleine war, öffnete sie den Schrank und erbleichte. Sie fand einen kurzen Lederrock und eine Lederweste darin, außerdem ein paar Overknee-Stiefel in schwarz, ein paar grobe Netzstrümpfe und eine schwarze Bubikopfperücke. Sie schluckte. Das sollte sie anziehen? Aber jetzt konnte sie natürlich keinen Rückzieher machen. Obwohl sie ein wenig Angst hatte, spürte sie wie ein angenehmes Kribbeln ihren Körper durchzog, so wie früher, wenn sie sich in das Schlafzimmer ihrer Mutter geschlichen hatte, um heimlich ihre Kleider und Schuhe anzuprobieren.

Die Kleidung passte perfekt, davon einmal abgesehen, dass alles sehr eng saß und ihre sportliche Figur mehr betonte, als ihr lieb war. Sie fühlte sich sexualisiert. Ein Gefühl, was sie, zumindest durch ein paar Anziehsachen hervorgerufen, schon eine Weile nicht mehr verspürt hatte. Es verlieh ihr eine Gallone frische Energie und so meinte sie, es mit den folgenden Herausforderungen aufnehmen zu können. Ganz sicher würde niemand sie aus der Safe-Zone erkennen.
„Also gut, dann geht's jetzt zum Schminken", dachte Victoria und trat auf den Flur. Oliver glotzte sie kurz mit großen Augen an, bevor er sich wieder sammelte und sagte: „Du bekommst das doch hin mit dem Make-up?"
Victoria lachte. Sah sie jetzt schon so sehr wie ein Öko-Tante aus, dass er ihr nicht zutraute sich zu schminken? „Ja, natürlich. Es dauert nur ein paar Minuten."
„In Ordnung. Ich warte im Gästezimmer auf Dich."

Trotz der perfekten Tarnung klopfte ihr das Herz bis zum Hals, als sie mit Oliver das Haus durch den Hintereingang verließ, um es durch die vordere Tür wieder zu betreten. Jetzt überragte sie Oliver, wegen der hohen Stiefel, um ein paar Zentimeter, der jetzt auch neben ihr, aufgebrezelt wie sie jetzt war, deutlich blasser wirkte mit seinem schwarzem T-Shirt, seiner gewöhnlichen Jeans und seiner schlanken Gestalt.

Die Werkstatt war mit schweren, schwarzen Vorhängen abgedunkelt worden. Unterschiedliche Lampen warfen Licht auf die einzelnen Werke, die von Matheo ausgewählt worden waren, an diesem Tag präsentiert zu werden: Gefallene Engel in allen Variationen. Viele der Werke erkannte sie wieder, bei manchen glaubte sie, die Vollendung von Skizzen, die sie bei ihrem ersten Besuch gesehen hatte, zu erblicken. Victoria empfand wieder diesen starken Sog hin zu diesen Kunstwerken, sie mit allen Sinnen wahrzunehmen, ihr Sein in sich aufzunehmen, ihre Botschaft zu entschlüsseln, zu inhalieren und sie da, in ihrem Inneren, mit Teilen ihres Selbst zu vermengen. Sie musste diesem Drang widerstehen, wollte erst einmal Matheo begrüßen und ihm danken. Danken wofür eigentlich? Für die Einladung? Für die Teeschachteln? Die Blumen? Sie wusste es nicht so genau, doch Matheo hatte etwas, was ihr Leben bereicherte. Vielleicht auch nur deshalb, weil er so anders war, als sie, und ihr doch ein wenig ähnlich war.

Victoria sah Matheo auf der gegenüberliegenden Seite stehen. Wie ein Patron, aufrecht und stolz in schwarzer Lederkleidung stand er da und nahm mit leicht gelangweilter Mine die Huldigungen des Volkes entgegen. Ermutigt durch ihre Maskerade, ging sie auf ihn zu. Einen Augenblick schien er verwirrt, dann huschte ein feines Lächeln über sein Gesicht. Er hatte sie erkannt: „Hallo ...

Luzi, wie schön, dass Du gekommen bist." „Hallo Matheo, vielen Dank für die Einladung. Ich ... ich fühle mich geehrt."
„Du siehst atemberaubend aus."
„Vielen Dank,

Weitere Gäste kamen und wollten Matheo zur Ausstellung beglückwünschen. Ein paar Mädchen in kurzen Röcken und hohen Schuhen trugen Tabletts mit Sektgläsern umher. Victoria griff sich eines und löste sich widerstrebend von Matheo, um andere Gäste in seine Nähe zu lassen und wandte sich den Kunstwerken zu. Das Licht machte sie noch geheimnisvoller, betonte ihre Zerrissenheit, ihren Schmerz und ihre Einsamkeit.

Wieder ließ sie sich gefangennehmen von dem Zauber der Kunst. Eine ganze Weile blieb sie vor der kleinen Bronzestatur stehen, die im Internet abgebildet war, doch hier und jetzt eine noch stärkere Wirkung hatte als auf der Fotografie. Dieser Engel, der auf einem zu großen Sockel saß, hatte offenbar resigniert und wusste nicht, wohin. Eine durch und durch verlorene Gestalt. Die fein gearbeiteten Flügel hingen schlaff herunter, als würden sie nicht ihm gehören. Sie taugten nicht einmal, trotz ihrer zu erahnenden Größe, als Versteck, als trostspendende Umhüllung, als ob sie sich ihrem Träger nicht mehr zugehörig fühlen.

Weiter hinten an der Wand durch ein paar Spots beleuchtet hing eines der größeren Bilder, bemalt mit teils leuchtende, teils trüben Acrylfarben. Mehrere Engel waren dargestellt, die offenbar über verschiedene Sünden gestolpert waren und nun verstoßen worden waren von einem Platz, an den sie hingehörten.
Die Engel waren in trüben Farben gehalten, die Welt um sie erstrahlte leuchtend, die einen Teil einer Stadt zeigte, ein paar Häuser, ein paar Läden, einen Park, Menschen, die

Geschäftigkeit oder Ruhe ausstrahlten und dazwischen die unscheinbaren gefallenen Engel, unsichtbar für die normalen Menschen. Einer der Engel trug ein ehemals goldenes Gewand, welches nun verblasst und verschmutzt, teils sogar eingerissen an dem großen Engel klebte, der im Schatten auf einer Mülltonne hockte, die Flügel, nahezu eingerollt, ließen sich nur erahnen. Ein anderer war nackt, seine überproportionierten Geschlechtsorgane standen im krassen Gegensatz zu der eher zarten Gestalt. Wieder ein anderer, eine Frau, schien wie ferngesteuert hin und her zu laufen, ihre Flügel nutzlos hinter sich herschleifend, wie eine Last. Sie alle wirkten einsam, von Gott und der Welt verlassen. Wie sehr Victoria sie verstand. Sie hatte soviel Mitleid mit diesen verirrten Gestalten, dass sie sie am liebsten an die Hand genommen und ihnen versprechen wollte, alles wird wieder gut. Aber, das war ja unmöglich. Sie waren unnahbar. Sie schienen sich nicht einmal selber retten zu können und waren dazu verdammt, bis in alle Ewigkeit unter ihrem Fehltritt leiden zu müssen. Es gab keine Vergebung.

Ihre Tochter Mary fiel ihr ein. Die unzählbaren Fehler, die sie gemacht hatte, die ihr ebenso wenig verziehen wurden. Bevor ihr eine Träne aus dem Auge laufen wollte, wandte sie sich von diesem großartigen Gemälde ab. Es musste in ein Museum. Kein Mensch konnte es ertragen, das täglich zu sehen.

Ein weiteres großflächiges Bild zeigte einen Engel, der sich auf allen vieren, erschöpft und gebrochen, gebeugten Hauptes mit dunklen, wirren Haaren langsam zu bewegen schien. Er war ganz in grau gehalten, unbekleidet, von schöner Gestalt, die ihm vermutlich zum Fallstrick geworden war. Der leuchtend blaue Hintergrund, angedeuteter Himmel, schien sein Schicksal zu verhöhnen. Was hatte er Unverzeihliches getan? Victoria hörte, wie sich jemand Gehör verschaffen wollte, indem er mit einem Löffel gegen ein Glas schlug. Sie drehte sich der Geräuschquelle zu und sah Matheo, wie er an der Stirnseite der Werkstatt stand. Alle Gäste drehten sich nach und nach zu ihm um und verstummten.

„Liebe Freunde, liebe Gäste", begann er seine Rede, „ich freue mich, Euch hier in meiner Werkstatt begrüßen zu dürfen, Euch meine Ausstellung der Engel zu präsentieren. Es sind besondere Engel, die sich hier unter uns gemischt haben. Sie haben gesündigt und zerbrechen gerade an ihren Taten.

Die christliche Mythologie zeigt vier verschiedene Gründe auf, die den Höllensturz zur Folge haben: 1. Engel wollten sein wie Gott. Sie gaben sich nicht damit zufrieden, ihm nah zu sein. Sie wollten sein wie er, was einer offenen Auflehnung gleichkommt. Eine unverzeihliche Anmaßung. Andere weigerten sich, den Menschen Respekt zu zollen, weil sie meinten, etwas Besseres zu sein. Überhaupt ist Stolz einer der Hauptgründe für die Verdammung. Heute können wir es auch Eigensinn, Selbstbewusstsein oder Egoismus nennen. 3. Willensfreiheit: Mit der Entwicklung des eigenen Willens kommt es zwangsläufig zur Entfernung vom Anderen. Menschen beginnen einen Unterschied zu machen und gelangen letztendlich in die Einsamkeit. Dann ist da noch die Lust: Die Lust schlägt nur allzu leicht in Begierde um, die das Leben des einzelnen beherrschen kann, ihn blind macht für alles Andere und so eine der gefährlichsten Kräfte ist.

Ungestrafte Sünden lassen ein Chaos zu, welches sich nicht ordnen lässt. Die gefallenen Engel wissen das nur zu gut. Sie sind bereit zu bereuen, aber es gibt niemanden, der sie wahrnehmen mag. Sie sind unter der Verzeihenslinie, verdammt in alle Ewigkeit. Aber: Engel bleiben Engel. Das Adjektiv beschreibt das Nomen, aber es verändert es nicht. So wie verschmutze Bettlaken Bettlaken bleiben, vertrocknete Blumen Blumen bleiben, alte Menschen Menschen bleiben oder verbotene Bücher Bücher bleiben. Auch gefallene Engel bleiben Engel. Sie brauchen jemanden, der sie anhört, sie annimmt, trotz der unverzeihlichen Schande. Sogar jemanden, der ihnen hilft, sich wieder auf ihr eigentliches Sein zu besinnen. Selbst wenn ein Verzeihen unmöglich ist, sollen sie doch an Vergebung glauben dürfen. Nun sollen meine Engel hinausgehen in die Welt, um ihre Mission zu erfüllen."

Applaus tönte durch den Raum. Matheo lächelte in die Menge, offenbar erfreut darüber, ein paar Menschen verwirrt, fast schockiert zu haben.

Natürlich fühlte sich auch Victoria betroffen, fast wie ein angeschossenes Reh. War es tatsächlich so hoffnungslos? Gab es keine Vergebung? Oder war es doch möglich, mit Hilfe anderer wieder rein zu werden? Warum gab es keine klaren Hinweise? Warum musste man mühsam eigene Antworten finden, was bereits nach Matheos Rede eine Sünde war?

Gedankenverloren blieb sie vor einem weiteren großen Gemälde stehen. Es zeigte einen Engel, der, obwohl ein Licht von ihm ausging, in dunklen Farben dargestellt worden war. Verloren stand er auf einem Felsvorsprung, eingehüllt von weißen und schwarzen Wolken, sich der Dualität seines Daseins bewusst, hinabblickend auf die Welt. Viele dort unten waren wie er, doch die Barriere zwischen ihnen war nicht zu überwinden.
Victoria war ganz versunken in das Bild. Wie konnte man es hinbekommen, etwas Dunkles so stark leuchten zu lassen.

Sie hörte eine Stimme neben sich, aber ihr Bewusstsein hörte sie erst bei der dritten Wiederholung: „Luzi ..."
„...fer ... zeih." In Sekundenbruchteilen registrierte sie, dass es Matheo war, der sie angesprochen hatte, „ich war ganz versunken. Matheo, es ist unglaublich, was Du da geschaffen hast."
„Ein Jammer, dass Du kein Geld hast, Dir eines meiner Werke zu kaufen. Dir hätte ich sogar einen Rabatt eingeräumt."
„Aber", sagte Victoria, „Du kannst diese Kunstwerke doch nicht verkaufen. Sie sind wunderschön. Sie sind ein Teil von Dir. Sie gehören hierher."
„Man sollte Kunst nicht einsperren oder gar als Eigentum betrachten. Meine Engel werden schon ihren richtigen Platz finden und von da aus wirken. Außerdem ist es meine Arbeit und ich muss hin und wieder Geld verdienen."
Obwohl Victoria dies einsah, musste sie ihn so erschrocken ausgeschaut haben, als wolle er Körperteile von sich verkaufen. „Es ist gut so", sagte Matheo, der ihre Gedanken hinter ihrem Gesicht zu lesen schien.
Eine der Kellnerinnen kam vorbei und sie tauschten beide ihre leeren Gläser gegen volle aus.
„Ja, natürlich", gab Victoria zu, der ihr kleinlicher Egoismus, den sie auf Matheo projiziert hatte, nun peinlich war. Einen Moment sagten sie nichts, schauten sich nur tief in die Augen und entdeckten dort ein Funkeln, welches sie bereits bei ihrem gemeinsamen Essen im Garten dieses Hauses erblickt hatten.
Nach ein paar Sekunden sagte Matheo: „Ich werde dann mal nach potenziellen Käufern Ausschau halten. Ich hoffe, wir finden später noch Zeit dazu, uns etwas ausführlicher zu unterhalten."
„Ja, das hoffe ich auch", antworte Victoria, der es schwerfiel, sich von Matheos sehr dunkelblauen Augen zu entfernen.

„Was für ein Mann", ging es ihr durch den Kopf, „was für ein Mann."
Einen Moment ließ sie halbverträumt ihren Blick durch die Menge schweifen. Die mit Sektgläsern in der Hand, plaudernd vor überdimensionierten Engeln stand. Andere starrten still die Kunstwerke an. Plötzlich spürte sie die körperlichen Signale für Gefahr: Ihr Blut begann schneller durch ihren Körper zu fließen, ihr Herzschlag erhöhte sich merkbar, Augen und Ohren aufmerksam die Umgebung erfassend, ihre Hände und Füße fühlten sich an, wie elektrisiert. Dann sah auch ihr Bewusstsein sie: Unverkennbar in feine Stoffe gehüllt, die zwei Damen in perfekt sitzenden Kostümen, die Herren in Anzügen: Die Gäste aus der Safe-Zone. Unwillkürlich wandte sich Victoria ab. Auch wenn sie verkleidet war, konnte sie nicht sicher sein, ob diese Besucher nicht ein besonderes Training durchlaufen hatten und somit in der Lage waren, sie zu erkennen.
Neben Victoria stand eine Frau, die den Luzifer auf dem Felsvorsprung betrachtete. Sie sah ausgesprochen gut aus, hatte langes gelocktes rotbraunes Haar, trug eine schwarze ärmellose Bluse, einen ziemlich engen roten Jeansrock, High Heels und war auffallend, aber nicht übertrieben geschminkt. Offenbar war sie hier in dieser Zone zu Hause. Sie war ein echter Blickfang und Victoria wunderte sich, warum sie hier alleine herumstand.
„Er ist großartig. So nah und doch so fern, so hell in seiner Dunkelheit", sprach Victoria die Frau an, drehte sich ein wenig zu ihr hin, vor allem aber von den Besuchern aus der Safe-Zone weg. Sie musste sie im Auge behalten, ohne sie zu beobachten. Die alte Angst, vor nicht zu kalkulierbaren Gemeinheiten vieler dieser Safe-Zone-Bewohner, war ihr nur allzu deutlich in Erinnerung.

„Ja, Matheo ist ein Meister der Zweideutigkeiten. Es ist in der Tat atemberaubend", sagte die Frau und lächelte Victoria dabei kühl an. „Welcher ist Dein Lieblingsengel?" fragte sie.

Beinahe hätte sie „Matheo" gesagt, aber er war ja kein Engel. Nicht einmal ein gefallener. Oder doch?

„Es ist die Bronzefigur. Er ist so menschlich in all seinem Unglück, seiner Scham und Einsamkeit. Und gleichzeitig ist etwas Göttliches an ihm. Das zusammengefallene Potenzial lässt sich noch spüren. Die Fähigkeit, Großartiges zu vollbringen, hat sich noch nicht ganz aufgelöst."

„Ja, er ist in der Tat beeindruckend. Er ist einer der kleinsten Engel hier und hat doch so eine starke Ausdruckskraft."

Nun war es wohl Zeit, sich vorzustellen und Victoria überlegte fieberhaft, was sie außer ihren falschen Namen „Luzi" sagen konnte. Sie wollte die Frau nicht belügen, aber hatte sie eine Wahl?

„Ich bin Luzi, ich freue mich, Dich kennenzulernen", sagte sie deshalb nur, ohne zu sagen, wo sie herkam.

„Ich bin Mara. Bist Du eine Freundin von Matheo?"

„Oh, nein, wir kennen uns noch nicht allzu lange. Matheo hat … er hat für meine Firma gearbeitet." „Oje", dachte Victoria, das ist immerhin nicht ganz gelogen, doch mehr als sie wollte."

„So", sagte Mara, „also eine Geschäftskundin."

„Naja, mit einem Mann wie Matheo kann man das auch nicht wieder so nüchtern ausdrücken. Er ist so nett, so hilfsbereit, so witzig und intelligent, er ist ein interessanter Gesprächspartner und …"

„Schon gut", stoppte Mara sie, „Ich weiß, wie Matheo sein kann.

Es war irritierend, mit Mara zu sprechen. Sie wirkte so stark und ehrlich, aber auch eine Spur zu unfreundlich für eine Situation, wie diese.

Eine der Kellnerinnen kam vorbei und sie tauschten beide ihre leeren Gläser gegen volle aus.

Während des Gespräches mit Mara versuchte Victoria aus der sicheren Entfernung heraus, die Safe-Zone-Bewohner zu identifizieren. Gerade konnte sie beobachten, wie Matheo auf sie zutrat und vor einem der Bilder stehen blieb und offenbar sein Werk erläuterte. Eine der Frauen war eine Kunstsammlerin und Galeristin. Victoria war ihr einmal bei einer Ausstellung begegnet und hatte kurz mit ihr gesprochen. Die andere Frau arbeitete an der Uni. Sie kannte Victoria nur vom Sehen. In einem der Männer erkannte sie ihren ehemaligen Gynäkologen, der sie hier aber vermutlich nicht erkennen würde und die anderen beiden Männer hatte sie schon einmal gesehen, konnte sich aber nicht genau erinnern wo. Hörbar ließ Victoria Luft aus ihren Lungen, die sie einige Sekunden festgehalten hatte.

„Aus dieser Zone kommst du nicht", sagte Mara und es war eindeutig eine Feststellung und keine Frage.

„Nein, ich komme aus der Normal-Zone. Aber es gefällt mir hier. Vielleicht ziehe ich mal her."

„Du passt hier so wenig her, wie eine Querflöte in eine Hardrockband." Bevor Victoria etwas erwidern konnte, fügte Mara hinzu: „Man sieht sich, Kleine", und verschwand in der Menge. Eine der Kellnerinnen kam vorbei und sie tauschte ihr leeres Glas gegen ein volles aus.

So direkte, fast unhöfliche Worte war Victoria gar nicht mehr gewöhnt. Wie freundlich und weichgespült doch der Umgang in der Natur-Zone war. Als sie wieder einen Blick in Richtung der kleinen Gruppe aus der Safe-Zone warf, erbleichte sie. Zu den fünf Personen war eine sechste getreten und die kannte sie nur zu gut. Die Frau hieß Amanda und arbeitete bei der Sicherheitsbehörde. Eine schlaue Frau, der man kaum etwas vormachen konnte. Sie hatte Victoria damals verhört und vermutlich hatte sie auch bei ihrer Ausweisung mitgewirkt.

Schnell drehte sie sich weg und ging einen Schritt in die andere Richtung, wurde von einem jungen Mann gestoppt, der offenbar in ihre Richtung wollte.

„Hoppla", sagte er, musterte sie etwas genauer und kam vermutlich zu dem Schluss, mit ihr zu sprechen zu wollen.

„Ich bin Marc", stellte er sich vor, „1. Journalist des Matheo-Frasio-Kunst-Imperiums aus der Normal-Zone. Außerdem enger Vertrauter des Künstlers."

Das schien ja ein echter Witzbold zu sein. Er sah ganz passabel aus, mit seiner schlanken Figur und den wuscheligen schwarzen Haaren und im Augenblick war es gut, einen Gesprächspartner zu haben.

Eine der Kellnerinnen kam vorbei und sie tauschten beide ihre leeren Gläser gegen volle aus.

„Hi, ich bin Luzi. Ich komme ... aus dem Ausland."

Himmel, was redete sie denn da?

„Aus dem Ausland", wiederholte Mark, „welche Galaxie?"

„Ursa Major", antworte Victoria lachend und fügte hinzu, um das Thema zu wechseln: „Wie findest Du die Engel?"

„Oh, ich bin nicht so ein großer Kunstkenner. Ich beschäftige mich erst seit ein paar Jahren damit. Bin also nicht, wie die meisten hier, seit drei Generationen mit dem Kunstgeschäft vertraut. Ich wurde von meiner Zeitung als Vertretung einer erkrankten Mitarbeiterin auf eine frühere Ausstellung von Matheo geschickt. Die lief nicht ganz so gut wie heute, also habe ich mich mit Matheo gründlich betrunken. Aber es war auch ein grauseliges Thema: „moderne Kriege". Es waren eine ganze Menge Leichen zu sehen, die durch ungleiche Kämpfe entstanden waren, überwiegend durch Drohnen getötet. ... Ach, ich mag gar nicht daran denken. Für die Zeitung war es gut, auch um Matheo bekannt zu machen, aber so etwas hängt sich natürlich kein Mensch ins Wohnzimmer."

Während Victoria dem jungen Mann zuhörte, schaute sie immer wieder zu Amanda hinüber. Wenn diese Frau ihr zu nahe käme, konnte es durchaus möglich sein, dass sie sie erkannte. Marc redete und redete, suchte sie mit Witzen zum Lachen zu bringen. Er flirtete offenbar mit ihr. Er war sicher zehn Jahre jünger als sie. Victoria fühlte sich geschmeichelt und spielte das Spiel mit. Dass er ein ernsthaftes Interesse an ihr hatte, war kaum anzunehmen. Vielleicht versuchte er, mit ihr die Nacht zu verbringen und eigentlich, dachte Victoria, sprach nicht wirklich etwas dagegen. Eine der Kellnerinnen kam vorbei und sie tauschten beide ihre leeren Gläser gegen volle aus.

Aus der Ferne sah sie Matheo, der sich inzwischen mit anderen Gästen unterhielt. Für einen Moment trafen sich ihre Blicke. Victoria musste feststellen, dass er ziemlich finster dreinblickte, nachdem sie ihm freundlich zugelächelt hatte. Vielleicht wurde ihm der ganze Trubel allmählich lästig?

Marc war gerade bei einer Erzählung über eine Motorradtour nach Italien, die er vor einigen Jahren mit Matheo unternommen hatte, angelangt. Es war eine typische Männergeschichte mit schnellen Motorrädern auf kurvigen Straßen, Bekanntschaften zu verschiedenen Frauen, Übernachtungen in der Wildnis. Aber immerhin konnte Marc so gekonnt erzählen, dass sie immer wieder lachte.
Amanda hatte sie in den Blick genommen. Victoria machte sich klar, dass ihr nichts geschehen konnte, aber sie traute diesen Menschen nicht mehr. Deren Fantasie überstieg die Ihre um ein Vielfaches. Ihr Sohn lebte immer noch in der

Safe-Zone, aber ihm würden Sie nichts antun. Einen vorbildlicheren Bürger gab es kaum.
Eine der Kellnerinnen kam vorbei und sie tauschen beide ihre leeren Gläser gegen volle aus.

Offenbar war Amanda zu dem Schluss gekommen, sie aus der Nähe begutachten zu wollen. Wie zufällig schlenderte sie auf Victoria zu. Dicht, sehr dicht rückte Victoria ihren Mund an Marcs heran und meinte: „Lass uns einen Moment an die frische Luft."
Fast wäre Marc der Versuchung erlegen und hätte sie geküsst, da nahm sie seinen Arm und ging mit ihm plaudernd Richtung Hof.
Auf den Weg dorthin, sah sie, wie Mara mit Matheo sprach. Flirteten Sie miteinander? Zumindest gaben sie ein attraktives Paar ab.

Im Hof standen Stehtische mit schwarzen Tischdecken und roten Servietten. An der Seite war ein großer Grill, daneben Salatschüsseln, Teller und Besteck auf einem Tisch angerichtet. „Es gibt etwas zu essen", sagte Victoria erfreut, die schon bemerkt hatte, wie der Alkohol seine Wirkung getan hatte. Sie musste aufpassen, sich nicht völlig zu betrinken. Aber es war so schön hier und eine leicht angetrunkene Stimmung machte es noch schöner. Jetzt etwas zu essen, wäre auf jeden Fall eine gute Idee.
„Ich eile und hole Dir einen großen Teller mit Kartoffelsalat und ein paar Koteletts. Mehr Auswahl gibt es nämlich nicht. Matheos Lieblingsessen eben."

Plötzlich hatte sich Matheo zwischen sie geschoben und sprach Marc an: „Mara hat etwas mit Dir zu besprechen. Ich werde derweil Luzi beim Essen Gesellschaft leisten."
Marc nickte und ging davon, wie einer, der ein Tennismatch verloren hatte. Victoria und Matheo gingen zum Grill und

erfreut stellte Victoria fest, dass darauf auch ein paar kleine vegane Würstchen lagen. Sie nahm sich gleich alle fünf, ließ sie fast unter einer dicken Schicht Ketschup verschwinden und langte auch beim Kartoffelsalat reichlich zu.

„Ich mag Frauen mit einem gesunden Appetit", sagte Matheo, mit einem Blick auf ihrem Teller, als sie sich an einen der Tische gestellt hatten.

„Es ist Dein Lieblingsessen?", fragte Victoria.

„Ich mag die Vielfalt."

„Vermutlich gibt es deswegen heute so ein vielfältiges Buffet", lachte Victoria, die sich sehr wohl in Matheos Nähe zu fühlen begann. Sie war hier, mit einem so großen Künstler. Wow. Das war einfach toll.

„Manchmal bin ich auch etwas einfältig", gab Matheo zu.

„Das wiederum lässt sich von Deiner Kunst nicht gerade behaupten."

„Gefällt Dir meine kleine Party?"

„Jaaa, es gefällt mir. Es sind ein paar Leute da, die ich lieber nicht gesehen hätte. Aber ich glaube, mit der Verkleidung klappt es. Ich darf ihnen nur nicht zu nahe kommen."

„Ist es so schlimm?"

„Ja. Es ist so schlimm. Vermutlich hältst Du mich für paranoid. Ich bin es nicht."

„Vielleicht erzählst Du mir etwas aus Deiner Vergangenheit demnächst einmal."

Victoria zögerte. Sie hatte noch niemals mit jemanden über ihre Vergangenheit in der Safe-Zone gesprochen. Nicht einmal mit Snorre. So gab sie sich auch jetzt reserviert: „Vielleicht."

Eine der Kellnerinnen kam vorbei und sie tauschten beide ihre leeren Gläser gegen volle aus.

„Ich werde ein Auge auf Dich haben, aber ein paar Verkaufsgespräche muss ich schon noch führen."

„Danke für das Angebot. Ich habe gelernt, auf mich selber aufzupassen. Wie läuft es denn mit den Verkäufen?"
„So gut wie erwartet. Ich bin schon fast ein reicher Mann."
„Bitte, behalte einen Engel. Du kannst sie nicht alle ziehen lassen."
„Welchen soll ich denn behalten?"
„Den kleinen Engel aus Bronze."
„Also gut. Ich behalte ihn. Komm, wir gehen wieder rein."
Von drinnen war Musik zu hören.
„Tanzt Du mit mir?" fragte Matheo unvermittelt.
„Klar, bis ans Ende der Welt", sagte Victoria, die das für einen Witz gehalten hatte.

In der Werkstatt waren inzwischen ein paar der Werke an die Seite geschoben worden, so dass in der Mitte ein freier Raum entstanden war. Matheo hielt genau darauf zu. Er wollte doch nicht etwa jetzt und hier als Einziger mit ihr tanzen? Mit einem leicht panischen Blick schaute sie sich um.
„Mach Dir keine Sorgen. Sie sind weg. Die halten nie lange durch."
Als sie in der Mitte der Freifläche zum Stehen gekommen waren, identifizierte Victoria „Send me an Angel" von den Scorpions. Ein ruhiges, herzzerreißendes Stück. Sie begannen zu tanzen. Victoria musste sich an Matheos Blick festhalten, um nicht vor Pein in den Boden zu versinken und alles, alles andere ausblenden. Es klappte. Schon nach ein paar Sekunden begannen Glücksgefühle, sie zu überschwemmen, die allein durch Matheos Nähe, seinen Blick, seinen Duft nach Sandelholz, Zedernholz, Safran, bitterer Orange und einen Hauch von etwas Vollem, Süßem, vielleicht Pflaume, zustande kamen.
Sie tanzten noch ein weiteres Lied in diesem Kokon der Glückseligkeit. Dann wurde die Musik schneller und dieser Zauber wurde durchbrochen, um einen anderen Raum zu

geben. Wieder war ein Engelsong zu hören: „Angel" von Aerosmith. Inzwischen hatte sich die Tanzfläche gefüllt. Matheo und Victoria tanzten, was das Zeug hielt und fühlten sich, als wären sie achtzehn und würden es ewig bleiben. Nach vielen weiteren Stücken verlangte Victoria eine Pause.

Den ganzen Abend über wich Matheo nicht mehr von ihrer Seite. Weitere Verkaufsgespräche schienen nicht mehr wichtig zu sein. Mal tanzten sie, mal tranken sie, dann kamen ein paar andere Gäste vorbei, mit denen sie plauderten und scherzten, dann wieder standen sie still nebeneinander, lauschten einem weiteren Engel-Song und genossen die Nähe des anderen.

In einem dieser ruhigen Momente sprach Oliver sie an und meinte, wenn sie wieder zurück in ihre Zone wolle, müssten sie jetzt los. Sie könne aber auch gerne hier im Gästezimmer übernachten. Der Gedanke, sich jetzt von Matheo, dieser Party, der Werkstatt und den Engel zu trennen, war vollkommen unerträglich. So nahm sie Olivers Angebot an zu bleiben.

Inzwischen war Victoria reichlich betrunken. Nachdem sie mit Matheo zu „Broken Heroes and fallen Angels" von Chris Norman getanzt hatte, wollte sie nichts lieber als mit Matheo zu schlafen. Trotz der Begierde, die sie in seinen Augen zu sehen glaubte, bewahrte er immer ein klein wenig Distanz. Es waren widersprüchliche Gefühle, die sie da wahrzunehmen glaubte. Deutlich widersprüchlicher als ihre eigenen. Sie war vollkommen im Moment, genoss jede Sinneswahrnehmung in vollen Zügen und ließ alle anderen Gedanken nicht zu. Und es war ihr egal, was die Zukunft brächte. Sie wollte ihn jetzt.

Nach ein paar weiteren Drinks, meinte Victoria, sich nicht mehr auf den Beinen halten zu können. Matheo schaute zu Oliver, der sie sanft am Arm festhielt und ihr ins Ohr flüsterte: „Komm, ich bringe Dich in Dein Zimmer." Victoria wollte protestieren, doch gelang es ihr nicht, gegen die eigene Betrunkenheit und Müdigkeit anzugehen.

In ihrem Zimmer angelangt, zog Oliver sie aus und ihr ein T-Shirt an, entfernte das Make-up und putzte sogar ihre Zähne. Sie war ihm dabei kaum eine Hilfe. Eine kleine Lampe ließ er an, wünschte ihr dann eine „Gute Nacht" und schloss die Tür, die gleich darauf wieder geöffnet wurde.
Victoria nahm den Duft von Sandelholz, Zedernholz, Safran, bitterer Orange und Pflaume wahr und Matheos Präsenz.
„Victoria, das war ein wunderschöner Abend. Und du bist eine wunderschöne und wunderbare Frau."
Victoria wollte ihn weiter zu sich hinziehen, doch er widerstand. „Ich schlafe nicht mit betrunkenen Frauen, obwohl ich heute fast eine Ausnahme gemacht hätte. Aber das ist doch wohl etwas, was man bei vollem Bewusstsein genießen sollte. Das ist zuviel wert, um sich mit benebelten Sinnen und unklarem Willen hinzugeben."
„Du bist ein wunderbarer Mann und ich bedaure zutiefst Deinen strengen moralischen Standpunkt", erwiderte Victoria.
Statt einer Antwort küsste Matheo Victoria lange und ausgiebig.
„Schlaf schön Engel."
„Schlaf Du auch schön, mein Held."

## 26.

Sie konnte nicht lange geschlafen haben. Oliver hatte an die Tür geklopft und sie damit geweckt.

„Guten Morgen", wünschte er mit einem Lächeln, „ich habe Dir ein Frühstück vorbereitet." In seinen Händen trug er ein großes Tablett mit allerlei Leckereien darauf.

„Danke", sagte Victoria und machte sich gleich daran, einen Toast mit Margarine und Marmelade zu bestreichen. „Wo ist Matheo?"

„Ich soll Dich schön grüßen. Er hat geschäftlich in der Stadt zu tun."

„Oh", machte Victoria enttäuscht.

Oliver ignorierte ihre Miene und bot ihr an, sie zum Bahnhof zu fahren, wenn sie fertig wäre. Sie solle dann einfach herunterkommen."

Während des Frühstücks fluteten Bildfetzen des letzten Abends durch ihren Kopf: Die Engel, Mara, mit ihren langen rotbraunen Haaren, Amanda, Marc und immer wieder Matheo, wie er tanzte, oder lachte oder ihr in die Augen schaute oder trank oder lächelte.

Und dann war da noch ein Gefühl, an welches sie sich erinnerte und ihrem Körper ein heftiges Kribbeln bescherte. Matheo hatte sie geküsst. Das war das allerschönste am ganzen Abend.

Sie fühlte sich wie ein verliebter Teenager. Einen Moment noch wollte sie sich diese Gefühle gestatten. Die Realität würde sie schon früh genug einholen. Natürlich war nicht ernsthaft damit zu rechnen, dass ein Mann wie Matheo ihr Avancen machte. Wie sollte, selbst wenn er ein wenig ernsthaftes Interesse an ihr hätte, es auch gehen? Sie waren beide so sehr in ihrer Zone verhaftet.

Als sie in ihre alten Klamotten schlüpfte, kam sie sich vor wie Cinderella: Der Prinz war weg, die schönen Kleider und auch das Schloss.

Übermüdet, glücklich, traurig und somit verwirrt kam sie wieder in ihrer Zone an. Sie hoffte, es hatte sich niemand Sorgen um ihre nächtliche Abwesenheit gemacht. Beim letzten Abendessen hatte sie wie beiläufig erzählt, sie würde sich mit dem Teeschachtelkünstler treffen. In der Nacht und am frühen Morgen gab es niemanden, der sie vermisste.

Inzwischen war es Nachmittag geworden und sie hatte eine Landwirtschaftssitzung versäumt. Sie würde später bei den Leuten und Enrico vorbeifahren und sich entschuldigen. Jetzt wollte sie erst einmal ins Gemeinschaftshaus und etwas essen.

Auf den Weg dorthin, kam ihr ein Leichenwagen entgegen. „Oh, nicht schon wieder", dachte sie. Vermutlich wird es die neue Mitbewohnerin von Elisa sein. Schon während sie den Wagen erblickte, steuerte sie ihr Rad in eine andere Richtung. Sie musste zu Elisa. Sie musste ihr beistehen. Victoria gab etwas mehr Kraft in die auf und ab rotierenden Pedalen. Sie würde damit aufhören. Sie ertrug es nicht, wenn hier ständig Leichenwagen durch die Zone fuhren. Für Elisa konnte es auch nicht gut sein, ständig so nah am Tod zu leben.

Sie kam an. Vor dem Haus sah sie ein paar Menschen aus der Duero-Gemeinschaft, die um eine Frau herumstanden, die offenbar zusammengebrochen war. Sie schluchzte, eine andere Frau umarmte sie. Victoria erkannte, dass es Carla war, die da zusammengekrümmt auf dem Boden saß. Aber wo war Elisa? Victoria ließ ihr Fahrrad fallen und stürmte ins Haus. Niemand war da. Nur zwei leere Betten. Sie stürmte wieder raus zu Carla, schubste die andere Frau weg, griff Carla an den Schultern, aber da wusste sie schon, was geschehen war. Sie fragte trotzdem: „Wo ist Elisa? Was ist mit Elisa geschehen?"

Carla schien sie kaum zu erkennen. Sie antwortete trotzdem: „Elisa ist tot. Elisa ist tot und ich habe es nicht verhindert." Victoria wollte Carla anschreien, warum sie es denn nicht verhindert hatte. Wie das passieren konnte, doch sie sank nur neben Carla zusammen und heulte drauflos.

Irgendwann viel, viel später kam Dr. Kahli. Er sprach nicht viel, gab beiden Frauen eine Spritze und ließ sie beide in Victorias Haus bringen. Immer wenn Victoria in den folgenden Stunden aufwachte und realisierte, was geschehen war, begann sie wieder zu weinen. Manchmal hörte sie Carla weinen. Wenn es zu schlimm war, bekamen sie eine weitere Spritze und Victoria begann sich nach diesen Spritzen zu sehnen, die ihr ein fast wohliges Vergessen bescherten.

Es verging viel Zeit. Dann stand Victoria auf, um zu Carlas Bett zu gehen. Sie musste mit ihr sprechen. Sie musste wissen, was geschehen war. Gab es einen Auslöser? Hatte sie etwas hinterlassen? Hatte sie ihr etwas hinterlassen? Einen Brief mit einer Erklärung?

Sie wartete neben Carlas Bett, bis diese aufwachte. Es kostete sie viel Kraft, sie nicht zu schütteln und zu wecken und all das, was sie wissen wollte sofort zu erfahren. Als Carla die Augen aufschlug, die in unendlicher Traurigkeit Victoria anblickten, begann sie ungefragt zu erzählen: „Morgens war ich bei ihnen. Es war alles in Ordnung. Dann bin ich wieder weggegangen in mein Haus, um es für unseren nächsten Gast vorzubereiten. Dann kurz vor Mittag bin ich wieder zu Elisas Haus. Und da lagen sie. Blut kam aus ihren Mündern und Nasen. Es war hellrot. Es roch nach bitteren Mandeln, auf dem Tisch stand eine Flasche Essig und geöffnete Kapseln. Victoria, sie haben sich umgebracht. Einfach so. Ich dachte, es ging Elisa wieder besser. Ich habe es nicht erkannt, wie es Elisa wirklich ging."

Carla fing an zu weinen und Victoria weinte mit ihr. Dann fragte Victoria: „Hat sie nichts gesagt? Nichts hinterlassen?" „Nein, sie ist einfach so abgehauen. Wenn ich etwas geahnt hätte, hätte ich das nicht zugelassen."

Victoria und Carla verbrachten einige Tage in Victorias Haus, weinten gemeinsam, stellten immer wieder die gleichen Fragen, auf die sie keine Antworten fanden. Sie machten sich selber Vorwürfe, entlasteten sich davon und weinten wieder. Wie sehr hatte Victoria Elisa geliebt, wie sehr vermisste sie sie, wie wütend war sie auf sie, dass sie sie einfach so verlassen hatte. Ohne einen Abschied. Zwischendurch kamen immer wieder Menschen aus der Gemeinschaft, brachten Essen mit, spendeten Trost. Auch Snorre war gekommen, doch Victoria hatte ihn bald wieder fortgeschickt. Dr. Kahli kam immer mal wieder vorbei. Victoria hatte ihn immer wieder um eine Spritze gebeten, doch er verweigerte ihr diesen Wunsch.

Dann sagte Carla, sie müsse jetzt hier raus. Diese Zone werde sie verlassen, sie halte es nicht mehr aus. Sie werde auch nicht mehr als Krankenschwester arbeiten. Sie hatte genug vom Tod.

Victorias nächste Tage waren von einer bleiernen Schwere begleitet. Sie versuchte zu arbeiten, doch es gelang ihr nicht allzu gut. Sie bemühte sich darum zu Joggen und ihren Yoga Kurs zu besuchen, doch auch dies nur mit mäßigem Erfolg. Matheo hatte angerufen, doch sie rief nicht zurück. Sie half öfter im Gewächshaus aus. Die monotone Arbeit, die sie in der schwülen Feuchtigkeit ausübte, fühlte sich ihrer Stimmung angemessen an, auch wenn dieses wild wuchernde Leben schmerzte.
Die anderen bemühten sich darum, ihr Trost zu spenden. Sie fühlte sich wie eine psychische Invalidin, der alle paar Wochen ein Unglück geschah, die Trost und Schonung bedurfte. Wie viele Unglücke bedarf es noch, um sie endgültig zu zerbrechen?

Der bekannte Kopfschmerz, der seit dem Treppensturz immer wieder bei ihr einzog, hatte sich wieder verstärkt und legte sie stundenweise vollkommen lahm. Das erste Mal dachte sie daran, die Zone, die sie so sehr liebte, ihr aber so viel Schmerz verursacht hatte, zu verlassen.

Ab und zu kam Snorre vorbei. Er saß dann einfach in ihrer Nähe, las ein Buch und hielt sich mit Gesprächsangeboten zurück. Victoria hatte anfangs keine Kraft, ihn fortzuschicken, und dann spürte sie, wie es ihr irgendwie gut tat. Er war jetzt ein anderer Snorre geworden. Nicht mehr der, den sie leidenschaftlich geliebt hatte, sondern ein beruhigender Geist. Irgendetwas musste auch mit ihm nicht in Ordnung sein, doch fehlte ihr die Energie, ihn danach zu fragen.

An einem Abend im August lag Victoria wie so oft wach in ihrem Bett. Draußen war ein Gewittergrollen zu hören. Vermutlich stand eine gewaltige elektrische Entladung kurz

bevor. Es klopfte laut und eindringlich. „Victoria, hier ist Aylin. Ich muss mit Dir sprechen."
Victoria fragte sich, was denn Aylin von ihr wollte. Sie zumindest wollte niemanden sehen. Doch Aylin trat ungebeten und viel zu hektisch für Victorias Empfinden durch die Tür. Sie wirkte ziemlich aufgelöst.
„Victoria, bitte, ich weiß, es geht Dir nicht so gut, aber ich muss mit Dir sprechen. Es geht um unser Überleben."
„Aylin", antwortete Victoria, „was ist denn los?" Aylins schöne lange Haare wirkten strähnig und ihr Gesicht sah fleckig aus. So als hätte sie geweint.
„Jeremy hat irgendetwas vor, um uns zu schädigen. Er führt etwas im Schilde. Aber ich weiß nicht genau was."
„Setzt Dich erst mal hin. Ich mache uns einen Tee und dann erzählst Du mir alles", wies Victoria sie an, die das erste Mal seit Tagen merkte, dass es auch anderen Menschen schlecht gehen konnte, offenbar schlechter sogar als ihr. Während sie einen Kräutertee bereitete, erschreckte sie über ihre neue Empfindung: Was war ihre Trauer wert, wenn sie sich so schnell relativieren ließ?

Inzwischen hatte draußen der Regen eingesetzt. Das Grollen hatte zugenommen und das Gewitter schien sich zu nähern.
„Also?" fragte Victoria Aylin, nachdem sie ihr eine dampfende Tasse in die Hand gedrückt hatte.

„Als ich noch mit Jeremy zusammen war, also, wir sind nicht mehr zusammen, hat er manchmal davon gesprochen in die Safe-Zone zu ziehen. Dort, so sagte er, wäre das Leben richtig cool mit richtig coolen Leuten. Natürlich hatte ich seine Worte angezweifelt. Niemand kommt da so einfach rein, das weißt Du ja. Schon gar keine Bewohner aus der Natur-Zone. Aber Jeremy meinte, es gebe da einen Weg. Er würde sich schon bald eine Eintrittskarte erwerben, umziehen und mich dann nachholen. Ich solle erst einmal an den Zonenrand ziehen, er würde mir einen Job als Putzfrau besorgen. Victoria, er fragte mich nicht einmal, ob ich das möchte. Er wollte einfach über mich bestimmen. Das ist ohnehin immer öfter vorgekommen. Er ist so egoistisch. Ich dachte erst, na ja, durch unsere Beziehung und meine Liebe, wird er sich ändern. Er wird erkennen, dass es gut ist, an andere Menschen zu denken, zumindest an einen anderen Menschen, und nicht nur an sich selber. Ich meine, das ist es doch, was die Liebe ausmacht. Aber es war nicht so. Ich habe es immer und immer versucht, doch eigentlich wurde es immer schlimmer. Er hat die Natur-Zone Versager-Zone genannt mit weichgespülten Trotteln. Besonders wütend war er auf Dich. Eine gescheiterte Existenz hat er Dich geschimpft, die nun auf einen Rachefeldzug gegen de Safe-Zone unterwegs ist. Victoria, er war so gemein."

Tränen liefen Aylin über die Wange. Offenbar hatte sie sich geirrt, was Aylin betraf. Aber was konnte sie schon tun, außer ein wenig Trost zu spenden?
Da sprach Aylin weiter: „Victoria, Jeremy hat etwas vor. Er hat mich angeschrien, ich solle nicht so blöd sein. Hier könne man ohnehin bald nicht mehr leben. Aber ich weiß nicht, was er vorhat. Aber wir müssen ihn aufhalten."
Das Gewitter war inzwischen genau über ihnen. Blitze zuckten durch die Nacht, begleitet von einem unheilvollen Donnergrollen und einem so heftigen Regen, als sollte eine Sintflut eingeleitet werden.
Victoria glaubte Aylin. Sie konnte sich durchaus vorstellen, dass Jeremy mit ein paar Leuten aus der Safe-Zone einen schmutzigen Deal eingegangen war. Aber was sollten sie jetzt, mitten in der Nacht tun?"
„Aylin, ich glaube heute Nacht, bei diesem Wetter können wir ohnehin nicht viel ausrichten. Morgen können wir dann ein paar andere Leute einschalten und versuchen, Genaueres

herauszufinden und Jeremy aufhalten. Bleib heute Nacht erst einmal hier."

Der Regen prasselte gegen das Fenster. Aylin sah kurz hinaus und nickte dann. Eine ganze Weile sprachen sie noch miteinander, was beiden gut tat. Im Leid des Anderen relativierte sich das eigene Leid. So etwas Ähnliches hatte Elisa mal gesagt und sich dafür geschämt.

## 27.

Als Victoria am nächsten Morgen erwachte, regnete es immer noch, aber nicht so stark. Das Gewitter hatte sich verzogen und überall große Wasserlachen hinterlassen. Als sie Aylins Worte der letzten Nacht realisierte, überfiel sie ein Gefühl der Angst. Vielleicht war es doch nicht die richtige Entscheidung abzuwarten?

Rasch zog sie sich an, weckte Aylin und machte sich mit ihr auf, die wichtigsten Orte der Gemeinschaft zu überprüfen, zu sehen, ob Jeremy noch da war und um Thorben, Anja und die Gemeinschaftssprecher der anderen Gemeinschaften: Duero, Ebro, Guadina und Cinca zu informieren und ein Treffen für den Nachmittag vorzuschlagen.

Weit sind sie mit ihrem Vorhaben nicht gekommen. Bernd und ein paar andere, die im Landwirtschaftsbereich arbeiteten, kamen sichtbar erregt in ihre Richtung. Victoria fragte, was denn los sei.

„Es hat jemand Salz auf die Felder gestreut, auch die Pflanzen in den Gewächshäusern haben etwas abbekommen. Es war ein Sabotageakt. Jemand hat das absichtlich getan."

„Jeremy", entfuhr es Aylin leise.

Victoria fragte, wie schlimm der Schaden sei. Bernd, eben noch so aufgeregt, musste sich auf seinen Nebenmann stützen. „Innerhalb der nächsten drei Tage sind die Pflanzen tot, die Erde langfristig kontaminiert. Wir können jetzt noch möglichst schnell das abernten, was reif ist. Die nächsten

zwei oder drei Jahre wird hier nichts mehr wachsen. Es braucht eine ganze Weile, bis das Salz aus den Boden gespült wird." Bernd drehte sich um und ging. Die meisten anderen folgten ihm, manche blieben stehen und fragten Victoria, wer ihnen ihre Lebensgrundlage zerstört hat, was sie denn nun machen können. Am liebsten hätte sie ihnen gesagt, dass Jeremy es gewesen ist, und die Leute aufgehetzt über ihn herzufallen, den Schaden zu rächen, Jeremy in Stücke zu reißen. Aber sie sagte nur leise: „Ich weiß es nicht."
Ein wenig hoffte sie, die Leute hätten Jeremys Namen aus Aylins Mund gehört, doch das hatten sie offenbar nicht.
„Komm", sagte Victoria zu Aylin, „wir müssen die Anderen informieren. In Wirklichkeit wollte sie zu Jeremy fahren. Sie dachte sich schon, dass er verschwunden wäre, aber natürlich mussten sie nachsehen.

Jeremy wohnte in Tajo 1. Als Victoria diese Richtung einschlug, schaute sie einen Moment zu Aylin, die ihr mit einem Blick klarmachte, dass sie sie dorthin nicht begleiten würde. Also bat Victoria einen Feldarbeiter, sie zu begleiten. Er hieß John. Sie hatte ihn selten gesehen und noch nie mit ihm gesprochen. Unterwegs berichtete sie ihm in groben Zügen über ihren und Aylins Verdacht. Ihr fielen die Paletten mit dem Salz ein, die sie kürzlich im Lagerhaus entdeckt hatte. Zu diesem Zeitpunkt war Jeremys Plan also schon ausgearbeitet und er hatte nur auf eine gute Gelegenheit gewartet, ihn zu realisieren: Das furchtbare Gewitter der letzten Nacht. Der Zeitpunkt war perfekt gewählt. Die Vernichtung des Gemüses im Spätsommer hatte die umfangreichste Wirkung.

Erwartungsgemäß war Jeremy nicht da. Viel hatte er nicht mitgenommen. Sie durchsuchten gemeinsam die kleine Hütte, um möglicherweise Beweise für seine Tat zu finden.

Natürlich fanden sie nichts. Sie konnten ihn zwar anklagen, doch lediglich auf einen Verdacht hin ließe sich natürlich wenig machen.

Niedergeschlagen ging Victoria zum Bella-Vista-Unionsgebäude. Viele Menschen hatten sich dort versammelt. Die Nachricht von der vernichteten Ernte und damit ihrer Lebensgrundlage, musste sich wie ein Lauffeuer verbreitet haben. Victoria stellte sich zu den Anderen, trauerte wie sie und begann sich Vorwürfe zu machen. Hätten sie und Aylin Jeremy aufhalten können, wenn sie gleich in der Nacht losgegangen wären? Hätte sie nicht schon viel früher versuchen müssen Jeremy zu stoppen?

Am Nachmittag wurden zunächst kleinere Versammlungen, dann am Abend eine Unionsversammlung der gesamten Unionsmitglieder von Bella Vista einberufen. Die vorgeschalteten kleinen Treffen waren wichtig, damit sich alle zu Wort melden konnten, alle gehört wurden und auch ein Brainstorming war so viel effektiver, was nun aus ihnen werden solle.

Victoria war zwar dabei, doch immer noch zu betroffen, um aktiv mitzumachen. Als die Nacht hereingebrochen war, hielt man es für das Beste, alle Unionsmitglieder auf andere Gemeinschaften aufzuteilen und darauf zu warten, dass das Salz ausgespült wird und der Boden wieder bestellt werden könne. Es war eine traurige Lösung, aber die einzige, die sinnvoll war. Ein paar Unionsmitglieder wollten unbedingt bleiben, sich um die Gewächshäuser kümmern, die Erde austauschen und die übrigen Gebäude warten. Vermutlich würde dies Victoria auch machen. Sie musste dabei mithelfen, es wieder gutzumachen. Aber sie musste auch mit den Anderen sprechen. Niemand hatte ihr offen eine

Mitschuld an der Katastrophe gegeben, doch einige hatten sie misstrauisch angesehen.

Die meisten Leute begannen bereits am nächsten Tag damit, ihre Sachen zusammenzupacken. Inzwischen wusste Victoria ganz sicher, dass sie bleiben würde. Sie musste bleiben. Und sie würde hart arbeiten, um sich die Anerkennung der Anderen wieder zu erwerben. Die Arbeitsaufteilung, die den Menschen durch die Verlosung zugeteilt worden waren, schien nicht mehr zu gelten. Victoria war froh darüber. Nachdem sie am Vormittag im Gewächshaus mitgeholfen hatte, Erde in Schubkarren zu schaufeln und sie fortzuschaffen, ging sie am Nachmittag zu Lenja, um ihr beim Packen zu helfen. Enrico war auch da. Auch er würde gehen. Ab und zu nahmen sich Victoria und Lenja still in die Arme, ahnten sie doch, dies würde ein langer Abschied werden. Keiner wusste, ob die Menschen, wenn sie erst einmal woanders Fuß gefasst hatten, wieder zurückkehren würden.

Abends auf ihrer Joggingrunde begegnete sie Snorre. Im Meditationssitz saß er auf einer Wiese, die Augen anscheinend geschlossen. Victoria fühlte einen Stich und beschloss möglichst lautlos an ihm vorbeizulaufen, da sprach er sie an: „Hallo Vic, warte mal." Snorre erhob sich, Victoria blieb stehen. „Wie geht es Dir? Das muss ja alles ein Riesenschock für Dich sein."

„Ja, es ist für uns alle ein Schock. Ich mache mir außerdem noch Vorwürfe", sagte Victoria, in der altgewohnten Offenheit. Snorre antwortete nicht wie erwartet mit Floskeln, dass sie es hätte nicht verhindern können, sie sei es ja nicht gewesen, die das Salz ausgeschüttet hatte. Im Gegenteil: Er verstärkte ihre Zweifel, beförderte ihre selbstzerstörerischen Tendenzen: „Natürlich, du kanntest Jeremy. Du hättest es voraussehen können. Aber Du hast eben geschwiegen."

Tränen schossen Victoria in die Augen. Genau so war es. War es genauso? „Ich war mir nie sicher. Ich wollte ihm nicht hinterherspionieren. Ich wollte nicht misstrauisch sein", begann sie sich zu verteidigen und spürte, dass es wahr war, was Snorre gesagt hatte.

Er sagte erst einmal nichts, nahm sie stattdessen in die Arme. Es tat so gut, dass es schmerzte. „Gehst Du auch weg?", fragte sie ihn nach einer Weile der Bewegungslosigkeit.
„Ja, ich gehe in Gottes Garten."
„Aber Du glaubst doch gar nicht. Also nicht an einen Gott."
„Das stimmt, aber die Lebensweise dort ist meinem Glauben am Nächsten."
Noch ein Schock. Snorre ging und vermutlich würde sie ihn nie wiedersehen. Insgeheim hatte sie gehofft, sie könnten vielleicht doch wieder zusammenkommen. Doch Ihre Geschichte war nun endgültig vorbei.

Anstatt über ihre Gefühle zu sprechen, warf sie ihm vor, seine Zone, die Natue-Zone, im Stich zu lassen. „Du hast die Zone doch mit aufgebaut. Wie kannst Du jetzt gehen? Sie blutet und Du lässt es geschehen. Du kannst helfen. Du hast das Wissen und die Kraft dazu. Warum tust Du nichts?"

Snorre antworte auf beide Vorwürfe. Den ausgesprochenen und den unausgesprochenen: „Das Leben ist ein kontinuierlichen Fluss des Wandels. Nicht nur die Dinge um uns herum verändern sich fortwährend, sondern auch wir selbst. Das Leiden, das wir spüren, die Unbefriedigtheit, die Unzufriedenheit kommt nicht aus der Tatsache, dass man nichts festhalten kann, um es "ewig" an sich zu binden, sondern vielmehr aus der Tatsache, dass wir dies ständig versuchen. Dass nichts so bleibt, wie es ist, muss so sein. In steter Veränderung ist diese Welt. Wachstum und Verfall sind ihre wahre Natur."

„Snorre, ich wollte jetzt keinen buddhistischen Vortrag hören. Du hast sicher Recht mit dem, was Du sagst. Aber was sagt Dein Herz?"
„Auch Gefühle sind vergänglich. Nur die Grundeinstellung des Mitgefühls und die allgemeine Liebe bleiben immer bestehen. Aber es hat nicht immer damit etwas zu tun, was man tun muss oder mit dem, was richtig ist."

Am liebsten hätte Victoria Snorre geschüttelt, ihn angebrüllt, er möge endlich aufwachen, er muss helfen, die Welt wieder in Ordnung zu bringen, und ihr die Kraft geben das gleiche zu tun. Sie sagte nichts mehr. Ein paar Momente später sagte Snorre: „Verzeih mir." Und ging.

Das monotone Arbeiten im Gewächshaus half Victoria, möglichst wenig zu fühlen. Immer noch fühlte sie sich wie betäubt und hoffte so, dem Gefühlschaos, der Einsamkeit, der Wut, der Trauer zu entgehen, indem sie einfach so tat, als gäbe es kein Inneres mehr, nur einen Körper, der bestimmte Arbeiten ausführte. Sie sprach selten mit den anderen Verbliebenen. Manche funktionierten eher so wie sie, andere zeigten sich optimistisch und versuchten, so etwas wie eine Neuanfangsstimmung zu verbreiten, wieder andere überlegten, ob man die Krise nicht dazu verwenden sollte ganz neu über ihre Lebensweise nachzudenken. Insbesondere die „große Verlosung" wurde kritisiert. Wenn Aufgaben nach Fähigkeiten verteilt würden, wäre das nicht passiert. Jetzt ergriffen manche diese Notsituation, um hier im Kleinen ein neues System zu etablieren. Ein Komitee klärte gemeinsam mit den Menschen, welche Arbeit sie am sinnvollsten ausführen können.

Es gab sogar Menschen aus anderen Teilen der Zone, die zu ihnen kamen, teils um zu helfen, teils weil sie gehört hatten, hier könne etwas Neues entstehen.

An Victoria ging dies alles weitgehend vorbei. Sie hatte darum gebeten, in den Gewächshäusern arbeiten zu dürfen und das wurde ihr gewährt. Von manchen Mitbewohnern wurde sie ignoriert, manche warfen ihr beizeiten vorwurfsvolle Blicke zu, andere behandelten sie freundlich. Jeder schien zu wissen oder zu ahnen, dass sie sich schuldig gemacht hatte. Sie war ohnehin eine aus der Safe-Zone gewesen. Wer weiß, vielleicht steckte sie selber auch hinter dem Sabotageakt?

Victoria fühlte sich nicht mehr so zu Hause, wie sie es früher getan hatte. Trotzdem wollte sie bleiben und sich selber und den anderen Menschen die Chance geben, sich von ihrer Unschuld zu überzeugen und ihr ihre Schuld zu verzeihen.

## 28.

Es war eine Knochenarbeit die neue Erde in Schubkarren heranzuschaffen mit Kompost zu mischen und sie in die Beete im Gewächshaus zu verteilen. Sie wollten zügig vorgehen, um vor dem Winter noch einmal etwas ernten zu können. Alle wollten eine weitgehende Selbstversorgung aufrechterhalten.

An einem Vormittag, kurz nachdem Victoria zu arbeiten begonnen hatte, betraten zwei fremde Männer das Gewächshaus und kamen genau auf Victoria zu, als diese gerade mit einem Spaten die frische Erde verteilte. Nur ungern unterbrach sie ihre Arbeit.

„Guten Tag, sind Sie Frau Victoria Licht?"

„Ja, das bin ich", erwiderte Victoria und bemühte sich, ihrer Stimme einen festen Klang zu geben.

„Wir kommen von der Kriminalhauptdienststelle Leidfeld." Sie hielten ihr ein paar Polizeiausweise hin. „Es wurde eine Beschuldigung gegen Sie erhoben. Würden Sie bitte mitkommen ins Präsidium, damit wir den Sachverhalt klären können."

„Eine Beschuldigung?" fragte Victoria irritiert nach. Sie fragte sich, was das sein könne. Es hatte sie doch nicht etwa jemand aus ihrer Zone wegen des Salzes angezeigt?

„Worum geht es denn?", wollte Victoria wissen.

„Wir würden das gerne auf dem Präsidium klären. Wir haben eine Vorladung. Wieder zeigten sie ihr ein Stück Papier.

„Also gut." Widerstrebend legte sie den Spaten beiseite und bat, sich zuvor umziehen zu können. Die Bitte wurde ihr gewährt.

Es war kein Polizeiauto mit dem sie nach Leidfeld gebracht wurde, sondern ein geräumiges Zivilfahrzeug. Das ließ darauf schließen, dass es sich eher um eine wichtige Sache drehen müsse. Aber was? Den Gedanken, jemand aus der Zone hätte sie wegen des Salzes in Verdacht und deshalb angezeigt, hatte sie inzwischen wieder verworfen. Dafür würde man nicht auf diese Weise und nicht mit dieser Geschwindigkeit vom Anschlag bis zu diesem Tag vorgehen. Es musste einen anderen Grund haben. Inständig hoffte sie, es wäre kein Unterfangen der Safe-Zone. Dann würde es ziemlich schlecht um sie stehen, mit all den guten Anwälten die denen zur Verfügung standen. Aber auch diese Möglichkeit wäre eigentlich auszuschließen, da sie nun schon so lange nicht mehr dort lebte und das Leben in der Safe-Zone drehte sich schneller, als irgendwo sonst auf der Welt.

Schließlich zwang sich Victoria dazu, mit dem Spekulieren aufzuhören und stattdessen ein wenig Smalltalk mit den Beamten zu machen. Es konnte nie schaden, wenn sie sie nett fänden. Sie wollte auch versuchen, den Rang der Männer einzuschätzen. Sollten sie sie nur abholen oder waren sie in die Ermittlungen involviert? Victoria tippte auf die zweite Möglichkeit, nachdem sie ein wenig mit ihnen gesprochen hatte. Sie waren freundlich, gleichzeitig reserviert, sich darum bemühend, nicht zu viel von sich preiszugeben.

Nach fast zwei Stunden erreichten sie das Präsidium. Victoria wurde in ein Büro geführt und ihr wurde ein Glas Wasser angeboten, was sie dankbar annahm.
„Frau Licht", begann der ältere der beiden Männer das Gespräch, „Sie haben eine Erbschaft gemacht."
„Eine Erbschaft?" Victoria lachte auf. Ihre Eltern waren schon lange tot und eine reiche Tante aus Übersee hatte sie

nicht. Es gab keine Möglichkeit, eine Erbschaft gemacht zu haben. Die entfernten Verwandten, die sie noch hatte, waren nicht reich genug, damit sie etwas von deren Vermögen abbekommen hätte. Das musste eine Verwechslung sein.
„Sie wissen nichts davon?" fragte der Mann.
„Nein, ich kann mir auch ehrlich nicht vorstellen, wer mir Geld hinterlassen könnte. Es muss eine Verwechslung sein."
„Ist Ihnen ein Herr Swift bekannt?"
„In unserer Zone sprechen wir uns nur mit Vornahmen an. Da müssten Sie mir schon ein Foto zeigen", erwiderte Victoria, nun der Ansicht, sie würde binnen einer halben Stunde dieses Gebäude wieder verlassen haben.
„Einen Moment." Der ältere Mann gab dem Jüngeren ein Zeichen, woraufhin er den Raum verließ und wenig später mit einem Foto zurückkam. Es war die Kopie eines Zeitungsausschnitts. Sie zeigte Peter. Den Peter, der in ihre Zone gekommen war, um zu sterben und der schließlich ihre Hand haltend gestorben war. Auf dem Foto allerdings sah er viel jünger aus. Er wirkte kräftig und dynamisch, doch die Gesichtszüge, der klare Blick aus den braunen Augen war der Gleiche.
„Es ist Peter", murmelte sie.
„Sie kennen ihn also."
„Ja, ich kenne ihn." Langsam dämmerte es Victoria, dass er ihr Geld vermacht haben musste.
„Wie haben Sie ihn kennengelernt?", fragte der Mann weiter.
Sie erzählte den Beamten und dem mitlaufenden Aufnahmegerät die ganze Geschichte. Sie ließ nichts aus, denn sie meinte, keinen Grund zum Lügen zu haben. Selbst wenn er ihr ein paar Tausend Euro vermacht hatte, war das doch kein Verbrechen. Als sie am Ende angelangt war und schilderte, wie Peter starb, füllten sich ihre Augen mit Tränen. Er war so ein angenehmer Mensch gewesen. Nun erinnerte sie sich daran, dass er einmal von seiner

zerstrittenen Familie erzählt hatte. Von daher wehte also der Wind.

Wussten Sie, dass er Ihrer Zone, bevor er zu Ihnen zog, 200.000 Euro gespendet hat?"
„Ja, ich wusste davon", erklärte Victoria ehrlich und fuhrt fort: „Aber das war eine freiwillige Spende. Wir würden niemals eine Spende zur Aufnahmebedingung machen. Wir haben ja für die Pflege der Kranken Geld von der Pflegekasse bekommen und das war ausreichend."
„Aber sie haben das Geld angenommen. Sie waren ja zu dieser Zeit, wie sagt man ... Sie hatten also etwas zu sagen."
„Ja, ich war Koordinatorin. Aber ich habe weder das Geld entgegengenommen noch verwaltet. Sie wissen doch sicher, dass es ein zentrales Spendenkonto der gesamten Natur-Zone gibt. Die Spenden werden dann gleichmäßig verteilt. Von Peters Geld haben wir, also unsere Union, gut 5.000 Euro erhalten. Es gibt bei uns keine individuellen Spenden, die an bestimmte Unionen gehen. Alles gehört allen."

„Ihre finanzielle Situation ist seit geraumer Zeit bedenklich", warf nun der jüngere der beiden Männer ein, „und wenn Sie ihr profitables Geschäft mit den Vermögen sterbenskranker Menschen weiter ausgebaut hätten, wären doch im Laufe der Zeit große Summen zusammengekommen."

„Wir sind natürlich auf Spenden angewiesen. Das ist richtig. Aber ich wiederhole mich: Wir haben niemals jemanden dazu aufgefordert, uns Geld zu spenden. Nicht Peter und auch sonst niemanden. Und es kann doch wohl jeder sein Geld dorthin spenden wie er es möchte. Bin ich wegen der 200.000 Euro hier?"

„Nein, das sind Sie nicht", sagte der ältere Mann, der Victoria weit freundlicher erschien.

„Warum bin ich also hier?"
„Sie werden es erfahren. Wir möchten uns erst ein Bild machen", sagte nun wieder der Jüngere und fuhr mit der Befragung fort: „Wie war denn ihr persönliches Verhältnis zu Herrn Swift."

Stundenlang befragte die Polizisten sie zu Peter, ihrem Verhältnis zum Geld und ihrer Sorge, die Gemeinschaft könnte finanziell nicht mehr tragbar sein. Geduldig und ehrlich beantworte Victoria alle Fragen, ohne sich einschüchtern zu lassen. Als es um die letzten Minuten von Perters Leben ging, ahnte Victoria, worum es tatsächlich ging.

„Sie haben also seine Hand gehalten und die Krankenschwester hatte gesagt, Peter Swift wollte in Ihrer Nähe sterben."

„Ja, das hat sie", antworte Victoria etwas ungeduldig. Da waren sie doch schon einmal. „Fragen Sie doch Carla, die wird ihnen das Gleiche erzählen. Ich fand, es war vielleicht auch ein Zufall, obgleich ich Peter mochte und er mich sicher auch mochte, war unser Verhältnis in den Tagen, in denen er bei uns war, auch nicht wieder so eng."

„Frau Rosiger ist zurzeit nicht auffindbar."

„Carla ist verschwunden? fragte Victoria nach, „Sie glauben doch nicht ernsthaft, ich hätte einem todkranken Mann etwas angetan."

„Nun, das ist einer der Gründe, weswegen Sie hier sind", erwiderte der Jüngere, die Katze nun endlich aus den Sack lassend und ergänzte: „Der andere Grund ist der, dass er ihnen ein Bauernhaus mit einer Menge Land vererbt hat und zwar ihnen persönlich und nicht ihrer Gemeinschaft. Seine regulären Erben zweifeln deren Rechtmäßigkeit an."

„Ich weiß davon nichts. Ich kann Ihnen auch nicht mehr sagen, als ich es jetzt getan habe. Ich möchte jetzt bitte nach

Hause." Eine große Erschöpfung machte sich in Victoria breit.

„Möchten Sie gar nicht wissen, was er Ihnen genau vererbt hat?" fragte der ältere Polizist.

„Nein", antwortete Victoria, „das möchte ich im Moment nicht."

Die beiden Kommissare brachten sie nicht wieder in ihre Zone, sondern ließen sie mit einen Streifenwagen zurückbringen. Die ganze Fahrt über weigerte sich Victoria hartnäckig, über das Problem nachzudenken. Sie wollte jetzt einfach nur ihre Ruhe haben, ein paar nützliche mechanische Arbeiten ausführen und dann schlafen, dann wieder arbeiten und wieder schlafen.

Der Fahrer brachte sie zu einem der Haupteingänge ihrer Zone, sie hoffte ein Fahrrad vorzufinden, um erst einmal nach Hause zu fahren, um sich unter die Dusche zu stellen, dann zu schlafen. Als sie ausstieg, sah sie jedoch einen Mann und eine Frau aus ihrer Zone, die sie aber nicht kannte, auf sie zukommen.

„Hallo Victoria", wurde sie von der Frau begrüßt, „wir sind zwei der Parlamentssprecher. Die Normal-Zone hat uns über die gegen Dich vorgebrachten Anschuldigungen informiert. Es gibt auch Vermutungen darüber, Du hättest etwas mit dem Sabotageakt hier zu tun. Manche meinen, Du hättest mit Jeremy gemeinsame Sache gemacht. Du kommst ja aus der Safe-Zone. Alleine hätte er so etwas kaum zu Stande gebracht und das Salz kam vermutlich aus der Safe-Zone.

Wir halten es für besser, wenn Du erst einmal, solange die Aufklärung über den Sabotageakt und die Anschuldigungen in der Normal-Zone aufrecht erhalten bleiben, nicht in unserer Zone lebst. Sollte sich alles zu Deinen Gunsten aufklären, bist Du dann natürlich wieder willkommen."

Victoria glaubte, der Boden würde schwanken. Sie wurde ihrer Zone verwiesen, die sie liebte, für die sie arbeitete, wegen haltloser Anschuldigungen? Sie wurde einfach so fallengelassen?

Der Schock war zu groß, als dass sie hätte antworten können. Was hätte sie auch sagen können. Die Entscheidung war offenbar bereits Stunden zuvor getroffen worden.

„Wenn Du Dir noch Deine persönlichen Sachen holen möchtest, begleiten wir Dich gerne zu Deinem Haus."

„Nein. Ich brauche nichts", flüsterte Victoria, obwohl sie lieber hätte schreien wollen. Sie war so maßlos enttäuscht, dass sich ihr ganzer Körper völlig taub anfühlte. Jegliche Lebenskraft war aus ihr gewichen. Kaum bekam sie mit, wie die Beiden ihr einen Umschlag zusteckten, etwas von Übergangsgeld murmelten, und ihr „Alles Gute" und „Viel Glück" wünschten, sich umdrehten und sie stehenließen.

Nachdem Victoria eine ganze Weile wie erstarrt, bewegungslos, gedankenlos an Ort und Stelle blieb, drehte sie sich schließlich um und ging die Straße hinunter, immer weiter, bis sie ein Telefon erblickte.
Nachdem sie seine Telefonnummer herausgefunden hatte sprach sie nur einen Satz ins Telefon und stellte nur eine Frage: „Ich habe kein Zuhause mehr. Kann ich für ein paar Wochen bei Dir wohnen?"
„Ja", sagte Matheo, „das kannst Du."

Ich danke Dr. Olaf Hoffmann für das stets freundliche und aufmerksame Korrekturlesen, Peter Lindemann für die vielen Gespräche über die Ausgestaltung der Zonen und Andrew Körber, meinen ersten kritischen Leser.